DEIN SCHWEIGEN BRINGT DEN TOD

DEIN SCHWEIGEN BRINGT DEN TOD

SYLT-THRILLER

DANIELA ARNOLD

ÜBER DAS BUCH

Als Fenja Marten im Krankenhaus schwer verletzt zu sich kommt und erfährt, dass sie von einem Kleinlaster angefahren wurde und beinahe gestorben wäre, ist sie vollkommen schockiert.

Warum kann sie sich weder an den Unfall selbst noch an dessen Ursache erinnern?

Doch während die Ärzte und auch die Polizei, ja sogar ihr Ehemann an einen Suizidversuch glauben, ist Fenja überzeugt, dass in Wahrheit etwas anderes, wirklich Böses hinter ihrem Unfall steckt.

Um gesund zu werden und ihre verlorenen Erinnerungen wiederzuerlangen, zieht sie sich mit ihrer Familie auf die Insel Sylt zurück, doch kaum angekommen, muss Fenja erkennen, dass

Sich hinter der Fassade ihres einst so glücklichen Lebens düstere und gefährliche Abgründe verbergen.

Plötzlich begegnen ihre Kinder ihr mit Angst und Misstrauen und auch ihr Mann verhält sich ihr gegenüber merkwürdig lieblos, ja, beinahe feindselig.

Nachdem es schließlich zu einer Reihe unerklärlicher und beängstigender Vorfälle gekommen ist, entbrennt für Fenja eine verzweifelte Suche nach der Wahrheit, bei der sie nicht nur ihr

eigenes Leben aufs Spiel setzt.

Als dann noch eine Leiche gefunden wird, begreift Fenja entsetzt, dass der Kampf um Leben und Tod längst begonnen hat, sie ihn nur gewinnen kann, wenn sie sich endlich erinnert.

*Dieses Buch widme ich meinen treuen Lesern,
ohne die all das gar nicht möglich wäre.*

Ihr seid die BESTEN

Habt tausend Dank!

PROLOG

Ein Knarzen ließ sie aus dem Schlaf hochfahren. Das Herz schlug ihr bis zum Hals, als sie realisierte, dass es in ihrem Zimmer so dunkel war, dass sie nicht einmal ihre eigene Hand vor Augen sehen konnte. Panisch tastete sie unter der Decke nach ihrem Lieblingskuscheltier, einem kleinen Affen, den Mama und sie liebevoll Lumpi getauft hatten und den sie überall mit hinnahm.

Als sie wenig später das weiche Fell unter ihren Fingerspitzen spürte, stieß sie erleichtert die Luft aus. Wenn sie ehrlich war, musste sie zugeben, dass sie es ein kleines bisschen peinlich fand, dass sie noch immer Lumpi an ihrer Seite brauchte, um überhaupt einschlafen zu können. Ach was – sie brauchte Lumpi eigentlich rund um die Uhr. Sie nahm ihn am Morgen mit nach unten, damit er ihr beim Frühstück Gesellschaft leisten konnte, und sie nahm ihn mit in den Kindergarten, weil sie sich dann beim Mittagsschlaf nicht so allein fühlte. Außerdem half Lumpi ihr dabei, dass sie nicht immer so schrecklich traurig war.

Sie musste den niedlichen Affen mit den großen Kulleraugen nur ansehen, damit es ihr besser ging. Ganz im Gegensatz zu Anna, ihre beste Freundin aus dem Kindergarten, die ihr erst gestern unter die Nase gerieben hatte, dass sie jetzt schon ein großes Mädchen war und ganz ohne Kuscheltiere auskam.

Sie seufzte leise, zog Lumpi unter der Decke hervor, hob ihn in die Luft, versuchte, wenigstens die Umrisse ihres Affen in der Dunkelheit auszumachen.

Vergebens.

Frustriert ließ sie den Arm sinken, presste Lumpi fest an ihre Brust, schloss die Augen.

Plötzlich spürte sie ein Kitzeln in der Nase, dann einen Druck in der Kehle.

Sie hatte Angst.

So schreckliche Angst, dass sie kaum noch gegen die aufsteigenden Tränen ankam.

Sie schüttelte entschlossen den Kopf, versteckte Lumpi wieder unter der Decke.

Was Anna konnte, konnte sie doch schon lange … oder?

Immerhin war sie genauso alt wie ihre Freundin, würde bald schon ihren sechsten Geburtstag feiern.

Doch Anna war auch nicht so traurig wie sie, weil sie auch gar keinen Grund dazu hatte, um traurig zu sein.

Für einen klitzekleinen Augenblick verspürte sie Zorn auf alles und jeden. Auf Anna. Auf sich selbst. Und auch auf ihre Mama, die vergessen hatte, die kleine Tischlampe auf der Kommode im Gang anzulassen, durch welche es immer ein schwacher Lichtschein unter der Tür hindurch in ihr Zimmer schaffte. Mama hatte ihr schließlich versprochen, immer daran zu denken, doch heute … heute hatte sie ihr Versprechen zum allerersten Mal gebrochen.

Als sie einen ziehenden Druck im Bauch verspürte, stöhnte sie frustriert.

»Mist …«, stieß sie leise aus, überlegte, was sie tun sollte. Normalerweise ging sie in der Nacht selbstständig auf Toilette, hatte auch keine Angst dabei, doch jetzt … jetzt wusste sie ehrlich gesagt nicht, was sie machen sollte. Hier drinnen war es stockdunkel und draußen auf dem Gang auch. Allein der Gedanke daran, in dieser Finsternis an die Tür gehen zu müssen verursachte ihr Übelkeit.

Der Druck im Bauch wurde stärker.

Für einen kurzen Augenblick war sie versucht, nach Mama zu rufen, doch dann schüttelte sie entschlossen den Kopf.

Sie war doch kein Angsthase!

Und sie war auch keine Heulsuse!

Außerdem war da noch Anna.

Was, wenn ihre Freundin durch Zufall erfuhr, wie sie sich anstellte, nur weil sie nachts allein auf die Toilette gehen musste?

Sie würde sie ganz bestimmt auslachen.

Oder noch schlimmer – vielleicht würde sie es den anderen Kindern erzählen und alle würden sie gemeinsam veralbern.

Sie Baby nennen.

Oder Angsthase.

Scheißerchen oder andere gemeine Sachen zu ihr sagen.

Seufzend schlug sie die Decke zurück und stand auf. Sie tapste zur Tür, suchte dort nach dem Lichtschalter, konnte ihn aber in der Dunkelheit nicht finden. Dann fiel ihr ein, dass er eh viel zu hoch für sie war. Mama hatte ihr erklärt, dass das Absicht sei, damit sie nicht daran herumspielen konnte. Sie zögerte kurz, dann drückte sie leise die Klinke nach unten, trat in den Gang.

Das Badezimmer war nicht weit weg, sie musste nur am Gästezimmer vorbei und am Schlafzimmer, dann wäre sie auch schon da.

Sie holte tief Luft, lief los. Als sie schließlich im Badezimmer ankam, stieß sie die Tür auf, seufzte erleichtert, als sie den Lichtschalter ertastete. Sie drückte ihn, blinzelte, während ihre Augen sich an das grelle Licht gewöhnten.

Augenblicklich ging es ihr besser.

Sie drehte sich zu der Kommode im Gang um, sah die Lampe darauf an, seufzte. Mama hatte das Stromkabel wie immer hinter den Schrank gestopft, damit es hübscher aussah, wenn man daran vorbeiging. Blöderweise war das der Grund dafür, dass sie es nicht schaffte, die kleine Leuchte selbst einzuschalten. Sie war zu winzig, kam mit ihren kurzen Armen nicht einmal ansatzweise bis an den Schalter.

Und sie wollte auch nicht daran herumreißen, weil sie Angst hatte, dass etwas zu Boden fallen könnte.

Es half alles nichts … Sie musste eben einfach nochmal versuchen, an den viel zu hohen Schalter in ihrem Zimmer zu kommen oder es schaffen, bis morgen früh ganz im Dunkeln zu schlafen. Sie würde sich die Decke über ihren Kopf ziehen, Lumpi ganz fest in den Arm nehmen und versuchen, so schnell wie möglich wieder einzuschlafen. Und morgen früh würde sie Mama sagen, wie blöd sie es fand, dass sie die Lampe diesmal vergessen hatte.

Nachdem sie auf Toilette fertig war, wusch sie sich die Hände und ging zur Tür. Sie schaltete das Licht aus und wollte gerade losrennen, zurück in ihr Zimmer, als sie von unten das leise Klappern von Geschirr vernahm.

Sie hätte vor Erleichterung heulen können, als ihr klar wurde, was das bedeutete.

Sie tapste zur Treppe, schaffte es, ohne zu stolpern im Dunklen bis zum ersten Absatz, schaltete dort das Licht ein, stieg dann weiter vorsichtig eine Stufe nach der anderen nach unten.

»Mama?«, rief sie freudig. »Ich muss dir was erzählen.«

Wie stolz Mama wohl auf sie wäre, wenn sie ihr gleich davon erzählen würde, wie sie sich im Dunkeln aus ihrem Zimmer und bis ins Bad getraut hatte?

Doch stopp!

Sie blieb auf der Treppe stehen und überlegte angestrengt.

Was, wenn Mama die heutige Nacht zum Anlass nahm, ihr in Zukunft kein Licht mehr anzulassen?

Vielleicht sollte sie es für sich behalten?

Sie wollte gerade umdrehen, als sie furchtbaren Durst verspürte. Ihre Kehle fühlte sich ausgetrocknet an.

Also stieg sie weiter nach unten, tapste in Richtung der Küche, doch als sie den Raum betrat, war er dunkel und leer.

Sie schluckte gegen die Trockenheit im Hals an.

Spürte, wie ihr urplötzlich eiskalt wurde.

Sie eine Gänsehaut bekam.

Hatte sie sich verhört?

Sich das Klimpern nur eingebildet?

Sie wollte so gern einen Schluck Limonade trinken, doch plötzlich traute sie es sich nicht zu, auch nur eine Sekunde länger in diesem Raum zu verbringen.

Sie lief zum Wohnzimmer, doch auch da war alles dunkel.

Genau wie im Gästebad und in der Abstellkammer.

War Mama etwa im Keller?

Mitten in der Nacht?

Sie lauschte, doch um sie herum war es mucksmäuschenstill.

Sie verzog enttäuscht das Gesicht, ließ die Schultern sinken.

Wie es aussah, schlief Mama doch schon, was bedeutete, dass sie ganz umsonst heruntergekommen war.

Ihre Augen brannten, als sie Stufe für Stufe hinauf stieg und währenddessen wünschte, dass sie Lumpi dabei hätte. Sie war schon fast oben angekommen, als sie hinter sich ein Rascheln vernahm.

Nein, dachte sie, *kein Rascheln, eher leise und vorsichtige Schritte.*

Und dann wusste sie es plötzlich.

Das Geräusch, das sie gerade gehört hatte, klang, als würde jemand ganz langsam durch den Gang im Erdgeschoss schleichen.

Sie wirbelte herum, doch da war keiner.

Mit hämmerndem Herzen drehte sie sich wieder um.

Lauf einfach, sagte die Stimme in ihrem Kopf, doch sie konnte nicht.

Es war, als wären ihre Fußsohlen mit zähflüssigem Leim beschmiert, der sie daran hinderte, weiterzugehen.

Sie fing an zu zittern.

Dann verspürte sie auf einmal ganz furchtbaren Zorn.

Zorn auf Mama und Zorn auf sich selbst.

Wie hatte sie nur so doof sein können, mitten in der Nacht alleine nach unten zu gehen?

Und dann das Klimpern.

Sie hatte sich das definitiv nur eingebildet, denn wenn es anders wäre, hätte Mama unten sein müssen

Doch was, wenn es gar nicht ihre Mutter war, die dieses Klimpern verursacht hatte? Was, wenn da unten jemand war, der sich vor ihr versteckt hatte, während sie in dem Zimmer nachsah?

Jemand, der Mama und ihr etwas Böses wollte?

Panik breitete sich in ihr aus.

Sie keuchte, sackte auf alle viere, krabbelte mit zitternden Knien weiter.

Gerade, als sie bereits die letzte Stufe nehmen wollte, es beinahe geschafft hatte, hörte sie wieder das Knarzen von vorhin. Nur dass es diesmal von irgendwo hinter ihr kam.

Es klang …

Es klang genau wie …

Sie keuchte entsetzt.

Dann schossen ihr die Tränen in die Augen.

Das Knarzen klang, als wenn jemand ganz dicht hinter ihr die Treppe hinaufstieg.

Jemand Erwachsenes.

Jemand, der viel mehr wog als sie mit ihrem Fliegengewicht.

Alles in ihr schrie danach, sich umzudrehen und nachzusehen, doch sie konnte es nicht.

Schaffte es einfach nicht.

Und dann …

Dann ging plötzlich das Licht aus.

1

HAMBURG

APRIL 2019

»Können Sie mich hören?«

Die Stimme drang wie durch dichten Nebel von ihrem Gehörgang in ihr Bewusstsein.

»Bitte, wenn Sie mich verstehen, geben Sie mir ein Zeichen. Irgendwas. Bewegen Sie einen Finger. Oder blinzeln Sie.«

Die Stimme klang besorgt und forsch zugleich, ließ sie erzittern.

Sie öffnete die Augen, zuckte wimmernd zusammen, als das grelle Licht ihre Pupillen traf. Ein scharfer Schmerz schoss durch ihren Kopf.

»Wir müssen einige Untersuchungen mit Ihnen machen, herausfinden, ob sie schwere innere Verletzungen erlitten haben. Ein MRT von Ihrem Schädel hat momentan oberste Priorität. Verstehen Sie, was ich sage? Ich meine, begreifen Sie, was wir tun müssen? Es ist nur zu Ihrem Besten.«

Als ihre Augen sich an die Helligkeit gewöhnt hatten und die Umgebung langsam an Schärfe gewann, erkannte sie über sich das Gesicht eines Mannes mittleren Alters, der sie aufmerksam ansah.

Als sich ihre Blicke trafen, lächelte er und schien erleichtert.

»Mein Name ist Dr. Benjamin Unger. Ich bin Ihr behandelnder Arzt.« Er zwinkerte ihr zu, beugte sich noch weiter zu ihr herab. »Wissen Sie, was passiert ist?«

Sie schluckte, wollte mit dem Kopf schütteln, als erneut ein hämmernder Schmerz durch ihren Schädel schoss, ihn beinahe ausfüllte. Es war, als würde dieses Hämmern ihr komplettes Inneres ausfüllen. Es gab nur noch dieses unerträgliche Tuckern in ihrem Kopf, das sich wellenartig über die Halswirbelsäule bis zu ihren Zehenspitzen ausbreitete.

Der Arzt verzog das Gesicht. »Ich weiß, dass Sie starke Schmerzen haben«, erklärte er. »Aber ich kann Ihnen noch nichts dagegen geben. Zumindest nicht, bis wir wissen, was genau Ihnen fehlt.« Er brach ab, musterte sie. »Am besten wäre es, wenn wir sofort loslegen. Je früher wir mit allen Untersuchungen durch sind, desto schneller kommen Sie an Ihre erste Dosis Schmerzmittel. Was halten Sie davon?«

Sie öffnete den Mund, wollte dem Arzt sagen, dass ihr alles recht wäre, solange er nur endlich machte, dass diese Schmerzen aufhörten, doch aus unerfindlichen Gründen drang aus ihrer Kehle nur ein unmenschliches, raues Krächzen, das ihr noch mehr Angst machte.

Dabei schrie alles in ihr danach, dem Mann Fragen über Fragen zu stellen. Wo sie sich befand und wie sie hierher kam. Was genau mit ihr passiert war.

Wieso sie solch grausame Qualen durchleiden musste.

Noch nie zuvor hatte sie solche Schmerzen ertragen müssen.

Dieses Reißen in ihrem Rücken, das sich anfühlte, als habe ihr jemand bei lebendigem Leibe die Wirbelsäule herausgerissen.

Das Dröhnen und Hämmern in ihrem Kopf, das es ihr

unmöglich machte, auch nur einen einzigen logischen Gedankengang zuzulassen.

Dieses krampfartige Ziehen und Stechen in ihrem Leib, das ihr beinahe die Luft zum Atmen nahm.

Der Arzt musterte sie, verzog das Gesicht. »Eine Sache noch … Bevor ich Sie ins MRT bringe, würde ich gerne jemanden aus Ihrer Familie kontaktieren. Inzwischen sind Sie seit knapp zwei Stunden hier und diese Untersuchungen … tja … ich schätze, damit werden wir locker auch noch mal knappe zwei, vielleicht sogar drei Stunden beschäftigt sein. Ich möchte nicht, dass jemand sich um Sie Sorgen machen muss, verstehen Sie?« Er brach ab und wartete.

Verwirrt starrte sie den Mann an, schluckte.

»Sie hatten nichts bei sich, als Sie hier eingeliefert worden sind«, erklärte er. »Keine Tasche, keine Geldbörse. Wir haben also keine Personalien von Ihnen und somit auch keine Möglichkeit, Ihre Angehörigen ausfindig zu machen.« Er brach ab, schien in ihrem Gesicht nach einer Antwort zu forschen. »Es ist sogar so, dass …« Erneut hielt er inne, wirkte, als würde er sich seine nächsten Worte ganz genau überlegen. »Sie hatten keine Schuhe an, als man Sie herbrachte. Und auch keine Jacke. Alles, was Sie am Leibe trugen, waren eine Garnitur Unterwäsche, eine Jogginghose und ein Shirt.« Er hob die Schultern, starrte sie an. »Wir haben April und da draußen ist es bitterkalt. Sie waren vollkommen durchnässt und durchgefroren, als Sie hier ankamen, von Ihren Verletzungen ganz zu schweigen.« Er schüttelte den Kopf, dann stieß er die Luft aus. »Sie hatten unglaubliches Glück, begreifen Sie das? Sie hätten tot sein können. Der Fahrer des Kleinlasters, mit dem Sie kollidiert sind, sagte aus, dass Sie, ohne nachzusehen, auf die Straße gerannt sind. Der Mann konnte gerade noch rechtzeitig in die Eisen steigen, anderenfalls hätte er Sie komplett plattgemacht.« Der Arzt legte den Kopf schief. »Ab heute dürfen Sie zweimal im Jahr Geburtstag feiern, hören Sie? Dass Sie noch am Leben sind, grenzt an ein Wunder …« Er seufzte, griff nach ihrer rechten Hand, umschloss sie mit der seinen. »Erinnern Sie sich überhaupt an den Unfall?«

Sie überlegte, wollte mit dem Kopf schütteln, doch der Schmerz ließ ihr keinen Millimeter Spielraum.

»Blinzeln Sie einmal für Ja, zweimal für Nein, okay?«

Sie öffnete den Mund, rang nach Luft, stöhnte, als der Schmerz ihren Brustkorb verkrampfen ließ. »Ich … weiß gar nichts«, stieß sie schließlich kaum hörbar hervor.

Der Arzt runzelte die Stirn. »Und wissen Sie, wieso Sie auf die Straße gerannt sind? Ich meine, dass Sie sich nicht an den Zusammenstoß erinnern – okay. Aber Sie müssen doch noch wissen, wieso Sie überhaupt auf die Schnellstraße gerannt sind.«

Sie schloss die Augen, schluckte gegen die aufsteigenden Tränen an. »Nein«, brachte sie mühsam hervor. »Ich erinnere mich nicht.«

»Okay«, sagte der Arzt und nickte. »Das ist nicht ungewöhnlich. Wahrscheinlich haben Sie eine schwere Gehirnerschütterung. Da kann es schon einmal passieren, dass man sich nicht mehr genau an die letzten Stunden erinnert.« Er seufzte. »Dann verlegen wir das eben nach hinten, einverstanden? Wir reden über den Unfall und den Auslöser, sobald Sie sich daran erinnern. Aber jetzt …« Er machte eine Pause, sah sie ernst an. »Jetzt sollten wir wirklich ganz schnell Ihre Familie informieren. Bestimmt macht diese sich furchtbare Sorgen um Sie. Wir benötigen Ihren vollständigen Namen sowie die Telefonnummer eines Angehörigen.« Er sah sie abwartend an.

Sie öffnete den Mund, um dem Mann zu antworten, als sie plötzlich von eisigem Entsetzen erfasst wurde.

Verzweifelt schnappte sie nach Luft, riss die Augen auf.

Das alles war ein einziger und nicht enden wollender Albtraum.

Diese vernichtenden Schmerzen überall in ihrem Körper.

Die Tatsache, dass sie einen schweren Unfall gehabt und diesen nur ganz knapp überlebt hatte.

Und jetzt noch das Schlimmste von alledem …

Etwas, das man seinem allerschlimmsten Feind nicht wünschen würde.

Sie fing an zu zittern, dann spürte sie einen Schwall heißer Nässe am Unterkörper. Es war, als habe sie von einem Augenblick auf den anderen keinerlei Kontrolle mehr über ihren Körper.

»Ich … es tut mir so leid.«

Der Arzt folgte ihrem Blick, winkte ab. »Aber das ist doch gar nicht schlimm. Das kommt von dem Schock, den Sie erlitten haben. Machen Sie sich deswegen keine Gedanken. Sie sind hier in guten Händen und ich verspreche Ihnen, dass Sie bald wieder auf dem Damm sind. Wenn Sie mir jetzt nur Ihren Namen verraten würden und wen ich für Sie anrufen darf, kann es losgehen.«

»Das geht nicht«, krächzte sie hilflos und fühlte sich von einem Augenblick auf den anderen, als befände sie sich im freien Fall.

Überall war nur noch Leere.

In ihr.

Um sie herum. »Ich … ich weiß es doch nicht.«

Der Arzt starrte sie erschrocken an. »Sie wissen nicht, wer Sie sind?«

Sie stieß ein verzweifeltes Heulen aus. »Es tut mir leid, aber in meinem Kopf ist nichts als dichter Nebel«, würgte sie atemlos hervor. »Wirklich alles ist dunkel.«

2

HAMBURG

MÄRZ 2019

»Das ist doch alles ganz große Scheiße«, jaulte Lotte mit einer Mischung aus Zorn und Fassungslosigkeit. »Dir ist schon klar, dass du mein Leben zerstörst oder?«

»Nicht in diesem Ton, Madame!«, knurrte Joe und sah seine Tochter ernst an. »Du bist zehn Jahre alt und somit viel zu jung für ein Smartphone.«

»Aber meine Freundinnen haben alle eins. Und fast jeder in meiner Klasse. Wenn ich als Einzige keins habe, denken die, ich hab sie nicht mehr alle.«

Joe schüttelte entschieden den Kopf. »Wir reden in frühestens zwei Jahren noch mal über dieses Thema«, erklärte er. »Und das ist mein allerletztes Wort.«

Lotte sprang so heftig auf, dass ihr Stuhl nach hinten weg kippte und mit einem lauten Scheppern auf die Küchenfliesen knallte.

Joe seufzte. »Auch dein Wutanfall ändert an meiner Entscheidung nichts.«

Lotte stemmte ihre Fäuste in die Seite, funkelte ihren Vater böse an. »Du bist so ein … Arsch«, stieß sie aus und zog eine Schnute. »Opa hat mir das iPhone zum Geburtstag geschenkt. Du darfst mir das nicht einfach wegnehmen, das ist Diebstahl. Gerade du solltest das wissen. Vielleicht zeig ich dich bei Carsten an.«

Joe stieß die Luft aus. »Im Grunde hast du recht«, gab er schließlich zu. »Das Ding war ein Geschenk von deinem Großvater zum zehnten Geburtstag. Aber Fakt ist nun einmal, dass du dafür meiner Ansicht nach noch zu jung bist. Außerdem hätte dein Opa so was mit mir absprechen müssen.«

Lotte hob die Schultern. »Es sollte eine Überraschung sein«, sagte sie. »Deswegen hat er nichts gesagt.«

Joe biss sich auf die Unterlippe, verkniff sich einen Kommentar. Lotte liebte ihren Großvater über alles und ganz egal, was er über ihn sagen würde, Lotte gäbe es an ihn weiter und das wiederum, bedeutete nur Ärger.

»Dein Opa hat es gut gemeint, das weiß ich. Etwas zu gut, leider Gottes. Und wie sonst auch bin jetzt wieder einmal ich derjenige, der die Sache ausbaden muss.«

»Gib mir doch einfach das Handy«, sagte Lotte und sah ihren Vater durchdringend an. »Ich mach schon nichts Blödes damit. Ich brauche es für den Klassenchat und um mit meinen Freundinnen telefonieren zu können.«

Joe seufzte. »Den Klassenchat hast du auf meinem Handy und das darfst du nach wie vor unter Aufsicht nutzen. Und was deine Freundinnen angeht – dafür hast du doch ein Festnetztelefon. Jeder, der es mag, kann dich also erreichen und umgekehrt.«

Lotte, die endlich einsah, dass es nichts nutzte und ihr Vater sich nicht erweichen ließ, grunzte böse. »Wenn Mama noch da wäre, dürfte ich es behalten«, stieß sie schließlich aus und Joe bemerkte, dass ihre Augen in Tränen schwammen. »Mama war viel cooler als du.«

Ein Stich fuhr durch Joes Innerstes.

Das hatte gesessen. Trotz ihres jungen Alters wusste seine

älteste Tochter schon sehr gut, wie man Schläge unterhalb der Gürtellinie verteilte.

Er atmete tief durch, ignorierte den Schmerz in seinem Innern.

»Nicht auf diese Tour, meine Liebe«, zischte er und sah sie durchdringend an. »Das ist so ziemlich das Mieseste, das du mir antun kannst. Sie fehlt mir auch, hörst du? Und deine Worte tun weh, ganz abgesehen davon, hab ich es nicht verdient, dass du auf diese Weise mit mir sprichst.«

Lotte zuckte zusammen, senkte den Kopf.

Als sie wieder aufsah, liefen ihr dicke Tränen über die Wangen, tropften von ihrem Kinn zu Boden.

»Tut mir leid«, flüsterte sie beschämt. »Ich bin immer noch sauer, aber das hätte ich nicht sagen sollen.«

Sie sah ihn an, machte auf dem Absatz kehrt und keine zehn Sekunden später hörte er, wie die Tür ihres Kinderzimmers ins Schloss fiel.

Er lehnte sich zurück, schloss für einen Moment die Augen, konzentrierte sich darauf, gegen den Schmerz in seinem Innern anzukämpfen, gegen die dunkle Leere in seiner Brust und gegen das Gefühl, durch ein Tuch zu atmen.

Wenn Leute sagten, man müsse mit seiner Trauer umzugehen und zu leben lernen, konnte er nur abwinken. Er versuchte das jetzt schon seit einem Jahr, doch in der Realität sah es so aus, dass er weder das eine noch das andere hinbekam.

Er konnte weder mit dem Verlust umgehen noch mit der Tatsache leben, dass er Anna nie wieder würde in den Armen halten, sie nie wieder würde küssen können. Seine geliebte Frau war, genau wie ihre Mutter einige Jahre zuvor, an Brustkrebs gestorben und es gab nichts, das er hätte tun können, um es zu verhindern. Und jetzt … Jetzt, wo sie seit einem Jahr tot war, vermisste er sie noch ganz genau so sehr wie am ersten Tag nach ihrem Ableben. Der reißende Schmerz in seinem Innern wurde nicht weniger, genau wie er das Gesicht seiner sterbenden Frau nicht aus dem Kopf bekam, als sie ihn gebeten hatte, gut auf ihre beiden Babys achtzugeben.

Joe spürte, wie sich beim Gedanken an jenen Tag seine Kehle verengte, er fast keine Luft mehr bekam. Er sprang auf, lief ins Wohnzimmer, riss die Tür zur Terrasse auf, sog gierig die frische Luft ein.

Er hatte Anna so sehr geliebt, hätte sich niemals auch nur ansatzweise vorstellen können, jemals von ihr getrennt zu sein. Er hatte mit ihr alt werden wollen, hatte sich ausgemalt, wie sie beide als altes Ehepaar ein Wohnmobil kaufen und die Welt erkunden würden, doch nun … war der Wunschtraum alles, was ihm geblieben war.

Er würde den Rest seines Lebens fortan damit verbringen müssen, Anna zu vermissen und sich einzureden, dass sie doch noch irgendwo bei ihm und den Kindern war.

Er glaubte nicht an diesen Quatsch wie ein Leben nach dem Tod und doch kam er nicht umhin, zuzugeben, dass es sich irgendwie tröstlich anfühlte, daran zu glauben, dass etwas von Anna, ihre Seele vielleicht, noch irgendwo existierte.

Er öffnete die Augen, warf einen Blick auf seine Armbanduhr, stand auf. Es war Zeit, Luisa aus der Kita abzuholen, und egal, ob Lotte sauer auf ihn war oder nicht, sie musste mit.

Auf dem Weg zu ihrem Zimmer nahm er seine Jacke von der Garderobe, schlüpfte hinein. Er presste sein Ohr an das weiße Holz der Tür, lauschte, doch Lotte schien zu schmollen, hatte sich wahrscheinlich ihre Kopfhörer aufgesetzt und hörte laute Musik, wie sie es immer tat, wenn sie wütend war oder traurig oder einfach nur launig. Er klopfte zweimal, wartete ab. Nachdem er einen Moment hatte verstreichen lassen, versuchte er es erneut. Schließlich drückte er die Klinke hinunter, trat ein, fand Lotte schlafend auf ihrem

Sofabett vor. Sie musste während des Schmollens eingenickt sein, zog selbst im Schlaf eine Schnute. Beim Anblick seiner Tochter krampfte sich sein Innerstes zusammen. Lotte war das Ebenbild von Anna, sie anzusehen, erfüllte ihn daher mit Freude und Trauer zugleich. Das Mädchen hatte die schwarzen Haare von ihrer Mutter, ebenso deren dunkle Augen und zu seinem Leidwesen auch Annas loses Mundwerk.

Seine verstorbene Frau war ein Mensch gewesen, der sich von niemandem etwas hatte sagen lassen. Und genau das schien Lotte von ihr geerbt zu haben.

Er trat näher, setzte sich neben Lotte, rüttelte sie sachte. »Wir müssen los«, sagte er und betrachtete ihr niedliches Gesichtchen.

»Ich will hierbleiben«, maulte Lotte und gähnte herzhaft. »Ich hab noch so viel zu lernen. Wieso muss ich immer mit, wenn du das Baby holst?«

Joe lachte. »Erstens ist deine Schwester kein Baby mehr und zweitens hab ich eine Verantwortung euch beiden gegenüber. Meine minderjährige Tochter alleine im Haus zu lassen, würde von wenig bis gar keinem Verantwortungsbewusstsein zeugen und das, meine Liebe, hätte deiner Mutter nicht gefallen.«

Lotte schien ernsthaft über seine Worte nachzudenken. Schließlich setzte sie sich auf. »Okay, ich brauche fünf Minuten.«

Während Lotte sich fertig machte, inspizierte Joe den Inhalt von Kühlschrank und Vorratskammer, machte sich im Kopf eine Liste mit Dingen, die er auf dem Rückweg von der Kita einkaufen musste.

»Wir können los«, ertönte es hinter ihm und er wirbelte herum. Lotte schien sich beruhigt zu haben, denn ihr Gesichtsausdruck wirkte jetzt nicht mehr wütend, sondern gelangweilt.

Joe sah sie an, legte den Kopf schief. »Was hältst du davon, wenn wir uns auf dem Rückweg irgendwo eine Pizza mitnehmen? Die könnten wir vor dem Fernseher verdrücken.« Lotte hob die Schultern. »Eine Pizza für uns alle? Du weißt, dass ich Vegetarier bin oder?«

Joe stieß in Gedanken einen Fluch aus. Das hatte er total vergessen. Es war noch keine zwei Wochen her, als Lotte eines Tages von der Schule nach Hause gekommen war und ihm gesagt hatte, dass sie fortan beabsichtigte, kein Fleisch und keine Wurst mehr zu essen. Er nickte ergeben. »Dann nehmen wir eben zwei Pizzen. Eine mit Gemüse für dich und eine mit Schinken und Pilzen für Luisa und mich.«

Das schien seine Tochter zumindest ein Stück weit zu besänftigen, denn sie verzog ihr Gesicht zu einem Grinsen. »Wir haben hoffentlich noch genügend Eis da?«

Joe lachte und tippte sich an die Stirn. »Schon notiert und jetzt los, bevor Luisa wieder schimpft, weil sie die Letzte ist, die abgeholt wird.«

———

Joe war gerade dabei, seine fünfjährige Tochter in ihrem Sitz festzuschnallen, als sein Handy vibrierte. Er zog es hervor, warf einen Blick aufs Display und seufzte.

Er wollte den Anruf gerade wegdrücken, als ihm klar wurde, dass das unfair war. Seine Eltern hatten Anna wie eine Tochter geliebt, sie litten ganz genau wie er unter ihrem Tod. Es war nicht richtig, sie zu ignorieren, nur um zu verhindern, dass das Gespräch auf Anna kam. Jeder Mensch trauerte anders und seine Eltern gehörten eben zu jenen Menschen, denen es half, so viel und so oft wie möglich über ihren Verlust zu sprechen.

Hinzu kam, dass seine Eltern vollkommen vernarrt in ihre Enkeltöchter waren und er es beiden Seiten schuldig war, so oft wie möglich Kontakt zu halten. Er konnte ... nein er durfte nicht mehr viel länger so weitermachen und sich mit den Kindern im Haus verbarrikadieren, nur um Begegnungen mit anderen Menschen, die Anna gekannt hatten, aus dem Weg zu gehen.

Und er musste einen Weg finden, wie er mit jenen Menschen aus seinem Umfeld umging, die nicht begriffen, dass er noch lange nicht so weit war, wieder der Alte zu werden.

Anna war tot und ihr Verlust hatte eine riesige Lücke in seinem Innern hinterlassen, die niemals wieder vollkommen ausgefüllt sein würde.

Sein Schwiegervater – so anstrengend und stur er auch sein mochte, begriff das, denn auch ihn hatte der Tod seiner einzigen Tochter, nur wenige Jahre nach dem Ableben seiner geliebten Frau, in ein finsteres Loch katapultiert, aus dem er bislang nicht wieder herausgefunden hatte.

Joe und sein Schwiegervater hatten von Anfang an Probleme miteinander gehabt, doch in einem zumindest waren sie sich einig, nämlich darüber, dass man über Gefühle nicht sprach und schon gar nicht an dem wackeligen Schutz-wall rüttelte, den sie beide, jeder für sich, tief in ihrem Innern errichtet hatten.

Sein Daumen war schon knapp über dem roten Hörer, um seine Mutter wie so oft in den letzten Wochen, wenn nicht gar Monaten, abzuwimmeln, als er sich doch anders entschied. »Hi Mom, was gibt's?«, fragte er, hielt die Luft an. Doch anders als erwartet folgten jetzt keine Vorwürfe, weil er sich schon so lange nicht mehr hatte blicken lassen und auch nicht ans Telefon gegangen war, sondern ein erleichterter Seufzer. »Endlich«, rief sie aufgelöst, »ich hab es schon so oft bei dir probiert.«

Augenblicklich meldete sich sein schlechtes Gewissen zu Wort. »Viel zu tun«, rechtfertigte er sich halbherzig. Nicht, weil es ihm nicht wichtig wäre, was seine Eltern dachten, stattdessen wusste er natürlich, dass seine Mutter ihm die Ausrede, egal, welche er anbringen würde, sowieso nicht abnahm.

»Gehst du wieder arbeiten?«, fragte sie und als er die unverhohlene Aufregung in ihrer Stimme vernahm, zerriss es ihm beinahe das Herz. »Nein, Mom, ich bin nach wie vor beurlaubt, aber trotzdem ist es ziemlich stressig, so als alleinerziehender Vater von zwei Töchtern.«

Er spürte Lottes Blick auf sich, verzog das Gesicht. »Was hältst du davon, wenn wir alle gleich bei euch vorbeikommen? Dann können wir ganz in Ruhe quatschen.«

Am anderen Ende der Leitung raschelte es und Joe hörte, wie seine Mutter mit irgendjemandem tuschelte, sich anschließend nervös räusperte. »Okay Schatz, das wäre wirklich toll, weil …«

Sie brach ab, schien zu zögern, und augenblicklich wurde ihm klar, dass der Grund ihres Anrufs ein anderer war, und nicht, weil er sich schon so lange nicht mehr hatte blicken lassen. »Was ist los, verdammt?«, fragte er und konnte nicht verhindern, dass Panik aus seiner Stimme sprach. Er schickte ein stummes Stoßgebet zum Himmel, hoffte, dass ihr Anruf nicht darin begründet lag, dass sein Vater schwer krank geworden war oder es noch einen weiteren Todesfall in der Verwandtschaft gab. Denn egal, was von beiden es auch sein würde – dazu hatte er weder die Kraft noch die Nerven. Er holte tief Luft, spürte selbst, wie angespannt er war und dass sich seine negative Körpersprache so langsam auch auf die Mädchen auswirkte. Er spürte Lottes panischen Blick auf sich, lächelte, um sie zu beruhigen, dann zwinkerte er der kleinen Luisa zu, während er den Gurt in das Schloss schnappen ließ. Schließlich richtete er sich auf, ging ums Auto herum zur Fahrertür, ließ sich hinters Lenkrad fallen. Er hörte den Atem seiner Mutter am anderen Ende der Leitung, spürte regelrecht, dass sie einen inneren Kampf ausfocht, inwiefern sie ihm sagen durfte, was ihr auf der Seele lag.

Schließlich vernahm er ein leises Hüsteln, dann ein Seufzen. »Du kennst doch die Enkelin meiner Nachbarn, zwei Häuser weiter? Die kleine Marie, die oft bei ihren Großeltern zu Besuch gewesen ist. Luisa und sie haben vorletztes Jahr im Sommer so schön miteinander gespielt, als du wegen Anna jeden Tag im Krankenhaus warst …« Sie brach ab.

»Das niedliche, kleine Mädchen mit den blonden Zöpfen?«

»Genau das Mädchen meinte ich … Es ist so, dass …«, seine Mutter stockte erneut, schien nach den richtigen Worten zu suchen und erst jetzt fiel ihm auf, wie brüchig ihre Stimme klang.

»Was ist mit der Kleinen? Wieso bist du so … ich weiß nicht … irgendwas stimmt doch nicht, das spüre ich ganz deutlich«, stieß er aus.

Seine Mutter am anderen Ende der Leitung begann zu schluchzen.

»Es ist absolut furchtbar, hörst du? Die arme kleine Marie und ihre Mutter … sie sind beide tot.«

3

———

HAMBURG
APRIL 2019

Ein Klopfen riss sie aus ihrem Dämmerschlaf. Sie schreckte hoch, zuckte schmerzerfüllt zusammen, als ein scharfer Stich ihr vom Brustkorb bis in den Unterleib schoss.

Keine Sekunde später ging die Tür auf und der Arzt von vorhin trat ein. Er zog seine Stirn in Falten. »Darf ich kurz?«

Sie nickte schwach.

»Ich habe sehr gute Nachrichten im Gepäck«, erklärte er und sah sie lächelnd an. »Unsere Untersuchungen sind soweit durch und wie es aussieht, haben Sie keinerlei schwerwiegende Verletzungen davongetragen.« Er brach ab, sah sie ernst an. »Sie haben einige geprellte Rippen, ein gebrochenes Handgelenk und, wie es aussieht, eine heftige Gehirnerschütterung. Das mag sich zunächst einmal erschreckend anhören, doch wenn wir die Schwere des Unfalls in Betracht ziehen, die Tatsache, dass es ein Kleinlaster war, mit dem Sie kollidierten, würde ich sagen, sind Sie noch glimpflich davongekommen.«

»Dann bin ich … gesund?«, stieß sie aus.

»Mehr oder weniger, ja.« Er nickte.

»Und wieso erinnere ich mich nicht an den Unfall? Oder daran, wie mein Name lautet? Wer ich bin?«

Dr. Unger runzelte die Stirn, sah sie mitfühlend an. »Dafür gibt es mehrere mögliche Ursachen. Zum einen könnte die Gehirnerschütterung dafür verantwortlich sein. Oder der Schock wegen des Unfalls. Ich weiß, dass das frustrierend für Sie sein muss, doch ich verspreche Ihnen, dass dies kein Dauerzustand sein wird. Ihre Erinnerungen werden zurückkommen. Vielleicht nicht alle auf einmal, aber nach und nach.« Er lächelte, warf einen Blick zur Tür, schien unschlüssig.

»Was?«, fragte sie. »Da ist doch noch etwas, das Sie mir verschweigen.«

»Sie haben recht.« Er atmete tief durch, verzog sein Gesicht zu einem warmen Lächeln. »Ich weiß mittlerweile, wie Ihr Name lautet. Ihr Ehemann … er hat sich Sorgen gemacht, als Sie nicht nach Hause gekommen sind, und alle Krankenhäuser abtelefoniert, bis er schließlich bei uns gelandet ist. Er steht draußen, konnte sich ordnungsgemäß ausweisen und hat Unterlagen bei sich, aus denen ohne jeden Zweifel hervorgeht, dass Sie tatsächlich seine Ehefrau sind. Was denken Sie, soll ich ihn hereinholen?«

Sie starrte Dr. Unger an, nickte zögerlich. Ihr schlug das Herz bis zum Hals.

»Sie sehen nicht gerade überzeugt aus«, sagte der Mann schmunzelnd. »Soll ich ihn wegschicken?«

»Nein!«, stieß sie aus. »Es ist nur so … Was, wenn ich ihn nicht erkenne? Was, wenn er für mich wie ein Fremder ist. Ich weiß nicht, wie ich mit dieser Situation umgehen soll, verstehen Sie?«

Der Arzt sah sie ernst an, nickte. »Aber es wäre doch vollkommener Quatsch, nur aus Angst eine so wichtige Chance verstreichen zu lassen oder nicht? Ich meine, was, wenn es genau andersrum ist? Was, wenn Sie Ihren Mann ansehen und Ihre Erinnerung kommt zurück? Das könnte auch passieren.«

Sie holte Luft, ließ sich die Worte des Mannes durch den Kopf gehen.

»Also gut«, sagte sie heiser. »Lassen Sie ihn rein.«

Sie beobachtete den Arzt, wie er die Klinke hinunterdrückte und die Tür aufstieß, zu jemandem draußen auf dem Gang ein paar leise Worte sagte.

Aus einem Impuls heraus schloss sie die Augen, zog sich die Decke bis zur Brust hoch. Ihr ganzer Körper war angespannt und als sie wenig später Schritte vernahm, dann die Tür, die ins Schloss fiel, hielt sie automatisch die Luft an.

»Oh mein Gott, Schatz, ich hoffe, dir geht es gut«, vernahm sie eine dunkle, warm klingende Stimme, die in ihr ein Gefühl von Vertrautheit auslöste.

»Es geht ihr doch gut oder nicht?« Die Frage schien an den Arzt gerichtet zu sein, denn Dr. Unger räusperte sich und holte Luft. »Den Umständen entsprechend würde ich sagen.«

Sie vernahm ein Geräusch, das an ein erleichtertes Stöhnen erinnerte, rang mit sich, ob sie schon bereit war, die Augen zu öffnen. »Ich hab Angst«, stieß sie aus, zuckte zusammen, als sie einen Lufthauch spürte und keine Sekunde danach eine zarte Berührung an ihrer Schulter.

»Ich bin direkt neben dir«, sagte die Stimme und plötzlich lichtete sich der Nebel in ihrem Kopf ein wenig und sie konnte trotz ihrer nach wie vor geschlossenen Augen verschwommene Gesichtszüge erkennen.

Es war das Gesicht eines Mannes, das ihr Gehirn wohl irgendwie mit dieser Stimme verband. Sie schnappte nach Luft, schluckte gegen die Angst an. Das Gesicht vor ihrem inneren Auge wurde deutlicher und jetzt konnte sie dunkelbraune Augen erkennen, ein markantes Kinn, eine fein geschwungene Nase. Der Mann in ihrem Kopf hatte braunes, gelocktes Haar und sah umwerfend aus, sodass sie sich unweigerlich fragte, was sie tun würde, wenn der Mann, der jetzt gerade an ihrem Bett stand, ein anderer war.

»Mach die Augen auf, bitte«, drängte die Stimme und plötzlich wusste sie, dass der Arzt recht hatte, sie diese Chance wahrnehmen musste, weil es keine andere Option für sie gab. Sie holte erneut Luft, zählte in Gedanken bis zehn, dann setzte sie alles auf eine Karte. Sie blinzelte zweimal, als die Helligkeit in ihren Augen brannte, dann richtete sie den Fokus auf die verschwommenen Umrisse links neben sich, stieß einen leisen Schrei aus. »Alessandro!«

Der Name war urplötzlich in ihrem Kopf aufgetaucht, ohne dass sie hätte sagen können, wo er herkam. Es war, als wäre er die ganze Zeit da gewesen, nur dass sie bis gerade eben nicht hatte darauf zugreifen können.

Sie fing an zu weinen, spürte, wie ein inneres Beben von ihr Besitz ergriff, sie urplötzlich so heftig zitterte, dass selbst ihre Zähne unkontrolliert gegeneinanderschlugen. Von einer Sekunde auf die andere schoss ein so heftiger Schmerz durch ihren Kopf, dass sie aufstöhnte. Und dann kamen die Bilder. Es war, als liefe ein Film im Schnelldurchlauf vor ihrem inneren Auge ab, der sich nicht mehr stoppen ließ.

»Fenja«, stammelte sie und fühlte sich, als stünde sie unter Strom. »Mein Name ist Fenja Marten und ich bin zweiunddreißig Jahre alt.«

Dann brach alles aus ihr hervor.

———

»Jetzt noch einmal von vorne«, sagte der Arzt lächelnd, nachdem sich die erste Aufregung gelegt hatte. »Fenja Marten also. Sie sind zweiunddreißig Jahre alt. Und weiter?«

Sie holte tief Luft, sah Alessandro an. »Wir wohnen in Hamburg-Blankenese, in einer Eigentumswohnung, die wir uns vor knapp fünf Jahren gekauft haben. Eigentlich wollten wir ein Häuschen auf dem Land, der Kinder wegen, doch dann brachten wir es beide nicht fertig, aus Hamburg wegzuziehen, entschieden uns, damit noch zu warten, vor allem deswegen, weil du es nicht so weit zur Arbeit hast.« Sie stutzte, sah ihren Mann erschrocken an. »Wo sind sie eigentlich? Geht es Tomke und Erik gut?«

Er lächelte beruhigend. »Meine Mutter ist bei ihnen, mach dir keine Sorgen.«

»Sie haben also eine Tochter und einen Sohn?«

Fenja nickte.

»Und wie alt sind die beiden?«

Sie sah den Arzt an, verzog das Gesicht zu einem schwachen Lächeln. »Ich weiß wieder alles, wirklich.« Sie atmete tief ein. »Tomke ist fünf und Erik zwei. Die beiden sind … großartige Kinder.«

Dr. Unger grinste übers ganze Gesicht. »Hab ich es Ihnen nicht gesagt, dass Sie sich wieder an alles erinnern werden? Und Sie wollten schon die Flinte ins Korn werfen.« Er wurde ernst. »Dann kommen wir jetzt zum Wichtigsten von alledem – dem Unfall. Was genau wissen Sie darüber? Wie ist er passiert? Und vor allem, wieso?«

Fenja zuckte zusammen, sah zu Alessandro, dessen Gesicht sich für den Bruchteil einer Sekunde verdüsterte. Dann richtete sie den Blick auf den Arzt, öffnete den Mund, doch da war auf einmal wieder dieser Nebel in ihrem Kopf. Sie schloss die Augen, legte all ihre Konzentration in den Versuch, sich an das, was geschehen war, zu erinnern – vergeblich. »Ich weiß es nicht«, seufzte sie. »Und das ist die Wahrheit. Ich erinnere mich an alles. An meine Familie und Freunde, an mein Zuhause, an meinen Beruf. Ich bin Grafikerin – wussten Sie das? Alex und ich haben uns vor sieben Jahren beim Hanseblatt kennengelernt.« Sie brach ab, kämpfte gegen die Tränen an, schüttelte schließlich den Kopf. »Ich weiß wirklich nichts über den Unfall. Und auch nichts darüber, was vorher war. Meine letzte Erinnerung ist Eriks zweiter Geburtstag.« Sie schloss die Augen, atmete tief durch.

»Machen Sie sich bitte keine Gedanken deswegen«, sagte der Arzt und seine Stimme klang plötzlich anders als zuvor. Mitfühlend zwar, doch es schwang auch noch etwas anderes darin mit. Sie öffnete die Augen, sah ihn an. Und schließlich wusste sie es. Der Arzt und auch ihr Mann betrachteten sie mit Argwohn im Blick, es war, als schienen die beiden versuchen zu wollen, aus ihr zu lesen.

»Was?«, fragte sie misstrauisch.

Dr. Unger schien unschlüssig zu sein und sah sie betreten an. »Ihr Mann hat mir erzählt, dass Sie nach der Geburt Ihres Sohnes … nun ja … schwerwiegende Probleme hatten.« Er brach ab, stieß die Luft aus. »Psychische Probleme.«

Fenja sah alarmiert zu Alessandro, runzelte die Stirn. »Was meinst du damit?«

Der Blick ihres Mannes flackerte, dann kratzte er sich verlegen am Kopf. »Deine Depressionen, Schatz. Ich hab Dr. Unger davon erzählt.«

Sie lachte gezwungen. »Was soll das? Ich hab keine Depressionen. Nach Eriks Geburt hatte ich lediglich ein kleines … na ja … ich würde es als Stimmungstief bezeichnen.« Sie rang nach Luft, setzte sich in ihrem Bett auf, sah Dr. Unger an. »Tomke war damals gerade drei Jahre alt und reagierte sehr eifersüchtig auf das Baby. Sie schlief schlecht, war extrem anhänglich, ließ mich kaum zur Ruhe kommen. Eines Tages wurde mir alles zu viel und da habe ich …« Sie brach ab, schluckte.

»Was haben Sie?«

»Ich hab sie geschlagen«, stieß Fenja mit brüchiger Stimme aus. »Eine Ohrfeige, weil ich am Ende war.«

»Und was ist dann passiert?«

»Ich konnte es mir nicht verzeihen, dass ich mein Kind geschlagen habe, war dementsprechend mies drauf.«

»Das trifft es nicht ganz«, wandte Alessandro ein. »Du warst schon kurz nach der Geburt anders als zuvor. Konntest keinen Zugang zu Erik finden, hast viel geweint. Das war damals bei Tomke auch schon so. Irgendwann bekamst du es in den Griff, bis das mit Tomke passierte. Danach wurde alles noch schlimmer.«

»Ich verstehe nicht«, stammelte sie. »Was willst du mir sagen?«

Alessandro seufzte. »Diese Sache ist bei uns seit jeher ein Reizthema – weißt du das nicht mehr?«

Sie hob die Schultern.

»Seit wir uns kennen, leidest du regelmäßig an extremen Stimmungsschwankungen: An einem Tag bist du total am Ende, schaffst es kaum aus dem Bett, bist gereizt, aggressiv und psychisch vollkommen am Boden und am nächsten Tag sprühst du vor überschäumendem Elan. Ich hab die ganze Zeit über gewusst, dass das nicht normal ist, doch du weigerst dich seit Jahren, dich untersuchen zu lassen.«

Sie verzog das Gesicht, sah Alessandro bohrend an. »Du wolltest mich zum Psychiater schicken, das stimmt, und ich erinnere mich sehr wohl daran. Doch ich hab dir damals schon erklärt, dass es mir gut geht und diese Episoden lediglich damit zu tun haben, was ich in meiner Kindheit durchmachen musste. Ich hab das zwar hinter mir gelassen, doch hin und wieder kommt alles wieder hoch.«

»Wollen Sie mir erklären, was genau Ihnen in Ihrer Kindheit zugestoßen ist?«

Fenja seufzte. »Meine Mutter ... Sie leidet an einer manischen Depression. Diese war auch der Grund für die Trennung meiner Eltern. Mein Vater war zu schwach für diese ... Herausforderung und verließ meine Mutter, als ich acht Jahre alt war.«

»Das heißt, sie wuchsen anschließend bei Ihrer Mutter auf?«

Fenja schluckte. »Anfangs ja«, antwortete sie dem Arzt leise. »Die ersten sechs Jahre. Doch als ich in die Pubertät kam, wurde meiner Mutter durch ihre Krankheit bedingt alles zu viel, deswegen gab sie mich in die Obhut meiner Großeltern.«

»Dann sind Sie also bei den Großeltern aufgewachsen?«

»Nicht ganz«, sagte Fenja bitter. »Meine Oma starb wenig später und mein Großvater … nun ja … er war nach Großmutters Tod nicht mehr derselbe. Ich musste also wieder zu meiner Mutter, die inzwischen wieder geheiratet hatte und deren neuer Mann mich nicht ausstehen konnte.«

»Es war also schwierig für Sie?«

Fenja grunzte zornig. »Das ist noch milde ausgedrückt. Es war die Hölle. Jeden Tag gab es ein anderes Drama, bis meine Mutter die Nase voll hatte. Doch anstatt sich von diesem Scheißkerl zu trennen, steckte sie mich in ein Heim.«

Dr. Unger verzog das Gesicht. »Sie waren also in der schwierigsten Phase Ihres Erwachsenwerdens auf sich allein gestellt?«

Fenja nickte schwach.

»Und Sie haben bis heute ein … schwieriges Verhältnis zu Ihrer Mutter?«

Sie hob die Schultern. »Eigentlich gar keins. Meine Mutter und ich haben uns zu meiner Hochzeit das letzte Mal gesehen und auch an diesem Tag gab es ihretwegen wieder Stress. Deswegen hab ich bislang darauf verzichtet, sie den Kindern vorzustellen.«

»Und Ihr Vater?«

Fenja spürte, wie sich ihr Hals verengte. »Er ist keine zwei Jahre nach der Trennung von meiner Mutter verun-glückt. Es war ein Autounfall. Sein Tod war ein großer Schock für mich, obwohl ich es ihm zu dem Zeitpunkt noch immer sehr übel genommen habe, dass er uns ... mich verlassen hat.«

Dr. Unger legte den Kopf schräg, sah sie eine Weile schweigend an. »Also um es auf den Punkt zu bringen. Sie hatten nach der Scheidung Ihrer Eltern eine schwierige Kindheit, verloren sehr früh Ihren Vater und das Verhältnis zu Ihrer Mutter war durch viele Probleme geprägt?«

Fenja nickte. »Trotzdem bin ich darüber hinweg, auch wenn ab und an alles wieder hochkommt. Ich bin ein Mensch und manchmal sind Erinnerungen eben schmerzhaft.« Als ihr bewusst wurde, was sie soeben gesagt hatte, stöhnte sie. »So meinte ich das nicht, okay?«

Dr. Unger sah sie ernst an. »Sie wissen aber, dass es bei der Diagnose Ihrer Mutter, also der bipolaren Störung oder auch der bipolaren Depression, eine genetische Komponente gibt?«

Fenja schloss die Augen. »Was wollen Sie damit sagen? Dass ich dieselbe Krankheit wie meine Mutter habe?«

Dr. Unger sah sie forschend an, sagte aber nichts, was Fenjas ungutes Gefühl im Bauch nur verstärkte. Sie sah zu ihrem Mann. »Das ist es doch, was du auch denkst, stimmt's? Du bist überzeugt davon, dass ich genauso irre bin wie die Frau, die mich zur Welt brachte. Und dass dieser Unfall nur ein jämmerlicher Versuch war, mich umzubringen!«

4

HAMBURG
MÄRZ 2019

Als Joe den Wagen bei seinen Eltern vorm Haus geparkt hatte, warf er seiner ältesten Tochter einen strengen Blick zu. »Du kümmerst dich jetzt um Luisa, okay? Ich muss was Dringendes mit deiner Großmutter besprechen. Der Rest des Tages läuft wie geplant. Zuerst einkaufen, danach Pizza und anschließend gemeinsames Essen und Abhängen vor der Glotze. Soweit alles klar?«

Lotte sah ihren Vater beunruhigt an, nickte aber. »Du hast auf der Fahrt hierher nichts gesagt«, stieß sie schließlich aus. »Ist irgendwas mit Oma oder Opa?«

Er schüttelte den Kopf, strich Lotte liebevoll eine Strähne aus dem Gesicht. »Mit deinen Großeltern ist alles in bester Ordnung. Es geht um etwas anderes, das ich mit ihnen besprechen muss, und dazu brauchen wir ein wenig Ruhe, okay? Deswegen meine Bitte, dass du dich um Luisa kümmerst.«

Lotte sah zu ihrer Schwester, verzog das Gesicht, seufzte. Dann sah sie ihren Vater an und hob die Schultern. »Mach ich, du kannst dich auf mich verlassen.«

Joe lächelte erleichtert, machte eine auffordernde Kopfbewegung. »Dann raus hier.« Er hievte sich hoch, verschloss die Fahrertür, ging um den Wagen herum, um Luisa aus ihrem Sitz zu befreien. Er küsste die Kleine sanft auf die Nasenspitze, sah sie ernst an. »Für dich gilt dasselbe, okay? Du bist jetzt brav und tust, was deine große Schwester sagt. Ich will kein Drama und auch kein Gejammer, okay?«

Luisa verzog den kleinen Mund zu einem Flunsch, nickte aber.

Joe grinste zufrieden, hob das Mädchen aus dem Sitz, stellte es neben seine Schwester auf dem Fußweg ab, während er das Auto zusperrte. Dann nahm er seine große Tochter an die rechte Hand und Luisa mit der linken, machte sich auf den Weg zum Gartentor seiner Eltern. Sie waren noch gar nicht dort angekommen, als die Haustür aufging und seine Mutter ihnen entgegenkam. Sie wirkte aufgeregt ... oder vielmehr verstört, doch als sie registrierte, dass er die Kinder dabei hatte, legte sie blitzschnell einen gut gelaunten Gesichtsausdruck auf, riss das Tor auf und ging vor ihren Enkelinnen in die Hocke, küsste erst die eine und dann die andere stürmisch ab. »Ihr beiden geht jetzt gleich mal zu Opa in die Küche. Sagt ihm, dass ich euch eine Tasse heiße Schokolade mit Marshmallows versprochen habe und dass er schon mal die Milch aufsetzen soll.«

Luisa stürmte jubelnd auf das Haus zu, während Lotte die Augen verdrehte und leise stöhnte. »Ich bin doch kein Baby mehr«, sagte sie an ihre Oma gerichtet, lächelte aber dabei.

Die grinste zurück, zwinkerte verschmitzt.

»Das weiß ich doch und genau deswegen hab ich für dich auch eine kalte Cola im Kühlschrank, falls dir die lieber sein sollte.« Lotte verzog das Gesicht und lief ebenfalls aufs Haus zu, während Joe bei seiner Mutter stehen blieb. Als beide Mädchen im Innern verschwunden waren, nahm seine Mutter ihn am Arm, sah ihn ernst an. »Ich hab nicht an die Kinder gedacht«, sagte sie schließlich betreten. »Elke und Karl, sie warten im Haus, doch ich denke, es ist in unser aller Interesse, wenn die Mädchen nicht mitbekommen, was los ist. Vor allem Luisa nicht.« Sie seufzte, hob die Schultern. »Ich hab die Uhrzeit irgendwie nicht auf dem Schirm gehabt, deswegen dachte ich, du kämst alleine.«

»Dann geh doch rein und hol die Leute raus. Ich warte hier. Papa wird mit Luisa und Lotte schon alleine fertig.«

Seine Mutter nickte, blieb aber stehen. »Elke und Karl sind vollkommen am Boden zerstört«, sagte sie leise. »Anke war ihre einzige Tochter und die kleine Marie …« Sie brach ab. »Das Kind war der ganze Stolz ihrer Großeltern. Die beiden haben das Mädchen auf Rosen gebettet, wann immer es bei ihnen zu Besuch war, und dass die Kleine jetzt tot ist, bricht ihnen das Herz.« Sie seufzte, sah Joe ernst an. »Ich wusste natürlich schon seit Längerem, was passiert ist, weil Tragödien sich nun mal schnell herumsprechen und ich außerdem mit Elke befreundet bin. Deswegen hab ich immer wieder versucht, dich zu erreichen, doch du bist nicht rangegangen, hast auch nie zurückgerufen.«

»Geht es um die Beerdigung? Hätte ich da etwa auch hingehen sollen? Dir muss doch klar sein, dass ich das niemals …«

»Das ist es nicht«, unterbrach seine Mutter ihn scharf. »Mir ist durchaus bewusst gewesen, dass das nach Annas Tod etwas zu viel verlangt gewesen wäre.« Sie hielt inne, sah ihn an. »Es geht um etwas anderes«, erklärte sie schließlich. »Genauer gesagt um die Umstände des Todes von Anke und Marie.« Sie brach ab, sah unschlüssig zum Haus, seufzte. »Ich finde, dass Elke und Karl dir das selbst erzählen sollten. Ich möchte nur …« Sie schluckte, nahm seine Hände in die ihren. »Sei so nett und gib ihnen eine Chance, okay? Lass die beiden ausreden, hör ihnen genau zu und denke erst dann über ihre Bitte nach.«

Er runzelte die Stirn. »Was für eine Bitte? Ich verstehe nicht.«

Die Augen seiner Mutter füllten sich mit Tränen. »Elke ist verzweifelt, klammert sich an jeden Strohhalm, während Karl, na ja, er scheint auf andere Art und Weise mit seiner Trauer umzugehen, nimmt die Umstände eben als gegeben hin. Elke jedoch ist überzeugt davon, dass die Polizei sich irrt … das alle sich irren.«

»Jetzt red doch nicht um den heißen Brei herum«, stieß Joe aus. »Wie sind die beiden gestorben?«

»Es war Selbstmord.«

»Die Tochter deiner Nachbarn hat sich umgebracht?«

Seine Mutter nickte heftig. »Doch das ist noch nicht alles.« Sie schnappte nach Luft, als müsse sie sich für das, was jetzt kam, erst wappnen. »Wie es aussieht, hat sie zuvor Marie getötet.«

Joe erstarrte. »Diese Frau … Anke … hat zuerst ihr Kind ermordet und sich dann selbst getötet?«

»Davon ist zumindest die Polizei überzeugt. Alle Hinweise sprechen dafür, doch Elke glaubt das nicht. Sie ist absolut sicher, dass ihre Tochter der kleinen Marie niemals so etwas Furchtbares angetan hätte. Sie sagt, Anke habe ihr Kind vergöttert, die Kleine auf Händen getragen.«

»Und wieso geht die Polizei von Selbstmord aus?«

Seine Mutter sah wieder zum Haus, strich sich eine Strähne aus dem Gesicht. »Ankes Mann, er war krank, okay? Vor ungefähr drei Jahren hat er eine schwere Krebserkrankung überstanden, irgendwas mit den Drüsen. So genau weiß ich das nicht mehr. Auf alle Fälle musste er eine sehr schwere Chemotherapie durchstehen, anschließend Bestrahlungen und so weiter und so fort. Er galt als geheilt, doch die Angst vor einem Rückfall setzte ihm extrem zu. Er entwickelte eine Angsterkrankung und daraus wiederum entstand eine schwere Depression, auch weil er seiner Frau, also Anke, wegen der Chemo niemals ihren Wunsch nach einem zweiten Kind würde erfüllen können.« Sie brach ab, schüttelte den Kopf. »Er muss so sehr gelitten haben«, sagte sie leise. »Wollte sich aber nicht helfen lassen. Das Ende vom Lied ist jedenfalls, dass es immer schlimmer wurde mit seiner Depression und eines Tages … tja … Anke war mit der Kleinen auf dem Spielplatz und als sie heimkam, fand sie ihren Mann im Keller – er hatte sich erhängt, ihr nicht einmal einen Abschiedsbrief hinterlassen.«

Joe starrte seine Mutter entsetzt an, spürte, wie ihm schlagartig eiskalt wurde. Dann stieß er ein Bellen aus, das ein Lachen sein sollte, aber irgendwie misslungen war. »Der Typ hat sich das Leben genommen, weil er Angst davor hatte, einen Rückfall seiner Krebserkrankung zu erleiden? Das ist total irre.«

Seine Mutter starrte ihn forsch an. »Depressionen sind nicht irre, sondern schlimm. Ich schätze mal, dass der arme Kerl so in seiner Angst gefangen war, dass er keinen Ausweg mehr sah. Er dachte, dass er sowieso sterben würde, fühlte sich zudem nutzlos, weil Anke seinetwegen alles alleine stemmen musste, und da wurde ihm eben alles zu viel. Vielleicht dachte er, dass es leichter würde, wenn er es selbst tun würde. Oder er wollte Anke nicht länger belasten. Was auch immer in seinem Kopf vorging, es reichte aus, um ihn zu dieser Verzweiflungstat hinzureißen.«

Joe dachte einen Moment darüber nach, nickte dann. »Ich verstehe, was du sagst, wenngleich ich es auch nicht komplett begreife. Aber okay, der Mann hat sich nun umgebracht und das soll der Grund sein, weshalb die Polizei davon ausgeht, dass auch Anke sich …« Er ließ den Satz unvollendet, sah seine Mutter fragend an.

»Das ist nicht der einzige Grund, obwohl ich mir schon vorstellen könnte, dass die Polizei Anke wegen ihres vorangegangenen Schicksalsschlages mit anderen Augen gesehen hat. Ich schätze sogar, dass der ein oder andere deiner Kollegen sich ein vorschnelles Urteil gebildet hat, was letztendlich dazu führte, dass der Fall als geschlossen abgelegt wurde.«

Joe schüttelte entschieden den Kopf. »Du irrst dich. Das würde kein Polizist tun. Mit Sicherheit wurde genauestens untersucht, ob nicht doch Fremdbeteiligung im Spiel war. In Hinsicht auf den Tod des Kindes wurde mit hundertprozentiger Sicherheit eine Mordermittlung eingeleitet.«

»Du hast recht, so war es. Doch am Ende waren sich alle einig, dass Anke ihr Kind erstickt und sich dann selbst getötet hat.«

Joe stieß die Luft aus, weil er längst wusste, was seine Mutter und deren Freunde jetzt von ihm erwarteten. »Du willst also … ihr wollt also, dass ich mir diesen Fall selbst ansehe, um zu überprüfen, dass alles mit rechten Dingen zuging?«

Seine Mutter verschränkte die Arme vor der Brust. »Du bist schließlich bei der Kriminalpolizei, wer, wenn nicht du, kennt sich mit all diesen Dingen aus?«

»Ich bin in Elternzeit, verdammt!«

»Du bist seit Annas Tod zu Hause, angeblich weil du für die Kinder da sein willst. Doch seien wir mal ehrlich, in Wahrheit bemitleidest du dich noch immer selbst. Deswegen hockst du die ganze Zeit über zu Hause, gibst vor, dass du wegen der Kinder nicht arbeiten kannst.«

Die Worte seiner Mutter trafen Joe tief im Innern. Er zuckte zusammen, starrte sie wütend an. »Weißt du, wie es ist, jeden Tag ins Gesicht der eigenen Tochter zu blicken und deine tote Frau darin zu erkennen? Jeden Tag aufs Neue daran erinnert zu werden, wie sehr Anna leiden musste, bevor sie endlich …« Er brach ab, fuhr sich mit der Hand durchs Haar. »Ich bin noch nicht so weit, okay? Und wenn meine Kollegen das verstehen können, wieso dann nicht auch du?«

»Du meinst Greg? Deinen Kollegen und besten Freund? Der Greg, mit dem du seit Annas Beerdigung kein einziges vernünftiges Wort mehr gewechselt hast?«

Joe winkte ab, starrte seine Mutter böse an.

»Woher weißt du das eigentlich?«

Sie hob die Schultern. »Greg und du, ihr habt schon im Sandkasten miteinander gespielt. Denkst du wirklich, dass er mir nicht erzählt, wenn er sich Sorgen um dich macht?«

Joe verzog das Gesicht. »Selbst wenn ich deiner Freundin helfen wollte, ginge es nicht so einfach. Der Fall ist abgehakt, da kann ich nicht hingehen und Staub aufwirbeln. Noch dazu, wo ich momentan nicht im Dienst bin. Ich musste damals alles abgeben, meine Marke, meine Waffe, bin jetzt quasi Zivilist. Und wenn ich mich in einen Fall einmische, der mich nichts angeht, könnte ich mich sogar strafbar machen. Mein Job wäre in Gefahr, ganz zu schweigen davon, dass die mir ein Disziplinarverfahren an den Arsch nageln könnten.«

Seine Mutter legte den Kopf schräg. »Ich bitte dich, okay? Denk mal daran, wie es dir ergangen ist, als du Anna beerdigen musstest. Und jetzt versetze dich in Elkes Lage. Sie musste nicht nur ihre einzige Tochter und kurz zuvor ihren Schwiegersohn, sondern auch ihr Enkelkind begraben. Willst du dieser Frau nicht wenigstens die Möglichkeit geben, das Gegenteil zu beweisen?«

5

HAMBURG

APRIL 2019

Fenja schrak auf, als sie das leise Quietschen ihrer Zimmertür vernahm. Keine Sekunde später streckte Dr. Unger seinen Kopf durch den Türspalt. Er musterte sie besorgt. »Haben Sie ein wenig schlafen können?«

Fenja verneinte. »Mir gehen so viele Dinge im Kopf herum. Ich erinnere mich teilweise an Ereignisse, die mehr als zwanzig Jahre in der Vergangenheit liegen. Es fühlt sich fast an, als sei mein Kopf für all diese Erinnerungen zu klein, aber das, auf was es wirklich ankäme, daran erinnere ich mich noch immer nicht.«

Dr. Unger trat zu ihr ans Bett, sah sie mitfühlend an. »Der Unfall selbst?«

Sie nickte. »Egal, wie sehr ich mich auch konzentriere, ich kann einfach nicht durch den Nebel in meinem Hirn dringen.«

Der Arzt griff nach ihrer Hand, lächelte beruhigend. »Das kommt noch … früher oder später.« Er räusperte sich. »Ich hoffe, Sie nehmen es mir nicht übel, aber was Ihr Ehemann mir erzählt hat … nun … ich muss gestehen, irgendwie mache ich mir Sorgen um Sie.«

Fenja riss die Augen auf. »Sie meinen die angebliche Depression, unter der ich leiden soll?«

Dr. Unger fixierte ihr Gesicht mit seinem Blick. »Sie bestreiten das?«

Fenja hob die Schultern. »Ich gebe zu, dass die Geburt der Kinder mir einiges abverlangt hat. Selbst die Schwangerschaften waren nicht ganz ohne. Ich war sehr erschöpft, vielleicht auch gereizt und ja, ich habe mein Kind geschlagen. Aber es tut mir leid und ich hab mir deswegen bittere Vorwürfe gemacht, doch mit einer Depression hat das alles nichts zu tun und ich weiß ja, wovon ich spreche, nachdem meine Mutter sehr schwer daran erkrankt ist und ich das all die Jahre meiner Kindheit miterleben musste.«

»Dann sagen Sie also, dass Ihr Mann sich irrt? Sie nicht unter manischen Depressionen leiden oder gelitten haben?«

»Genau das möchte ich damit ausdrücken.«

Dr. Unger nickte nachdenklich. »Und darf ich fragen, wie Sie da so sicher sein können? Ich meine, Sie sind nie diesbezüglich untersucht worden.«

Fenja seufzte leise. »Weil ich weiß, wie diese Krankheit sich äußern kann. Das Leben mit meiner Mutter war die reinste Hölle. Deswegen ist mein Vater auch abgehauen. Wenn sich bei mir Anzeichen häufen würden, die mich an mein früheres Leben mit meiner Mutter erinnern würden, denken Sie nicht, dass ich dann von ganz allein etwas dagegen unternehmen wollen würde? Denken Sie, dass ich meinen beiden Kindern etwas Derartiges antun würde?«

Dr. Unger sah ihr fest in die Augen, hielt ihrem Blick stand. »Vielen Patienten mit Depressionen ist gar nicht bewusst, dass sie erkrankt sind. Wieder andere belügen sich selbst. Worauf ich hinaus will … und ich hoffe, Sie nehmen es mir nicht übel … ich würde Sie gerne an einen Kollegen überweisen. Dr. Maximilian Kastner. Er ist Psychiater hier im

Haus und eine Koryphäe auf seinem Gebiet. Es kann definitiv nicht schaden, wenn Sie sich zumindest einmal mit ihm zusammensetzen. Gerade auch in Hinsicht auf Ihren Gedächtnisverlust.« Dr. Unger sah sie abwartend an, verzog schließlich das Gesicht. »Wovor haben Sie denn solche Angst, Fenja? Denken Sie, dass Dr. Kastner Sie sofort in die Geschlossene einweist? Dass Sie den Rest Ihres Lebens in einer psychiatrischen Anstalt verbringen müssten?« Er brach ab, stieß die Luft aus. »Was ich Ihnen vorschlage, ist lediglich ein Termin bei einem von mir hochgeschätzten Kollegen. Ein Beratungsgespräch, wenn Sie so wollen. Dabei passiert nichts weiter, als dass Sie beide miteinander reden.«

Fenja senkte den Blick. »Das ist nicht nötig, okay? Und ich sage Ihnen, dass der Unfall kein Versuch war, mich umzubringen. Da bin ich absolut sicher, auch wenn ich mich nicht mehr daran erinnere. Und was das angeht, was mein Mann Ihnen erzählt hat – daran werde ich arbeiten. Ich werde versuchen, mir etwas mehr Freiraum zu schaffen. Hin und wieder mal Hilfe annehmen.«

»Tun Sie sich damit denn schwer?«, wollte Dr. Unger wissen. »Ist es Ihnen unangenehm, Hilfe von anderen Menschen anzunehmen?«

Sie nickte zögernd. »Vor allem, was die Kinder angeht. Das hat mit meiner Mutter zu tun. Sie kümmerte sich kaum um mich, gab mich schließlich weg. Deswegen hab ich so einen Horror davor, meine Kinder in die Hände eines Babysitters zu geben, selbst wenn es nur für ein zweistündiges Essen mit meinem Mann wäre. Es fühlt sich falsch an, verstehen Sie? Ich schaffe es nicht, die Kontrolle über die beiden abzugeben, nicht einmal für wenige Minuten. Und genau das ist es, dass mir zusetzt. Weil ich quasi rund um die Uhr Mutter bin, nur noch Mutter, das zerrt an mir.«

Dr. Unger nickte verständnisvoll. »Ihr Mann hat sich

schon gedacht, dass Sie meinen Vorschlag, mit Dr. Kastner zu sprechen, ablehnen würden. Deswegen hat er einen Vorschlag, den ich persönlich wirklich sehr gut finde«, erklärte er.

Fenja spürte, wie ihr Innerstes sich zusammenzog. »Will er mich etwa gleich ohne Umweg einweisen lassen?« Sie bemerkte selbst, wie verbittert und zornig sie klang, und dass diese Reaktion im Grunde nur bestätigte, was Dr. Unger von ihr dachte.

Sie schluckte. »Entschuldigung, das war unangebracht.« Sie räusperte sich. »Ich bin sicher, dass er es gut meint, genau wie Sie, aber bitte verstehen Sie mich auch. Ich hatte einen Unfall, erinnere mich nicht an die Umstände desselben. Und nur deswegen kommen Sie und mein Ehemann her und wollen mir vorschlagen, mich einem Seelenklempner vorzustellen, nur weil ich in den Wochen und Monaten vor dem Unfall ein paar Probleme hatte, die letztendlich aber als vollkommen normal bei jungen Müttern gelten.«

Dr. Unger verzog das Gesicht. »Es ist nicht nur ein ›Unfall‹, meine Liebe. Die Polizei hat mittlerweile ein Band vorliegen, aus dem eindeutig hervorgeht, dass Sie tatsächlich, ohne zu zögern, auf die Straße rannten. Und genau das sagten auch die Zeugen aus. Also ist es am naheliegendsten, dass Sie vorhatten, sich selbst zu schaden. Es sei denn, Sie sind vor etwas oder jemandem weggelaufen. Leider haben weder die Zeugen des Unfalls noch die Polizei auf dem Band etwas gefunden, was diese Theorie bestätigen würde. Ihretwegen mussten mehrere Autos scharf bremsen, drei davon sind zusammengeprallt. Gott sei Dank gab es außer bei Ihnen selbst keinerlei Personenschaden. Aber – es ist ein Schaden im hohen fünfstelligen Bereich zustande gekommen. Die Polizei wird also definitiv alles daransetzen, herauszufinden, wie es überhaupt dazu hat kommen können.«

»Heißt das, dass ich mich dafür verantworten und für die Schäden an den Fahrzeugen aufkommen muss?«

»Das hat Ihr Mann bereits in die Wege geleitet. Ich schätze, dass es der Polizei eher darum geht, herauszufinden, ob von Ihnen eine Gefahr ausgeht. Sowohl für sich selbst als auch für andere Menschen. Deswegen ist es durchaus möglich, dass die Staatsanwaltschaft ein Verfahren eröffnet, bei dem Sie sich rechtfertigen müssen, wie es zu dem Unfall hat kommen können. Und wenn der Richter eine Untersuchung durch einen psychiatrischen Gutachter anordnet, kann es sein, dass die Sache für Sie nicht gut ausgeht.«

Er seufzte. »Im Augenblick kann Sie keiner dazu zwingen, psychiatrische Hilfe in Anspruch zu nehmen. Es ist nur ein gut gemeinter Ratschlag von mir, sich diese Option durch den Kopf gehen zu lassen. Wenn Ihnen diese Möglichkeit allerdings so sehr widerstrebt, würde ich die Idee Ihres Ehemannes favorisieren.« Der Arzt sah sie an, lächelte. »Ich will aber nicht vorgreifen und schlage deswegen vor, dass wir ihn hinzuholen, damit er Ihnen selbst sagen kann, was er sich überlegt hat, um Ihnen helfen zu können.«

Fenja schluckte. »Alex steht draußen?«

Dr. Unger nickte. »Soll ich ihn reinholen?«

»Von mir aus.«

Als wenig später ihr Mann neben ihr auf dem Bettrand saß und nach ihrer Hand griff, entzog Fenja sie ihm. »Wieso hast du die Kinder wieder nicht mitgebracht?«

Er schluckte hart, seufzte. »Sie sind bei meiner Mutter. Schon seit einigen Tagen. Ich hatte zu tun, verstehst du? Außerdem halte ich es für keine gute Idee, sie mit ins Krankenhaus zu bringen. Sie sind wegen deines Unfalls und weil du nicht bei ihnen bist, eh schon vollkommen durcheinander. Sie mit hierher zu bringen, fände ich da nicht wirklich hilfreich.«

Fenja schüttelte frustriert den Kopf, stieß einen bösen Zischlaut aus.

Alessandro sah sie fragend an, doch sie wich seinem Blick aus, starrte wütend auf ihre Bettdecke. »Das mit dem Seelenklempner kannst du knicken, verstanden?«, brachte sie schließlich mühsam beherrscht hervor. Sie schnappte nach Luft, sah Alessandro gereizt an. »Ich bin nicht verrückt und auch nicht depressiv. Und ich wollte weder mich noch jemand anderen verletzen.« Sie schüttelte den Kopf, durchbohrte ihn mit ihrem Blick. »Und jetzt spuck schon aus. Was für einen grandiosen Vorschlag hast du für mich auf Lager?«

Alessandro sah verunsichert zu Dr. Unger, dann zu Fenja. »Okay, Schatz, aber bitte, hör zuerst nur zu, ja?« Er räusperte sich. »Du kennst doch das reetgedeckte Häuschen auf Sylt? Das, in dem meine Großmutter väterlicherseits gelebt hat?«

Fenja nickte zaghaft.

»Okay, gut. Meine Mutter hat schon seit Längerem immer mal wieder die Handwerker darin arbeiten lassen, sodass es inzwischen wieder gut in Schuss ist. Die Wasserleitungen sind grunderneuert, die Stromleitungen ebenfalls und es wurde erst letztes Jahr eine komplette Dachsanierung vorgenommen. Insgesamt hat meine Mutter bestimmt zweihunderttausend Euro reingesteckt, weil sie vorhatte, es als Ferienhaus zu vermieten. Ich hab vor zwei Tagen mit ihr gesprochen, ihr von deinem … Unfall erzählt und sie gefragt, was sie davon hält, wenn wir dort vorübergehend einziehen. Um es kurz zu machen, sie ist einverstanden.« Er brach ab, sah sie forschend an, schien auf eine Reaktion ihrerseits zu warten.

Fenja sog die Luft ein. »Du willst, dass wir auf die Insel ziehen? Weg aus Hamburg?«

Alessandro verzog das Gesicht zu einem Lächeln. »Nicht für immer. Nur so lange, bis du wieder auf dem Damm bist. Und das meine ich keinesfalls abwertend oder böse, ganz im Gegenteil. Ich möchte, dass du dich einige Zeit mal nur auf dich konzentrieren kannst, dir zugestehst, ein paar Gänge runterzuschalten. Du sollst ausschlafen, am Strand spazieren gehen, es dir gut gehen lassen.«

Fenja schüttelte verwirrt den Kopf. »Und die Kinder? Was ist mit ihnen? Wie willst du das mit Tomkes Kitaplatz regeln? Oder mit Eriks? Er sollte doch ab übernächsten Monat auch in den Kindergarten.«

Alessandro sah sie nachdenklich an. »Es ist nur der Kindergarten, Schatz. Nicht die Schule. Wir können es verantworten, wenn die beiden die nächsten beiden Monate mal nicht hingehen. Und was Tomke angeht, sie ist ein Wirbelwind, die findet auf der Insel genauso schnell Anschluss wie hier.«

»Und unsere Wohnung? Was ist damit?«

Alessandro runzelte die Stirn. »Was soll damit sein? Wir behalten sie natürlich und wenn es dir besser geht, kommen wir zurück. Es sei denn, du willst gar nicht wieder nach Hamburg. Es ist schon vielen Leuten passiert, dass sie nicht mehr von der Insel weg wollten, nachdem sie einige Zeit dort gelebt hatten.«

Fenja grinste schwach. »Das wird sicher nicht passieren, denn ich liebe die Großstadt, genau wie du übrigens. Was ist mit deinem Job, wenn wir auf Sylt leben? Willst du jeden Tag mehrere Stunden hin und herfahren?«

Alessandro nahm ihre Hände in die seinen, sah sie ernst an. »Du weißt, dass ich meinen Job liebe. Aber mehr noch als meine Arbeit liebe ich die Kinder und dich. Ihr drei seid das Wichtigste für mich. Und deswegen hab ich dem Herausgeber Bescheid gegeben, dass ich bis auf Weiteres von zu Hause aus arbeite. Lara vertritt mich in Notfällen vor Ort und zu den wöchentlichen Konferenzen werde ich anreisen. Es ist alles geklärt, Fenja, du musst dir keine Sorgen machen.«

Sie holte Luft, sah ihren Mann an, verzog das Gesicht. »Und wie genau hast du dir das vorgestellt? Ich meine, räumen wir unsere Wohnung aus und transportieren alles auf die Insel? Ich meine ja nur, in der Wohnung ist all unser Zeug und ich weiß nicht, inwiefern das Haus für eine vierköpfige Familie ausgestattet ist.«

Alessandro senkte den Blick, schien plötzlich unschlüssig. Augenblicklich meldete sich Fenjas Bauchgefühl. »Was ist los?«

»Fenja, Schatz«, versuchte ihr Mann, sie zu beschwichtigen. »Du jammerst auf hohem Niveau und das weißt du auch! Das Haus ist perfekt für uns vier. Es hat eine traumhafte Lage, weil du vom Wohnzimmer direkt auf die Nordsee blicken kannst. Du liebst doch das Meer und an diesem Ort bist du ganz nah dran. Außerdem hat meine Mutter den Garten kindersicher gemacht und zudem ihre Hilfe angeboten. Du kannst dich dort voll und ganz auf dich konzentrieren, abschalten, wieder die Alte werden.« Er hob die Schultern, starrte sie ungeduldig an. »Ich meine damit, was willst du mehr? Wir haben Frühling, der Sommer steht quasi schon vor der Tür. Was gibt es da noch zu überlegen? Weißt du, dass es Leute gibt, die mir viel Geld bezahlen würden, wenn ich ihnen so ein Angebot machen würde?«

»Ja, ich zum Beispiel«, scherzte Dr. Unger. »Und ich muss gestehen, dass ich die Idee Ihres Mannes hervorragend finde! Den ganzen Tag am Strand spazieren, die gute Luft genießen – mein Gott, ich beneide Sie!«

Fenja wich dem begeisterten Blick des Arztes aus, senkte den Blick. Und dann begriff sie plötzlich, riss den Kopf hoch, starrte ihren Mann an. »Du hast alles schon in die Wege geleitet, nicht wahr? Du hast die Kinder in der Kita abgemeldet, mit deinem Boss gesprochen und wahrscheinlich auch schon unser ganzes Zeug auf die Insel geschleppt.« Sie sah von ihrem Mann zu dem Arzt und wieder zurück, wusste nicht, ob sie weinen oder wütend schreien sollte. »Ich hatte von Anfang an gar keine Wahl, stimmt doch oder? Du wuss-

test, dass ich mich niemals auf einen Termin beim Seelenklempner einlassen würde. Also hast du kurzerhand
beschlossen, dass du die Kinder und mich aus unserer
gewohnten Umgebung reißt und uns alle mit auf die Insel
zerrst, ob wir wollen oder nicht.«

6

HAMBURG

MÄRZ 2019

Während Joe darauf wartete, dass seine Mutter das Nachbar-Ehepaar zu ihm nach draußen schickte, legte er sich in Gedanken schon eine Ausrede parat, die er den Leuten vor den Latz knallen konnte, ohne unhöflich zu klingen, und vor allem, ohne seine Mutter zu verärgern. Obwohl verärgern nicht das richtige Wort dafür war. Seine Mutter machte sich Sorgen um ihn und im Grunde hatte sie mit allem, was sie ihm gerade eben vorgeworfen hatte, auch recht. Was die Kinder anging und seine Arbeit an sich, wäre es ihm sehr wohl möglich, wenigstens in Teilzeit weiterhin zu arbeiten. Sein Boss und bester Kumpel Greg hatte es ihm mehrfach angeboten, was er jedoch bis heute immer wieder dankend ablehnte.

Er schob stets die Kinder vor, behauptete, sie würden ihn brauchen – was natürlich auch stimmte –, doch wenn er es genau nahm, war das nicht der Grund für seine Entscheidung. Vielmehr war es so, dass er sich nicht vorstellen konnte, wieder seinem normalen Alltag nachzugehen. Sein Job forderte ihn, er musste dabei stets voll konzentriert sein und das wiederum bedeutete, dass er Gefahr liefe, Tage zu durchleben, an denen er nicht einmal an seine tote Frau dachte. Er fürchtete sich davor, dass die Erinnerung an Anna verblasste, er irgendwann auf Fotos zurückgreifen musste, um ihr wunderschönes Gesicht nicht zu vergessen. Genau wie er Angst hatte, den Klang ihrer warmen Stimme in seinem Kopf zu verlieren. Auch jetzt, über ein Jahr nach ihrem Tod konnte er noch ihr Lachen hören, konnte beinahe den zarten Lufthauch spüren, der sein Ohr gekitzelt hatte, wenn sie ihm etwas zuflüsterte.

Er konnte nicht in Worte fassen, wie sehr seine Frau ihm fehlte und im Augenblick waren die Momente, in denen er sich intensiv an sie erinnerte, sein einziger Trost. Ginge er wieder arbeiten, da war Joe absolut sicher, würden jene Momente früher oder später immer seltener und seltener werden und das wollte er nicht riskieren.

Er räusperte sich, schluckte gegen den Kloß im Hals an, den er immer spürte, wenn er an Anna dachte, drängte die Tränen zurück. Als die Haustür aufging und seine Mutter mit ihren Nachbarn im Schlepptau nach draußen trat, hatte er sich wieder einigermaßen im Griff.

»Dein Vater und ich kümmern uns um die Mädchen«, sagte seine Mutter zu ihm und sah ihn forschend an. »Am besten gehst du mit zu Elke und Karl rüber, da könnt ihr in Ruhe miteinander reden.«

Elke, eine korpulente Mittsechzigerin sah ihn dankbar an, reichte ihm die Hand. »Freut mich sehr, Johannes. Ich bin Elke und das da«, sie deutete mit dem Kopf in Richtung ihres Mannes, »ist Karl, mein Gatte. Flüchtig kennen wir uns bereits wegen der Kinder seit letztem Sommer.« Sie sah ihn abwartend an und Joe spürte Unbehagen in sich aufsteigen. »Ja, jetzt wo Sie es sagen«, erwiderte er, um den Anschein zu wahren, drückte zuerst ihre Hand und dann die des Mannes. »Meine Mutter sagt, dass Sie mit mir reden wollen.«

Elke nickte, machte eine auffordernde Handbewegung. »Lassen Sie uns ins Haus rüber gehen. Hier draußen ist nicht der richtige Ort, um etwas Derartiges zu besprechen.« Sie winkte seiner Mutter zu, drehte sich auf dem Absatz um und lief Karl und ihm voraus auf die andere Straßenseite. Elke und Karls Haus war etwas kleiner als das seiner Eltern, dafür aber beinahe vollständig renoviert. Es hatte einen hübschen gelben Anstrich, mit dem die grasgrünen Fensterläden perfekt harmonierten, wirkte bereits von außen total gemütlich. Wenn man das Haus betrachtete, wollte man förmlich daran glauben, dass im Innern dieser Wände die Freude wohnen musste und nicht zwei Menschen, die erst kürzlich Kind und Enkeltochter verloren hatten.

Er folgte Elke ins Innere des Hauses, nahm schließlich auf ihr Geheiß hin auf der Eckbank in der gemütlichen Wohnküche Platz.

»Wollen Sie einen Tee?«, fragte die Hausherrin und obwohl er dankend den Kopf schüttelte, begann sie kurz darauf, den Wasserkocher zu befüllen und ein Tablett mit drei Tassen darauf vorzubereiten.

An ihren hastigen Bewegungsabläufen erkannte Joe, dass sie nervös und aufgeregt zu sein schien. Im Gegensatz zu ihrem Mann, der äußerlich vollkommen ruhig schien, ihn aber mit unverhohlenem Misstrauen im Blick musterte. »Ich hab noch ein paar Kekse, wenn Sie mögen«, sagte Elke und warf Joe einen Blick über die Schulter zu.

»Danke, sehr nett, aber ich habe keinen Hunger.«

Sie nickte, schnappte sich das Tablett, kam zum Tisch und verteilte die Tassen.

Anschließend herrschte einen Moment unangenehmes Schweigen zwischen ihnen, dann durchbrach ein Seufzer von Elke die Stille. »Zuerst wollten Karl und ich Ihnen noch einmal persönlich unser Beileid aussprechen«, erklärte sie leise. »Wir wären gerne zur Beerdigung gekommen, aber Ihre Mutter hat uns gesagt, dass es sich um eine sehr kleine und private Beisetzung handelt, deswegen haben wir nur einen letzten Gruß ans Grab geschickt.«

Joe nickte steif, verzog das Gesicht.

»Danke Ihnen. Es ist noch immer sehr ... schwer.« Er räusperte sich. »Aber lassen Sie uns bitte darüber sprechen, was Sie sich von mir erhoffen und vor allem, warum. Meine Mutter hat mir bereits erzählt, was Ihrer Tochter und Ihrem Enkelkind zugestoßen ist, aber ...« Er brach ab, sah erst Elke an und dann ihren Mann. »Wenn ich das richtig verstanden habe, war es bei Ihrer Tochter Suizid?«

Elke verzog das Gesicht. »Die Polizei geht davon aus, ja. Man fand Rückstände von einem Schlafmittel in ihrem Blut und ihre Pulsadern waren geöffnet.«

»Und das kleine Mädchen? Ankes Tochter? Meine Mutter sagte, sie wurde erstickt?«

Karl sog die Luft scharf ein, sprang auf und verließ das Zimmer.

Elke sah Joe entschuldigend an. »Er schafft es noch nicht, darüber zu reden«, erklärte sie. »Vor allem, weil er und ich ... nun ja ... nicht ganz einer Meinung sind.«

»Was meinen Sie?«

»Die Polizei fand heraus, dass Marie erstickt wurde. Mit ihrem eigenen Kopfkissen. Man fand Fasern in ihren Atemwegen, die das bestätigten. Die Polizei ist von Anfang an davon ausgegangen, dass es Anke gewesen ist. Zumindest hatte ich den Eindruck, dass die ermittelnden Beamten sich relativ schnell eine Meinung zu meiner Tochter gebildet hatten, als sie von ihrem Schicksalsschlag erfuhren, der sie erst kurz zuvor ereilt hatte.«

Joe stieß die Luft aus. »Ankes Ehemann, ich weiß.«

»Er war schwer krank«, erklärte sie. »Eine seltene Krebsart, aber er hat sie dank der Chemo überlebt, galt sogar als vorläufig geheilt. Doch anstatt sich zu freuen und dankbar zu sein, fiel mein Schwiegersohn in ein tiefes Loch, hatte überhaupt keinen Lebenswillen mehr. Es war schwer für Anke, aber sie blieb stark für ihn, hoffte und betete, dass er endlich wieder zu sich finden würde. Sie hätte alles für diesen Mann getan, doch am Ende ...« Sie brach ab, kämpfte gegen die Tränen an. »Für die Polizei ist es wahrscheinlich am einfachsten gewesen, in diesem Fall davon auszugehen, dass meiner Tochter letztendlich auch alles zu viel wurde, sie mit ihrem Mann vereint sein wollte und deswegen diese schrecklichen Taten verübte.« Sie holte Luft, sah Joe an. »Aber Tatsache ist, dass Anke nicht der Typ dafür war. Mein Kind war der stärkste Mensch, den ich kenne, und niemals hätte sie ihrem Kind etwas so Grausames angetan.«

Joe schluckte, sah die Frau an. »Meine Frau starb auch an Krebs. Und sie hatte in den letzten Wochen vor ihrem Tod wahnsinnige Angst und deswegen schreckliche Depressionen. Sie wollte nicht sterben, wusste aber, dass es unausweichlich war. Was ich damit sagen will«, er brach ab, suchte nach den richtigen Worten. »Da ich selbst Vergleichbares mitgemacht habe, weiß ich, wie belastend so etwas sein kann. Sowohl für den Patienten selbst als auch für seine Angehörigen. Ich spreche aus Erfahrung, verstehen Sie?«

Elke nickte. »Wollen Sie damit sagen, dass Sie ebenfalls für möglich halten, dass es Anke tatsächlich gewesen ist? Dass sie ihr Kind ermordete und dann sich selbst tötete?«

Er seufzte. »Ich wollte gar nichts damit sagen. Nur, dass es Situationen im Leben gibt, an denen selbst die Stärksten von uns verzweifeln.« Er sah Elke an, straffte die Schultern. »Sie wissen, dass ich bei der Kriminalpolizei bin, nicht wahr? Denn das ist der Grund, weshalb wir jetzt hier sitzen. Weil Sie sich erhoffen, dass ich mir den Fall Ihrer Tochter noch mal genauer ansehe und eine Lücke entdecke.« Er schüttelte den Kopf, sah die Frau fest an. »Ich kann Ihnen garantieren, dass die ermittelnden Beamten den Fall um Ihre Tochter und Enkeltochter gründlich untersucht haben, bevor sie zu dem

Schluss gekommen sind, dass es kein Anzeichen von Fremdbeteiligung gab. Ich kenne die Ermittlungsakte nicht, aber ganz sicher wurde die Wohnung von Anke gründlich auf den Kopf gestellt, um nach Hinweisen wie Fingerabdrücken und anderen Hinterlassenschaften eines fremden Täters zu suchen. Außerdem hat man mit hundertprozentiger Sicherheit auch Ankes Umfeld befragt, sich mit ihren Online-Aktivitäten befasst und sich ein umfassendes Bild zum Leben Ihrer Tochter gemacht. Anke ist mit Sicherheit auch obduziert worden – stimmt doch, oder?«

Elke nickte langsam. »Dabei wurde festgestellt, dass sie im vierten Monat schwanger war. Karl und ich … es war ein Schock für uns, muss ich ehrlich zugeben. Vielleicht, weil Anke es uns nicht gesagt hat. Aber wer weiß – womöglich wusste sie es selbst noch nicht. Der Tod ihres Mannes, die Beerdigung – mein Mädchen hatte eine schwere Zeit hinter sich. Die Beamten haben anschließend versucht, herauszufinden, ob der Fötus von ihrem toten Ehemann stammen könnte, doch das war alles nicht so einfach.«

Joe runzelte die Stirn. »Was genau bedeutet das?«

»Ankes Mann war zu dem Zeitpunkt seit einem Monat unter der Erde. Direkt von ihm eine Probe zu nehmen, demnach unmöglich. Die Polizei versuchte es anschließend über das Krankenhaus, wo er therapiert worden war, doch auch dort gab es keinerlei Blutproben mehr von ihm. Seine Genesung lag zu dem Zeitpunkt bereits über sechs Monate zurück. Und was Marie anging, die Polizei wusste, dass sie nicht von meinem Schwiegersohn war, sondern aus einer früheren Beziehung meiner Tochter stammte. Ein Team von Beamten hat schließlich versucht, in Ankes Wohnung beziehungsweise an den Habseligkeiten meines Schwiegersohns genügend Hautfasern zu sichern. Doch am Ende verlief auch das im Sande. Angeblich, weil es nicht genügend Fasern gab. Doch ich weiß, dass der Grund ein anderer ist.«

Joe sah Elke skeptisch an. »Sie denken, dass meine Kollegen den DNA-Abgleich nicht gemacht haben, weil es egal ist? Weil sie längst Anke als Täterin im Hinterkopf hatten?«

»Ganz genau«, sagte die Frau. »Ist ja auch einfacher so. Eine Frau tötet erst ihr Kind und dann sich selbst, weil sie nicht drüber wegkommt, dass die Liebe ihres Lebens sich umbrachte und sie es nicht verhindern konnte.«

»Litt Anke denn unter Schuldgefühlen?«

Elke nickte. »Selbstverständlich. Trotzdem hätte sie sich deswegen nicht umgebracht und schon gar nicht ihr Kind erstickt.«

Plötzlich ging ein Ruck durch Joes Körper. »Dieser Fötus im Leib Ihrer Tochter … meine Mutter erwähnte vorhin, dass einer der Gründe für den schlechten seelischen Zustand Ihres Schwiegersohns seine therapiebedingte Zeugungsunfähigkeit war.«

Elke sah ihn an, lachte bitter. »Das hab ich Ihren Kollegen auch gesagt. Dass dieses Kind eigentlich gar nicht von Ankes Mann sein könne, doch dann stellte sich heraus, dass die Diagnose nicht zu hundert Prozent bestätigt worden war. Der Onkologe von Ankes Ehemann hatte ihm lediglich gesagt, dass die Chance, ein Kind zu zeugen, durch die Chemo ziemlich niedrig sei. Er muss das entweder falsch verstanden oder in seinem Zustand total negativ aufgenommen haben. Was für Ihre Kollegen natürlich gleich wieder Anlass war, anzunehmen, das Baby könne doch von ihm sein. Sie meinten daraufhin, Anke sei alles zu viel geworden. Marie, das Ungeborene, der Tod ihres Mannes.« Sie seufzte, sah Joe verzweifelt an. »Selbst Karl glaubt das, verstehen Sie? Alle denken, dass Anke durchgedreht ist. Ich bin die Einzige, die weiß, dass es nicht so war, dass etwas vollkommen anderes hinter allem steckt.«

»Und der Streit?«, schaltete sich Karl plötzlich ein, der unbemerkt in die Küche gekommen war.

Elke winkte ab, verzog das Gesicht.

»Was meint Ihr Mann?«

»Anke und ich, wir haben uns etwa zwei Wochen vor ihrem Tod fürchterlich gestritten. Dabei ging es mehr oder weniger um meinen toten Schwiegersohn. Sie warf mir vor, dass ich ihn sowieso nie gemocht habe, und hatte damit leider auch recht. Sie wurde richtig wütend auf mich, brauchte wohl einen Blitzableiter, nahm mir anschließend den Schlüssel zu ihrem Haus weg.«

Joe sah Elke fest an, nickte. »Dann hat Ihre Tochter den Streit provoziert?«

»Mehr oder weniger. Aber wie gesagt, sie war am Boden zerstört, vollkommen fertig und hat sich einfach etwas Luft verschafft.«

Joe seufzte, sah zu Karl. »Was genau denken Sie denn, wenn ich fragen darf?«

Der Mann stieß einen Grunzton aus, verzog das Gesicht. »Was ich denke, interessiert meine Frau sowieso nicht.«

»Aber ich frage Sie!«

Der Mann hob die Schultern, ließ sie dann schlagartig sinken. »Ich bin ein pragmatisch denkender Mensch. Ich zähle eins und eins zusammen und sehe das Ergebnis. Und in diesem Fall schätze ich, hat die Polizei wohl recht. Elke … sie …« Er brach ab.

»Er denkt, dass ich meine Tochter schon seit jeher zu sehr behütet habe und bis heute nicht klar denken kann, wenn es um sie geht.«

»Dann hatten Ihre Tochter und Sie keine Möglichkeit mehr, sich auszusöhnen?«

Elke senkte den Blick, schüttelte den Kopf. »Aber das hat nichts damit zu tun, dass ich denke, dass die Polizei sich irrt.

Es ist nur … ich vertraue denen nicht mehr. Nicht, nachdem sie meinen ersten Anruf schon nicht ernst nahmen.«

Joe sah sie neugierig an.

»Anke und ich hatten in der Vergangenheit öfter Streit, doch meistens vertrugen wir uns ziemlich schnell wieder. Diesmal war es anders, denn sie ging nicht ans Telefon, rief auch nicht zurück. Irgendwann hab ich mir Sorgen gemacht, bin zu ihr gefahren, doch sie öffnete nicht. Das war knappe zwei Wochen, nachdem ich sie zuletzt gesehen habe. Und weil ich keinen Schlüssel mehr hatte, bin ich zur Polizei gegangen, wollte, dass die sich kümmert und wenigstens mal nach ihr sieht. Doch die Beamten nahmen mich nicht ernst. Erst als wenig später ihr Arbeitgeber und einige Kollegen und Freunde bei mir anriefen, weil auch sie lange nichts mehr von ihr gehört hatten, machte die Polizei endlich ihren Job.« Sie hielte inne, rieb sich die Augen, schien es nur mit Mühe zu schaffen, nicht in Tränen auszubrechen.

»Als die Beamten sich schließlich doch Zutritt zur Wohnung verschafften, war es zu spät?«, fragte Joe mitfühlend.

Elke nickte. »Zu dem Zeitpunkt waren beide seit knapp vier Tagen tot. Also genau der Zeitpunkt meines ersten Anrufs bei der Polizei.«

Joe seufzte, als ihm bewusst wurde, auf was das alles hinauslaufen sollte. »Dann wollen Sie, dass ich den kompletten Fall aufrolle und hinterfrage, nur weil die Polizei Sie zum Zeitpunkt Ihres ersten Anrufs abwimmelte?«

»Es ist nicht nur das«, rief Elke. »Ich frage mich seither täglich, ob man beiden vielleicht noch hätte helfen können, wenn die Polizei schon beim ersten Mal auf mich gehört hätte. Ich kann nicht aufhören, daran zu denken. Und genau das ist der Punkt. Wenn Ihre Kollegen sich einmal geirrt haben, wieso nicht auch ein zweites Mal?«

Joe holte tief Luft, griff über den Tisch nach Elkes Hand.

»Selbst wenn ich wollte, dürfte ich mich da nicht einmischen. Ich bin momentan im Erziehungsurlaub, könnte mich sogar strafbar machen, wenn ich aufs Geratewohl losziehe und einen Fall aufwühle, der mich nichts angeht. Ganz zu schweigen davon, dass ich mir nicht vorstellen kann, dass meine Kollegen etwas übersehen haben. So leid es mir für Sie tut, aber ich kann da wirklich nichts machen.«

Elke seufzte, stand auf. »Bitte, warten Sie einen Moment.«

Sie ging schweren Schrittes aus der Küche und als sie kurz darauf wieder ins Zimmer zurückkam, hatte sie eine dünne Mappe aus Papier in der Hand. Sie sah erst ihren Mann und dann Joe an, schnappte nach Luft. »Meine Enkeltochter hatte einen Traum, wissen Sie? Sie wollte unbedingt nach Paris, ins Disneyland, redete von nichts anderem mehr.« Sie tippte auf die Mappe, schluckte hart. »Die hab ich in Ankes Unterlagen gefunden. Es sind Reiseunterlagen für einen Wochenendtrip nach Paris darin, gebucht einen knappen Monat nach dem Tod ihres Mannes. Ich schätze, dass sie einfach mal raus wollte, und wusste, dass auch Marie es bitternötig hatte, auf andere Gedanken zu kommen. Was ich damit sagen will, ist, wieso sollte meine Tochter Disneyland buchen und meiner Enkelin damit ihren größten Traum erfüllen, wenn sie doch angeblich vorhatte, sich noch vor Reiseantritt umzubringen?«

7

HAMBURG/SYLT

APRIL 2019

Fenjas Herz schlug ihr bis zum Hals, als sie auf Dr. Unger wartete, der ihr versprochen hatte, noch vor ihrer Entlassung nach ihr zu sehen. Sie kam nicht umhin, zuzugeben, dass der Arzt sie beruhigte, sie seiner netten und kompetenten Art vertraute und es ihr leichter fiel, sich auf Alessandros Vorschlag einzulassen, nachdem auch ihr behandelnder Arzt noch mal mit Engelszungen auf sie eingeredet und ihr dazu geraten hatte.

Vor einigen Minuten war die Schwester da gewesen, hatte ihr den Abschlussbericht für ihren Hausarzt in die Hand gedrückt, ihr alles Gute gewünscht und sie dabei ganz genauso angesehen, wie ihr Mann sie ansah, seit sie den Unfall gehabt hatte. Im Augenblick gab es wirklich nichts, das sie sich mehr wünschte, als dass endlich ihre volle Erinnerung zurück käme, damit sie auch den letzten Zweiflern und natürlich der Polizei sagen konnte, dass sie alle sich irrten, sie sich nicht umbringen wollte, sondern einfach Opfer der Situation geworden war. Es passierte so vielen Menschen täglich, dass sie in Autos liefen, mit ihren Fahrzeugen Unfälle bauten, einfach, weil sie das aktuelle Straßengeschehen falsch einschätzten oder sich nicht konzentrieren konnten, müde waren.

Wieso sollte also bei ihr ein Suizidversuch dahinterstecken, an den sie sich zu allem Übel noch nicht einmal erinnerte?

Wenigstens hatte es Alessandro dank seiner Beziehungen zur Polizei hinbekommen, dass die Beamten aufgrund ihres Gesundheitszustandes erst einmal davon absahen, sie innerhalb der nächsten paar Tage persönlich zu befragen. Und nachdem sie sich nicht daran erinnerte und es außer ihr selbst keine Verletzten oder gar Toten gab, war das Ganze wohl eher eine Bagatelle für die Polizei, die daher warten konnte.

Sie seufzte, sah auf die Uhr. In weniger als zehn Minuten würde ihr Mann auf der Matte stehen und sie umgehend nach Sylt verfrachten. Er hatte ihr bei seinem gestrigen Besuch gesagt, dass er ihre wichtigsten Sachen bereits auf die Insel gebracht und alles für ihr Eintreffen vorbereitet hatte, was sie eigentlich ganz süß fand, weil er sich solche Mühe gab, sie zu umsorgen.

Doch im Nachhinein wäre es ihr lieber gewesen, selbst noch einmal in der Wohnung vorbeisehen zu können, um sich davon zu überzeugen, ob er auch wirklich an alles gedacht hatte.

Ein Klopfen riss sie aus ihren Gedanken, dann trat der Arzt ins Zimmer, grinste übers ganze Gesicht. »Also wenn ich mit Ihnen tauschen könnte, würde ich es tun«, sagte er. »Einfach meine Füße in den Sand stecken und an nichts denken – eine traumhafte Vorstellung.« Er brach ab, legte den Kopf schräg. »Sie sehen nicht gerade glücklich aus.«

Fenja schluckte. »Es ist nur … ich hatte gehofft, dass ich mich an alles erinnere, bis ich entlassen werde. Dass ich den Unfall und jedes Detail, das damit zu tun hat, hinter mir lassen kann. Aber jetzt ist immer noch alles dunkel in meinem Kopf und so muss ich mein Päckchen an Problemen mit auf die Insel nehmen und das gefällt mir überhaupt nicht.«

Dr. Unger sah sie an, lächelte mitfühlend. »Dann sehen Sie es doch nicht als Problem. Sehen Sie es als Herausforderung. Sie verbringen ein paar entspannte Tage oder Wochen, vielleicht Monate auf der schönsten Insel der Welt und wer weiß, wahrscheinlich fahren Sie irgendwann als ganz neuer Mensch wieder nach Hamburg zurück. Alles wird gut, vertrauen Sie genau darauf, das ist das Wichtigste.«

Er sah sie an, reichte ihr die Hand, drückte sie sanft. »Wenn Sie Fragen haben, Schmerzen bekommen oder Sie sich unwohl fühlen, scheuen Sie sich nicht, mich anzurufen. Einfach die Zentrale anwählen und sich mit mir verbinden lassen, dann finden wir gemeinsam eine Lösung für ihr Wehwehchen – versprochen.«

———

Als sie eine knappe Stunde später neben ihrem Mann im Auto saß und Richtung Sylt düste, bekam sie den Eindruck nicht los, dass Alessandro irgendwie verkrampft wirkte. Es war, als fühle er sich unsicher, allein mit ihr in diesem Wagen, ohne ärztlichen Beistand, ohne das Wissen der professionellen Hilfe im Rücken.

»Mir geht's gut, wirklich«, sagte sie daher zum gefühlt zehnten Mal und sah ihn forschend an. »Ich hab nur leichte Kopfschmerzen, aber Dr. Unger sagt, das sei normal und könne auch noch ein paar Tage anhalten.« Sie schluckte, als sie sah, dass die Kieferknochen ihres Mannes sich verkrampften. »Was ist mit dir?«, fragte sie und fühlte sich zum ersten Mal unwohl an der Seite ihres Ehemannes.

»Ich hatte heute ein Gespräch mit dem Herausgeber. Es ging dabei um die Person, die ich als Vertretung vorgeschlagen habe. Um es kurz zu machen, mein Boss ist nicht gerade begeistert, dass ich aus privaten Gründen kürzertreten will, was bedeutet, dass ich doch öfter nach Hamburg fahren muss und nicht nur zu den Konferenzen.«

»Ist doch kein Ding«, gab Fenja zurück. »Ich bin ja da, um mich um die Kinder zu kümmern. Gegen die Schmerzen kann ich was nehmen und ansonsten bin ich topfit.«

Alessandro presste die Lippen fest aufeinander, blieb Fenja eine Antwort schuldig.

»Vertraust du mir etwa nicht?«, fragte sie scharf.

Er seufzte. »Das hat mit Vertrauen nichts zu tun. Es ist eine reine Vorsichtsmaßnahme, dass ich meine Mutter gebeten habe, während meiner Abwesenheit die Kinder zu betreuen. Ich bin sicher, dass sie bei dir in genauso guten Händen wären. Doch angenommen, du bekommst eine Migräneattacke, von denen Dr. Unger meinte, dass sie auftreten könnten, dann stehst du da und hast zwei kleine Kinder am Hals und schreckliche Schmerzen.«

Fenja wandte sich ihrem Mann zu, hob die Brauen empor. »Und was soll ich auf der Insel machen? Die Kinder sind bei deiner Mutter, du musst entweder zu Hause arbeiten oder in die Redaktion fahren. Und was mache ich? Hausmütterchen spielen?«

Alessandro stieß ein Lachen aus. »Das hab ich weder verlangt noch gedacht. Du sollst dich ausruhen, einfach nichts tun, dich darauf konzentrieren, gesund zu werden.«

Fenja seufzte, sah zum Fenster hinaus. Es herrschte für April typisches Wetter und sie schätzte, dass es auch auf der Insel nicht viel besser wäre. Und als hätte ihr Mann ihre Gedanken erraten, spürte sie plötzlich seine rechte Hand an ihrer linken, bemerkte einen sanften Druck. »Zum Wochenende hin, soll es endlich etwas wärmer werden. Du kannst am Strand spazieren gehen, das hast du doch schon immer geliebt.«

Fenja nickte. »Und die Kinder? Was sagen die, dass sich anstelle ihrer Mutter ihre Großmutter um sie kümmern soll?«

»Tomke und Erik wissen, dass du einen Unfall hattest und noch nicht vollkommen gesund bist. Sie sind zwar klein, aber durchaus in der Lage, nachzuvollziehen, was für dich gut und was nicht gut ist.« Er brach ab, warf ihr einen Blick zu, ehe er die Ausfahrt in Richtung Autozug nahm. »Du wirst sehen, alles kommt wieder in Ordnung, solange du nur bereit bist, dir helfen zu lassen, und einfach entspannst.«

Als sie knappe zweieinhalb Stunden später in Westerland vom Zug und in Richtung Keitum fuhren, spürte Fenja, wie sich in ihrem Innern eine Art Sturm zusammenbraute. Plötzlich war sie euphorisch und ängstlich zugleich, wusste auf einmal nicht mehr, ob es die richtige Entscheidung gewesen war, einer Entlassung zuzustimmen. Dr. Unger hatte es ihr überlassen, obwohl er fand, dass sie durchaus bereit dafür war, nach Hause zu gehen.

Nur – hier ist nicht dein Zuhause, ging es ihr durch den Kopf. Sie fragte sich, ob ihre Zwiespältigkeit damit zusammenhing, dass sie die nächste Zeit anstatt in ihrer gewohnten Umgebung hier in der Abgeschiedenheit verbringen sollte.

Wie erwartet, war ihr Mann sofort vom Krankenhaus in Richtung Insel aufgebrochen und hatte sich auch durch ihre Bitte, noch auf einen Sprung in Blankenese vorbeizusehen, nicht erweichen lassen. Er hatte vorgegeben, dass es keinen Grund für die Stippvisite in ihrer Wohnung gab, er außerdem noch einiges vorhatte und war schließlich in einem Affentempo in Richtung Autobahn gedüst, woraufhin Fenja ihn gefragt hatte, ob er vor jemandem auf der Flucht sei. Zwar hatte er gelacht, dennoch war ihr das nervöse Zucken seiner Wangenmuskeln nicht entgangen, genauso wenig wie seine verkrampften Hände, die das Lenkrad nahezu auszuquetschen schienen. Schließlich hatte sie es dabei belassen und sich selbst gesagt, dass er ja recht hatte. Wozu noch einen Umweg in Kauf nehmen, wenn er doch an alles gedacht hatte? Ihr Mann kannte sie, wusste, was sie für ihren Alltag brauchte, und sie vertraute ihm, wenn er sagte, dass er all ihre Sachen längst auf die Insel geschafft hatte.

Vielleicht sah sie das alles auch wirklich viel zu düster.

Sie blickte zum Fenster hinaus, beobachtete Menschen, die miteinander lachten, locker und entspannt wirkten, während sie auf den Fußwegen entlangschlenderten, weil sie entweder hier Urlaub machten oder sich glücklich schätzten, an einem solchen Ort leben zu dürfen.

Sie kuschelte sich tiefer in ihren Sitz, hing ihren Gedanken nach, bis sie schließlich vor einem weiß-blauen Häuschen hielten, das so heimelig wirkte, dass augenblicklich alle Sorgen von ihr abperlten. »Das ist das Haus deiner Großmutter?«, fragte sie verwundert. »Ich hab das ganz anders in Erinnerung.«

Alex lachte auf. »Wie ich bereits sagte, meine Mutter hat alles hübsch hergerichtet, wollte es eigentlich an Gäste vermieten.«

Fenja stieg aus, lief auf das Tor zu dem bezaubernden Garten, als sie plötzlich fröhliches Kindergeschrei vernahm. Keine Sekunde später ging die Tür zum Haus auf und ihre Schwiegermutter trat heraus, dicht gefolgt von einem fröhlich quiekenden Erik, dem die Freude, seine Mutter zu sehen, buchstäblich ins Gesicht geschrieben stand. Sie drückte die Klinke hinunter, trat in den Garten, als Erik auch schon auf sie zusprang. »Mami«, rief er fröhlich und klammerte sich an ihr fest. Für einen Moment genoss sie die Zärtlichkeiten des kleinen Kerlchens, dann ging sie vor ihm in die Hocke, zog ihn erneut an sich, küsste ihn auf die Nase.

»Bist du wieder gesund?«, fragte er sie und Fenja musste

lachen, als sie den skeptischen Ausdruck auf seinem süßen Gesichtchen sah. »Mir geht's gut, kleiner Mann.« Sie hob ihn auf ihre Arme, trat auf ihre Schwiegermutter zu, küsste sie auf die Wange. »Anita, das Haus ist wunderschön«, murmelte sie und sah die ältere Frau dankbar an. »Sicher, dass es okay ist, dass wir jetzt hier sind? Immerhin geht die Saison bald los und du verlierst einen Haufen Geld, wenn du stattdessen uns hier wohnen lässt.« Sie sah sie an, hob fragend die Brauen empor, doch Anita winkte ab.

»Die Familie ist wichtiger als ein paar Kröten mehr im Portemonnaie«, erklärte sie und machte eine auffordernde Kopfbewegung in Richtung Haus. »Komm rein. Ich hab etwas zu essen vorbereitet. Tomke deckt gerade den Tisch.«

Erst jetzt fiel Fenja auf, dass nur ihr kleiner Sohn gekommen war, um sie überschwänglich zu begrüßen, nicht aber Tomke, ihre fünfjährige Tochter. Sie nahm ihn bei der Hand, trat mit ihm ins Haus, machte sich auf den Weg in die Küche. Unterwegs bestaunte sie die stilsichere maritime Einrichtung im Korridor und Gästebad, die hübsche Tapete an den Wänden, den wunderschönen Laminatboden zu ihren Füßen. Anita musste wirklich tief in die Tasche gegriffen haben, um aus der Bruchbude, in der Alex' Oma bis zu ihrem Tod gelebt hatte, dieses Kleinod zu machen.

Als sie über die Schwelle in die Küche trat, klappte ihr der Mund auf. Alles in diesem Raum war einladend neu und liebevoll dekoriert, sodass sie gar nicht anders konnte, als sich augenblicklich wie zu Hause zu fühlen. Als sie ihre geliebte Küchenmaschine auf der Anrichte stehen sah, musste sie lachen. Sie warf Alex, der hinter hier stand, einen Blick zu. »Du hast wirklich an alles gedacht«, sagte sie und warf ihm einen Luftkuss zu.

Als ihr Blick auf Tomke fiel, die gerade dabei war, die Löffel auf dem Tisch zu verteilen, setzte ihr Herz einen Schlag aus. Ihr kleines Mädchen hatte ihr den Rücken zugewandt, als wolle es bis zuletzt hinauszögern, ihr gegenüberzutreten. Sie setzte Erik auf dem Boden ab, gab Alex ein Zeichen und trat auf ihre Tochter zu. Als sie direkt hinter ihr stand, umschlang sie sie mit beiden Armen, sog den süßen Duft nach Apfelshampoo tief ein.

Für einen winzigen Augenblick war sie so glücklich wie lange nicht mehr, doch dann spürte sie, wie Tomke sich in ihren Armen versteifte. Sie ließ sie los, wartete, bis ihre Tochter sich zu ihr umgedreht hatte, forschte in deren niedlichem Gesicht nach einer Antwort, doch das Mädchen starrte sie nur schweigend an, wirkte beinahe distanziert.

Für einen Moment wusste Fenja nicht, was sie sagen sollte, dann ging ein Ruck durch ihren Körper. »Tomke, Liebling, was ist denn mit dir?« Sie wollte ihre Hand nach deren Gesicht ausstrecken, ihr sanft über die Wange streichen, doch das Mädchen wich ihr aus.

»Ich hab keinen Hunger«, sagte sie schließlich an ihren Vater gewandt, drückte sich an Fenja vorbei, darauf achtend, sie nicht zu berühren.

Einem ersten Impuls folgend wollte Fenja ihrer Tochter nachgehen, doch dann spürte sie Alex' Hand an ihrer Schulter. »Gib ihr ein bisschen Zeit«, murmelte er. »Es war nicht einfach für sie, zu erfahren, dass du hättest sterben können.«

Fenja spürte, wie sich in ihrem Innern alles zusammenzog, nickte aber.

»Vielleicht gehe ich nachher mit den beiden an den Strand«, sagte sie an Alex gewandt. »Ich denke, dass es Tomke guttut, wenn wir mal unter uns sind und sie erkennt, dass ich wieder vollkommen die Alte bin. Was denkst du?« Als sie sah, wie ihr Mann die Stirn runzelte und sich versteifte, seufzte sie. »Du vertraust mir also tatsächlich nicht?«, flüsterte sie leise, damit Erik nichts mitbekam. »Du willst nicht, dass ich mit Erik und Tomke alleine bin? Was soll das?«

»Schatz«, mischte sich Anita ein. »Du bist heute erst entlassen worden, willst du dir nicht erst mal bisschen Ruhe gönnen? Immerhin hattest du eine Gehirnerschütterung und leidest noch immer an deren Folgen.«

Sie wehrte ab, sah ihren Mann an. »Ich brauche keine Ruhe, sondern Normalität. Dass ich hier bin und nicht in unserer Wohnung ist eine Sache, aber dass du mir meine Kinder …« Sie brach ab, als sie sah, dass Erik sie mit großen Augen ansah. Sie stieß die Luft aus, sah zwischen Anita und Alex hin und her. »Was spricht dagegen, dass ich mit den beiden später ein wenig an den Strand gehe? Wir könnten Ball spielen oder quatschen.«

Er musterte sie unnachgiebig. »Heute noch nicht«, erklärte er streng und strich Erik liebevoll durchs Haar. »Wenn du an den Strand willst, bitte. Aber erst einmal ohne die beiden. Das ist nämlich genau das, was Dr. Unger gemeint hat. Du fühlst dich zwar fit und gesund, doch in Wahrheit hattest du noch immer einen schlimmen Unfall und ganz viel Glück, musst dich deshalb schonen. Das hat überhaupt nichts damit zu tun, dass ich nicht will, dass du mit den Kleinen alleine bist.« Er sah sie an, warf seiner Mutter einen Blick zu. »Lässt du uns einen Augenblick? Und sei so gut und nimm Erik mit.«

Als sie allein waren, sah er sie mit einer Mischung aus Frustration und Verärgerung an. »Ich verstehe, dass dir Tomkes Reaktion zusetzt. Sie ist verängstigt und war vollkommen überfordert mit deiner Abwesenheit. Und jetzt braucht sie eben eine Weile, um sich dir wieder anzunähern, das ist vollkommen normal, okay? Wieso kannst du also nicht einfach mal tun, was man dir sagt? Dr. Unger hat dir doch alles erklärt. Dass du dich gut fühlst, ist eine Sache, aber die Erinnerung an den Unfall ist noch immer nicht zurück und das bedeutet, dass du eben nicht vollständig genesen bist. Noch nicht. Wieso kannst du denn nicht abwarten und es langsam angehen? Stell dir mal vor, was passiert, wenn du in Gegenwart der Kinder einen Zusammenbruch erleidest. Dich daran erinnerst, was passiert ist? Was denkst du wohl, macht das mit den beiden?«

Fenja wich seinem Blick aus, als ihr klar wurde, dass er recht hatte. Sie seufzte. »Das alles ist so schwer, verstehst du? Bis vor Kurzem war mein Leben noch normal und plötzlich …« Sie schnappte nach Luft, hob die Schultern, ließ sie schließlich wieder fallen. »Plötzlich weiß ich nicht mehr, was mit mir los ist, Tomke geht mir aus dem Weg und ich bin auf Sylt anstatt in unserer Wohnung. Das alles macht mir Angst, okay?«

Alex nickte, zog sie sanft an sich, küsste sie auf den Scheitel. »Ich weiß, Schatz, und es tut mir leid. Ich will nur …« Er brach ab, suchte nach Worten. »Ich will nicht, dass die Kinder noch mehr durchmachen müssen. Bitte versteh das.« Er schob sie von sich weg, musterte sie. »Okay?«, fragte er schließlich drängend.

Sie nickte zögernd, löste sich von ihm. »Eine Sache noch«, brachte sie mühsam hervor und sah ihn forschend an. »Der Abend meines Unfalls, wie hast du davon erfahren? Ich meine, wo warst du, als er passierte?«

Alex sah sie konsterniert an, seufzte leise. »Ich bin von der Arbeit gekommen, aber die Kinder und du, ihr wart nicht da. Ich dachte zuerst, du bist mit den beiden beim Einkaufen oder auf dem Spielplatz, doch dann klingelte es an der Tür und Birte vom Haus gegenüber stand davor, um mir Erik und Tomke zu bringen. Sie meinte, du hättest bei ihr geklingelt und sie angefleht, die Kinder zu beaufsichtigen, weil du etwas Dringendes erledigen müsstest, mehr weiß ich auch nicht – leider.«

Fenja zuckte zusammen, sah Alex verwirrt an. »Ich hab eine Siebzehnjährige dazu genötigt, meine Kinder zu beaufsichtigen?«

Alex wich ihrem Blick aus. »Wie es aussieht ... Aber immerhin war sie keine Fremde, denn sie hatte zumindest Tomke in der Vergangenheit schon einmal betreut.«

»Aber wieso sollte ich das tun? Das ergibt gar keinen Sinn!«

Alex seufzte, schüttelte den Kopf. »Ich hab nicht die geringste Ahnung, Schatz, aber Fakt ist nun einmal, dass es genauso war. Und weil du den gesamten Abend nicht nach Hause gekommen bist, hab ich irgendwann bei der Polizei angerufen, doch die wollten nichts unternehmen, weil du noch keine 48 Stunden als vermisst galtest. Und als du am nächsten Morgen immer noch nicht zurück warst, hab ich alle Krankenhäuser in Hamburg abtelefoniert, bis ich dich endlich gefunden hatte.«

Fenja stieß den Atem aus, hatte plötzlich das Gefühl, keine Luft zu bekommen. »Ich kann das nicht fassen«, stieß sie schließlich aus. »Ich hab meine Kinder zurückgelassen und bin abgehauen, woraufhin ich einen Unfall gebaut habe. Was, wenn ich tatsächlich irre werde, so wie meine Mutter?« Sie barg ihr Gesicht in den Händen, fühlte sich plötzlich so hilflos und verletzlich wie niemals zuvor.

Sie spürte, wie Alex sie fest in seine Arme zog, ihr beruhigend über den Rücken strich.

»Du wirst nicht verrückt«, sagte er fest. »Und irgendwann erinnerst du dich auch wieder an alles.«

»Bist du sicher?«, fragte sie und bemerkte selbst, dass sie wie ein weinerliches Kleinkind klang. Sie sah in seine Augen, als erhoffe sie sich eine Antwort darin zu finden, erschrak, als sie das nervöse Flackern darin bemerkte.

»Was?«, fragte sie misstrauisch. »Ist da vielleicht doch noch etwas, das ich unbedingt wissen sollte?«

»Quatsch!« Er schüttelte den Kopf und lächelte beruhigend, doch erreichte dieser gewollte Ausdruck von Ungezwungenheit seine Augen nicht. »Alles kommt in Ordnung«, murmelte er liebevoll und ungeduldig zugleich. Dann gab er ihr einen Klaps auf den Hintern. »Und jetzt lass uns essen, bevor meine Mutter anfängt, sich zu beklagen, wie undankbar wir doch sind.«

Sie sah zu, wie er aus der Küche in den Gang trat, um nach dem Rest der Familie zu rufen, und bekam dabei den Gedanken an Betrug nicht aus ihrem Kopf, spürte stattdessen instinktiv, dass er ihr nicht die ganze Wahrheit gesagt hatte.

8

HAMBURG

MÄRZ 2019

Als sie am Abend zusammen vor dem Fernseher saßen und Pizza aßen, fiel Joe auf, dass Luisa, obwohl ihr Lieblingsfilm lief, nicht ganz bei der Sache war. Immer wieder starrte sie ihn von der Seite an, wirkte unschlüssig, ja, fast ein wenig verunsichert.

Er griff nach der Fernbedienung auf dem Tisch vor sich, drückte die Stopptaste. Dann wandte er sich seiner Jüngsten zu. »Was hast du auf dem Herzen? Ich merke doch, dass dir etwas durch den Kopf geht und du deswegen keine Ruhe findest!«

Das kleine Mädchen zuckte zusammen, sah betreten zu Boden. Schließlich stieß es einen tiefen Seufzer aus. »Es ist wegen Marie. Ihre Oma war heute bei meiner Omi und sie hat ganz rote Augen gehabt. Als ich sie gefragt habe, wo Marie ist und ob ich mit ihr spielen darf, hat sie angefangen zu weinen.«

Joe seufzte innerlich, schluckte. Dann drehte er Luisa zu sich, sah sie fest an. »Hat Oma was zu dir gesagt?«

Sie schüttelte den Kopf.

»Und Maries Oma? Hat sie mit dir gesprochen?«

Wieder ein Kopfschütteln. Dann sah Luisa Joe mit großen

Augen an. »Geht es Marie nicht gut? Hat ihre Omi deswegen geweint? Ist Marie krank?«

Joe, dem es für einen Augenblick die Sprache verschlagen hatte, holte tief Luft, räusperte sich. »Du kennst doch Maries Mama, nicht wahr?«

Luisa nickte stumm.

Joe überlegte, wie er die Information so verpacken konnte, dass seine Tochter sie verstand und er sie dennoch nicht verstörte.

»Maries Mama … Sie hat … oder besser gesagt, sie könnte etwas Schlimmes getan haben. Etwas sehr Schlimmes. Und genau deswegen ist Marie jetzt im … im Himmel.«

Er verfluchte sich im Geist für sein Gestammel, sah seine Tochter an, forschte in ihrem Gesicht nach einer Reaktion, doch da war nichts.

»Dann ist Marie jetzt bei meiner Mama?«

Joe überlegte kurz, nickte dann. »Ganz genau. Marie ist genau wie deine Mama im Himmel. Und Maries Mama ist auch im Himmel.«

Luisa schien darüber nachzudenken, dann lächelte sie. »Du hast gesagt, Mama ist immer bei mir. Dass sie mich von da oben aus sieht. Kann Marie mich auch sehen?«

Joe nickte matt.

»Und warum ist Maries Omi dann so traurig? Du hast doch gesagt, dass es Mami da oben jetzt besser geht. Dass sie jetzt fröhlich ist und keine Schmerzen mehr hat. Vielleicht ist Marie da oben jetzt auch viel glücklicher?«

Joe stöhnte leise, wusste nicht, wie er darauf antworten sollte.

»Das kann man nicht vergleichen«, kam ihm Luisas Schwester zu Hilfe, die blass geworden war, sich aber im Griff zu haben schien. »Marie war nicht krank wie unsere Mutter. Sie war gesund. Und dass sie jetzt im Himmel ist, war viel zu früh für die kleine Marie, verstehst du? Deswegen ist ihre Oma so traurig und wegen dem, was Maries Mama getan hat.«

»Und was hat Maries Mama getan?«, wollte Luisa wissen.

Ihre Schwester sah Joe an, hob dann die Schultern. »Das weiß ich nicht genau, aber ich schätze, dass sie Marie sehr wehgetan hat.«

———

Später am Abend, seine beiden Töchter lagen längst in ihren Betten, ließ Joe sich das Gespräch vom Abendessen noch einmal durch den Kopf gehen. Seine ältere Tochter hatte so gefasst und erwachsen gewirkt, als sie Luisa Maries Tod erklärt hatte, dass es ihn zutiefst im Innern berührte. Kein Kind dieser Welt sollte sich mit dieser Thematik auseinandersetzen müssen. Doch seine Töchter hatten ihre Mutter verloren, waren mit dem Thema also bereits einmal in Berührung gekommen und Joe fragte sich, ob es falsch gewesen war, Luisa gestern mehr oder weniger die Wahrheit gesagt zu haben. Andererseits hätte er sich mies dabei gefühlt, sie zu belügen und ihr vorzugaukeln, ihrer kleinen Freundin ginge es gut, obwohl sie in Wahrheit bereits seit Wochen unter der Erde begraben lag.

Plötzlich fiel ihm Elke wieder ein. Ihr verzweifelter Gesichtsausdruck, als sie ihm die Reiseunterlagen präsentiert hatte, ihre Enttäuschung, als er ihr sagen musste, dass er der Falsche war, um ihr zu helfen.

Seit er mit dieser Frau gesprochen hatte, fühlte er sich irgendwie zwiegespalten. Einerseits verstand er vollkommen, weshalb sie sich nicht mit der bitteren Realität abfinden konnte. Und er begriff ebenfalls, dass sie nach allem, was passiert war, seinen Kollegen misstraute.

Andererseits konnte er sich tatsächlich nicht vorstellen,

dass es in den Ermittlungen Lücken gab und seine Kollegen ihren Job nicht richtig gemacht hatten. Dieser Fall war, nach allem, was er darüber wusste, wirklich haarsträubend grausam. Kein Beamter, den er kannte, würde sich da von persönlichen Gefühlen leiten lassen oder sich gar vorschnell ein Urteil bilden.

Aber da war auch eine Sache, die ihm zu denken gab. Es mochte sich vielleicht ein wenig unsinnig anhören, aber er persönlich glaubte felsenfest an das unsichtbare Band zwischen einer Mutter und ihren Kindern. Er wusste nicht, ob es Intuition war oder eine laienhaft ausgedrückt übernatürliche Macht, auf jeden Fall war er seit der Geburt seiner Kinder felsenfest davon überzeugt, dass dieses Band existierte.

Seine Frau hatte immer gespürt, wenn es einem der Mädchen nicht gut ging, selbst wenn sie getrennt von ihnen war. So hatte sie zum Beispiel eine Art innere Unruhe gespürt, als ihre älteste Tochter vor einigen Jahren im Kindergarten vom Klettergerüst gefallen war und sich den Arm gebrochen hatte. Anna hatte einem Impuls folgend im Kindergarten angerufen, unmittelbar, nachdem es passiert war, und so für monatelangen Gesprächsstoff unter den Erzieherinnen gesorgt.

Und er wusste von anderen Müttern, denen Ähnliches widerfahren war.

Wenn Elke also absolut sicher war, dass ihre Tochter sich nicht umgebracht hatte, war das nicht Grund genug, sich wenigstens die Akte einmal näher anzusehen? Nur um absolut sicherzugehen.

Als ihm klar wurde, was er soeben gedacht hatte, erschrak er.

Er war nicht im Dienst und was er soeben im Kopf geplant hatte, verstieß gegen sämtliche Vorschriften.

Allerdings hatte Elke auch nicht ganz unrecht, als sie

sagte, dass es keinen Sinn ergab, mit Selbstmordabsichten eine Reise zu buchen.

Und wenn sie erst nach der Buchung in ein tiefes Loch gefallen ist?

Er seufzte. Auch das war möglich. Egal, wie er es drehte und wendete, er kam nicht dagegen an, dass Elkes Überzeugung ihn nicht mehr losließ.

Vor seinem inneren Auge tauchte Anna auf und er stellte sich die Frage, was sie getan hätte. Gut, Anna war nicht bei der Polizei gewesen. Doch sie hätte sicher eine Meinung zu diesem Dilemma gehabt.

Doch welche?

Er schloss die Augen, konzentrierte sich.

Anna war eine großartige Mutter gewesen.

Und sie hatte die Mädchen vergöttert

Keine Frage, was sie ihm geraten hätte.

Er ging in den Gang, nahm sein Handy zur Hand, wählte ungeachtet der späten Stunde die Nummer von Elke.

Als er nach knapp einer Minute Klingeln endlich Elkes müde klingende Stimme vernahm, atmete er tief durch.

»Johannes am Apparat«, erklärte er der Frau knapp. »Ich wollte nur Bescheid geben, dass ich mich anders entschieden habe. Ich kann Ihnen natürlich nichts versprechen, aber ich werde zumindest versuchen, mir Akteneinsicht zu verschaffen, um einen Überblick zu bekommen, ob die Ermittlungen im Fall Ihrer Tochter und Enkelin Lücken aufweisen.«

Er hörte, dass Elke am anderen Ende der Leitung zu schluchzen begann, spürte, wie sein Hals sich verengte.

»Ich danke Ihnen, mein Junge«, stieß die ältere Frau schließlich aus und Joe hörte die unendliche Dankbarkeit aus ihren Worten.

»Allerdings benötige ich einige Dinge und Informationen, um überhaupt loslegen zu können.« Er räusperte sich. »Am besten wäre, wenn Sie sich notieren, was ich diktiere.«

Er hörte es rascheln am anderen Ende der Leitung, wartete, bis Elke so weit war.

»Ich muss sowohl über Anke als auch über Marie alles wissen, das auch nur im Entferntesten von Belang sein könnte. Falls Anke ein Tagebuch geführt hat oder irgendwelche Terminkalender – die muss ich einsehen. Außerdem benötige ich die Telefonnummern ihrer Kontakte – sowohl beruflich als auch privater Natur. Ich brauche Einsicht in Ankes Finanzen und müsste Zugang zu ihrem Handy, Laptop und dergleichen bekommen. Außerdem benötige ich die engsten Kontakte ihres verstorbenen Mannes und falls es noch persönliche Sachen von ihm gibt, wie zum Beispiel Terminplaner, Laptop, Handy oder Ähnliches, könnte das ebenfalls hilfreich sein.« Er hielt inne, überlegte blitzschnell. »Falls es irgendwelche Unterlagen von der Polizei gibt, die Ihnen vorliegen, auch diese brauche ich. Und falls ich etwas vergessen habe, würde ich mich noch mal bei Ihnen melden.«

Er wartete ab, stieß die Luft aus.

»Können Sie morgen früh zehn Uhr bei mir sein? Bis dahin habe ich alles zusammen.«

Nach Beendigung des Gesprächs mit Elke fragte Joe sich, ob es ein Fehler gewesen war, sich in diesem Fall von seinen Gefühlen leiten zu lassen. Denn wenn er ehrlich mit sich selber war, musste er zugeben, dass seine Entscheidung nichts Rationales an sich hatte. Er war Elkes Wunsch nur deswegen nachgekommen, weil er wegen Annas Tod wusste, wie die arme Frau sich fühlen musste. Immerhin hatte sie gleich zwei geliebte Menschen auf einmal verloren. Außerdem konnte er auch Ankes Schmerz nachempfinden. Die junge Frau hatte ihren Mann verloren, im Grunde also genau dasselbe durchgemacht wie er. Allein deswegen empfand er ihr gegenüber so etwas wie Solidarität.

Und dann Luisa. Sie hatte Marie wirklich gern gehabt und

nun war es an ihm, herauszufinden, wer dafür verantwortlich war, dass sein Kind eine Freundin verloren hatte.

Auf dem Weg ins Schlafzimmer hatte Joe eine Idee. Er ging in die Küche zurück, nahm sein Handy vom Ladekabel, suchte die Nummer seiner früheren Kollegin aus der Recherche.

Er überlegte einen Augenblick, dann tippte er ihren Namen an, schrieb ihr eine Nachricht über WhatsApp und legte das Gerät auf die Anrichte zurück.

———

Joe war gerade dabei, für die Mädchen das Frühstück zuzubereiten, als sein Handy vibrierte. Er klappte das Sandwich für seine Älteste zusammen, wusch sich die Hände, ging zur Anrichte. Vom Display strahlte ihm der Name Sandra entgegen, seine Kollegin, der er gestern Abend noch eine Nachricht geschrieben hatte. Er nahm das Gerät, tippte auf ihren Kontakt, wartete, bis er den Klingelton hörte.

Als Sandra ranging und er aus ihrer Stimme heraushörte, wie sehr sie sich freute, etwas von ihm zu hören, meldete sich sein schlechtes Gewissen. Seine Kollegin hatte schon immer eine Schwäche für ihn gehabt, auch schon, bevor er Anna kennen und lieben gelernt hatte, er wusste das, war aber noch nie so weit gegangen, es sich zunutze zu machen. *Egal!*, dachte er dann, hier ging es nicht um Sandra oder ihn, sondern darum, herauszufinden, ob Elkes Gespür für das Unglück, das ihre Tochter und Enkeltochter ereilt hatte, das richtige war.

»Danke für deinen Rückruf«, sagte er und räusperte sich betreten. »Es ist so … dass ich deine Hilfe brauche«, erklärte er. »Nichts Schlimmes, es geht um einen Fall, von dem du mit Sicherheit gehört hast und über den ich ein paar Informationen brauche.«

»Du arbeitest wieder?«, fragte Sandra wie aus der Pistole geschossen. »Das wusste ich nicht. Gregor meinte doch neulich erst, dass es noch dauern könne, bis du zurückkommst.« Sie hielt erschrocken inne, als ihr klar wurde, dass sie somit verraten hatte, sich nach ihm erkundigt zu haben. »Ich hab mir Sorgen gemacht«, schob sie schnell hinterher. »Wollte wissen, wie es dir geht und ob ich irgendwas tun kann. Gregor meinte, dass du dich komplett zurückgezogen hast, keinen Kontakt willst, deswegen hab ich mich die ganze Zeit über nicht bei dir gemeldet«, entschuldigte sie sich.

»Kein Problem«, gab er zurück. »Greg hat recht, es ging mir nicht gut, das tut es noch immer nicht.« Er hielt inne, überlegte genau, was er als Nächstes sagen könnte, ohne Sandra misstrauisch zu machen. »Ich komme zurück«, sagte er schließlich. »Irgendwann in naher Zukunft. Aber dieser Fall, für den ich deine Hilfe brauche, hat nichts mit meinem Job zu tun.« Er brach ab, ließ seine Worte wirken, hoffte, dass Sandra ihm nicht unmittelbar ein Nein vor den Latz knallte.

»Es geht um eine junge Frau und deren kleine Tochter. Beide wurden vor einigen Wochen tot in ihrer Wohnung gefunden. Laut der Mutter der jungen Frau gingen die ermittelnden Beamten irgendwann davon aus, dass es sich um Suizid bei der Mutter handelt und dass sie zuvor ihr fünfjähriges Kind mit einem Kissen erstickt hat.«

Am anderen Ende der Leitung stieß Sandra einen langen Seufzer aus. »Anke und Marie Dahl, ich erinnere mich, ist noch nicht so lange her. Soweit ich weiß, hatte Gregor selbst die Leitung der Ermittlungen übernommen. Ich hab für ihn einige Informationen über die Mutter und deren verstorbenen Mann zusammengetragen. Und ich glaube auch über den Ex der jungen Frau, einen wirklich schmierigen Typen. Ich meine, mich zu erinnern, dass er der leibliche Vater des toten Mädchens war.« Sie brach ab, schwieg einen Augenblick.

»Was hast du mit dem Fall zu schaffen?«, fragte sie dann. »Ich meine, du arbeitest nicht, woher weißt du überhaupt …«

»Meine Tochter Luisa war mit der kleinen Marie befreundet«, sagte er schließlich vage. »Daher kenne ich auch die Großeltern des Mädchens. Die armen Leute sind am Boden zerstört, von ihnen weiß ich zum Beispiel auch, dass sie sich bereits Tage vor dem Leichenfund um Tochter und Enkelkind sorgten, die Polizei ihnen aber nicht helfen wollte.«

Sandra stöhnte auf. »Deswegen haben die beiden dich angebettelt, den Fall noch mal genauer anzusehen. Weil sie der Ermittlung nicht trauen.«

»So ungefähr«, sagte Joe. »Und mir ist klar, dass ich mich eigentlich schon strafbar mache, indem ich mit dir darüber spreche. Der Fall geht mich nichts an, ganz zu schweigen davon, dass ich nicht mehr im Dienst bin. Es ist nur so«, sagte er zögernd, hielt inne, um zu verdeutlichen, dass ihm die ganze Sache genau so unangenehm war wie ihr. »Diese Frau, Maries Mutter, sie ist überzeugt, dass Anke und Marie noch leben könnten, wenn die Polizei ihren ersten Anruf bereits ernst genommen hätte. Das ist auch der Grund, weshalb sie den Ermittlungsergebnissen nicht ganz traut. Die Arme macht sich vollkommen fertig und nachdem ich mit Anna … na ja, du weißt ja, was ich durchhabe … Jedenfalls tut mir die Frau von Herzen leid und ich dachte, ich könnte wenigstens versuchen, sie davon zu überzeugen, dass alles vollkommen korrekt abgelaufen ist. Nur, damit sie endlich abschließen und ihren Frieden finden kann, aber dazu brauche ich eben Akteneinsicht.«

Er stieß die Luft aus, wartete ab, doch Sandra am anderen Ende blieb still. Für einen Moment dachte er schon, sie hätte ihn aus der Leitung geworfen, doch dann hörte er ein leises Schniefen und fühlte sich noch mieser.

»Es tut mir leid«, schluchzte Sandra leise. »Du weißt ja, dass ich nah am Wasser gebaut hab. Sehr nett, dass du den

Leuten helfen willst, aber leider weiß ich wirklich nicht, was ich da tun könnte. Wenn Gregor dich in meinem Büro sieht, wird er wissen wollen, was du bei mir wolltest. Übrigens, genau wie jeder andere aus der Abteilung.«

Joe überlegte blitzschnell, setzte alles auf eine Karte. »Die Ermittlungsprotokolle sind doch alle digitalisiert. Du könntest mir das Wichtigste auf einen USB-Stick ziehen, inklusive der Tatortfotos, und ihn mir heute Mittag bei einem gemeinsamen Essen geben. Sobald ich damit durch bin, schwöre ich, ihn sofort zu vernichten. Keiner wird erfahren, dass es den Stick jemals gegeben hat.«

9

SYLT/KEITUM

APRIL 2019

Das gemeinsame Essen war weitestgehend schweigsam verlaufen, es hatte sich ein bisschen so angefühlt, als wolle jeder der anwesenden Erwachsenen vermeiden, durch harmloses Geplänkel am Ende doch in einem Wespennest zu stochern. Einzig Erik hatte die ganze Zeit über versucht, das Essen – er mochte keinen Fisch – zu umgehen, indem er den Alleinunterhalter spielte, bis Tomke irgendwann gemault hatte, dass ihr das Gebrabbel ihres Bruders auf die Nerven ging.

Jetzt saßen die Kinder im Wohnzimmer, sahen sich einträchtig eine DVD an, während Fenja mit Alex und dessen Mutter die Küche aufräumte.

»Wieso gehst du nicht ein wenig spazieren?«, fragte Alex plötzlich und sah sie liebevoll an. »Der Strand ist keine fünf Minuten zu Fuß und du liebst es doch, dir den Kopf durchpusten zu lassen.« Er streckte die Hand aus, nahm ihr das Geschirrtuch ab, machte eine auffordernde Kopfbewegung. Er meinte es sicher nur gut, doch für Fenja fühlte es sich ein bisschen so an, als wolle er sie loswerden, um in Ruhe mit seiner Mutter sprechen zu können.

Sie nickte, reichte ihm das Tuch. »Ist vielleicht wirklich

keine schlechte Idee«, entgegnete sie. »Aber vorher würde ich gerne noch ein paar Telefonate tätigen und meine Mails checken, okay?«

Alex und seine Mutter wechselten einen Blick und für einen Moment herrschte peinliches Schweigen in der Küche.

Alex sah sie an, räusperte sich. »Tut mir leid, Schatz, aber es gibt momentan noch keinen Telefonanschluss im Haus und auch kein Internet. Meine Großmutter war immerhin über neunzig, als sie starb, sie hatte mit der modernen Technik nichts am Hut.«

Fenja starrte Alex ungläubig an, schüttelte den Kopf. »Deine Oma hatte keinen Telefonanschluss? Das kann ich mir irgendwie nur schwer vorstellen.«

»Ein Telefon hatte sie natürlich«, schaltete Anita sich ein. »Aber im Zuge der Renovierung hab ich die Leitungen erneuern lassen, alles soll auf dem bestmöglichen technischen Stand sein, wenn die ersten Urlauber das Haus beziehen. Die Telefonleitung wird im Laufe der nächsten Wochen stehen und im Zuge dessen wird auch gleich ein Internetkabel ins Haus gelegt.«

Fenja sah Alex zweifelnd an. »Wie willst du denn bitte schön ohne Telefon und ohne Internet hier im Haus arbeiten?«

Er hob die Schultern. »Meine Kollegen wissen, dass ich aktuell nur übers Handy erreichbar bin. Und was das Versenden von Mails angeht, das erledige ich vom Haus meiner Mutter aus.«

Fenja nickte, verzog das Gesicht. »Also funktioniert zumindest der Handyempfang?«

Alex' Gesicht verdüsterte sich. »Meistens jedenfalls, wieso?«

Sie hob die Schultern. »Na ja, wenn das Festnetz nicht geht, muss ich meine Telefonate eben auch mit dem Handy erledigen. Und ins Internet komme ich im Notfall über die mobilen Daten.«

Alex wich ihrem Blick aus. Schließlich sah er zu seiner Mutter, dann zu Fenja. Sein Blick war schwer zu deuten. »Ich weiß nicht, wie ich es sagen soll, aber im Eifer des Gefechts hab ich dein Handy in Hamburg vergessen.«

»Du hast mein Handy vergessen? Wie konnte das denn passieren? Ich meine, du hast an alles gedacht, aber ausgerechnet mein Mobiltelefon vergisst du?«

Sie blickte misstrauisch von Anita zu Alex. »Was ist hier los? Glaubt ihr, ihr könnt mich veralbern oder was? Kein Festnetzanschluss, kein Internet und ganz zufällig hast du auch noch mein Handy vergessen? Hältst du mich für schwachsinnig?«

Alex hob beschwichtigend die Hände, ließ sie dann wieder fallen. »Das ist mit Dr. Unger so abgesprochen, okay? Du sollst dich ausruhen, viel lesen, fernsehen, spazieren. Alles tun, was der Gesundheit guttut. Dazu gehört meines Erachtens weder ein Telefon noch Internet.«

Fenja entfuhr ein böses Lachen. »Dann ist das hier also so etwas wie ein Straflager für mich? Ich darf mich zwar frei bewegen, aber Zeit allein mit meinen Kindern verbringen und ins Internet gehen, darf ich nicht.«

Alex kam zu ihr, nahm sie bei den Oberarmen, sah ihr fest ins Gesicht. »Du hattest einen schweren Unfall, verdammt! Hättest außer dir selbst noch andere Menschen ins Verderben reißen können. Es war reines Glück, dass alles so glimpflich ausgegangen ist. Zu allem Übel kommt dazu, dass keiner weiß, auch du nicht, wie es dazu hat kommen können. Warst du auf der Flucht vor jemandem oder nur abgelenkt?« Er hob die Schultern, sah sie gereizt an. »Vielleicht war es am Ende aber auch ein Versuch, dich umzubringen. Fakt ist, solange du dich nicht erinnerst, ist es mir zu heikel, dir die Kinder anzuvertrauen. Im Übrigen bin ich absolut überzeugt, dass du, wäre es umgekehrt, genauso handeln würdest wie ich. Die Kinder gehen nun einmal vor, das muss dir klar sein.« Er brach ab, wirkte auf einmal unendlich müde. »Weißt du eigentlich, wie viel Anstrengungen es meine Mutter und mich kostete, auf die Schnelle alles hier herzurichten, damit du dich wohlfühlst? Oder wie ich dafür kämpfen musste, damit mein Herausgeber es akzeptiert, dass ich von hier aus meinen Job mache? Das alles war mit einem riesigen Aufwand verbunden, alles für dich und das Einzige, was ich von dir höre, sind Vorwürfe.« Er brach ab, drehte sich um, wollte zur Tür hinaus.

Fenja hielt ihn am Arm zurück. »Tut mir leid«, brachte sie schließlich mühsam hervor und wollte ihn in die Arme nehmen, doch er entzog sich ihr, ließ sie ohne ein weiteres Wort in der Küche zurück.

———

Der Rest des Tages war relativ normal verlaufen. Fenja hatte einen langen Strandspaziergang gemacht und Alex auf Anitas Rat hin in Ruhe gelassen, sodass er sich gegen Abend wieder abgeregt zu haben schien. Sie hatten gemeinsam gegessen und während Alex danach die Kinder gebadet hatte, war sie im Haus herumgestreunt und hatte sich jedes einzelne der hübsch eingerichteten Zimmer genauer angesehen. Einzig der Raum im ersten Stock links neben dem Kinderzimmer war verschlossen gewesen und Fenja vermutete, dass es sich dabei um das Arbeitszimmer handelte.

Jetzt war sie gerade dabei, sich einen Tee zuzubereiten, als sie Eriks Rufen von oben hörte. Sie ließ alles stehen und liegen, eilte in den ersten Stock, wo ihr kleiner Junge am Treppenabsatz stand und auf sie zu warten schien. Als er sie erblickte, streckte er ihr seine pummeligen Kleinjungenärmchen entgegen und jauchzte, als sie ihn hochhob.

Sie trug ihn ins Kinderzimmer, platzierte ihn in seinem Bett, deckte ihn zu. Dann beugte sie sich zu ihm hinab, küsste ihn auf die Nasenspitze. Als sie aufstand und zu Tomkes Bett gehen wollte, zog diese sich ihre Decke schnell über den Kopf.

»Versteckst du dich vor mir?«, fragte Fenja und achtete darauf, dass ihre Stimme nicht angespannt klang.

Keine Reaktion.

Sie schlich auf das Bett zu, zupfte an der Decke und wollte gerade anfangen, Tomke durchzukitzeln, als diese mit dem Fuß nach ihr trat. »Geh weg!«, kam es kurz darauf von ihrer Tochter und Fenja hatte das Gefühl, zu Eis zu erstarren. »Was soll das denn?«, fragte sie und zog energisch an Tomkes Decke, bis sie das Gesicht ihrer Tochter sehen konnte. Als ihr klar wurde, dass sie geweint hatte, zog sich ihr Innerstes zusammen. »Was ist denn, meine Kleine?«, fragte sie und erschrak, als sie plötzlich eine Hand auf ihrer Schulter spürte. »Das reicht für heute!«, sagte ihr Mann und gab ihr damit unmissverständlich zu verstehen, dass sie aus dem Kinderzimmer verschwinden sollte. Sie starrte ihn an, musste sich beherrschen, nicht in Tränen auszubrechen, tat aber am Ende, was er von ihr verlangte.

Sie war kaum aus dem Zimmer, als Alex die Tür hinter ihr schloss.

Einen Moment lang blieb sie wie angewurzelt stehen, fragte sich, ob sie es sich nur einbildete oder ob Alex und Tomke sie tatsächlich ausschlossen, dann machte sie sich auf den Weg nach unten. Eine schöne Tasse Tee würde ihr jetzt mehr als guttun, vielleicht sogar ihre Nerven beruhigen. Sie stieg die Treppe hinunter, bemerkte, dass Anita gegangen war, verzog das Gesicht, als ihr klar wurde, dass ihre Schwiegermutter es scheinbar nicht für nötig gehalten hatte, sich von ihr zu verabschieden.

Egal, dachte sie schließlich, als sie es sich mit einer Tasse dampfendem Kurkumatee auf dem Sofa im Wohnzimmer bequem machte und vorsichtig an der heißen Flüssigkeit nippte.

Kurz erwog sie, ein wenig fernzusehen, doch dann entschied sie sich, heute früh zu Bett zu gehen, um morgen früh ausgeruht und munter zu sein. Sie trank ihren Tee aus, dann brachte sie die leere Tasse in die Küche, stellte sie in die Spüle. Auf dem Weg nach oben hatte sie eine Idee. Ein Kribbeln breitete sich in ihrem Innern aus. Sie würde morgen mit den Kindern nach Westerland fahren und einen schönen Tag mit ihnen verbringen. Dagegen konnte Alex nun wirklich nichts einzuwenden haben. Sie würden Eis essen, in den Läden nach netten Dingen Ausschau halten, es sich einfach nur gut gehen lassen.

Sie lächelte bei der Vorstellung, dass Tomke und sie einander spätestens morgen Abend wieder näher sein würden, und wollte gerade die Tür zum Schlafzimmer aufmachen, als sie Alex' Stimme aus dem verschlossenen Raum vernahm. Sie schlich vorsichtig zur Tür, legte ihr Ohr an das Holz und lauschte.

Als ihr klar wurde, dass ihr Mann mit jemandem zu telefonieren schien, hatte sie im ersten Moment den Gedanken an seine Arbeit im Kopf, doch dann hörte sie, wie ihr Name fiel. Sie zuckte zusammen, stieß dabei versehentlich mit dem Knie gegen den Rahmen. Sie erschrak, wollte gerade verschwinden, als die Tür aufging. Alex starrte sie ungeduldig an. »Hast du geklopft?«

Sie nickte, weil sie natürlich nicht zugeben konnte, gelauscht und sich dabei verraten zu haben. »Ich wollte nur sagen, dass ich zu Bett gehe, okay?«

Alex nickte. »Sonst noch was?«

Angesichts der Schärfe in seiner Stimme ging sie verunsichert auf ihn zu, stellte sich auf die Zehenspitzen, gab ihm einen Kuss auf den Mund. Doch anstatt diesen wie sonst auch

zu erwidern, machte er ihr keine Sekunde später die Tür vor
der Nase zu.

———

Als sie am nächsten Morgen wach wurde, bemerkte sie, dass
das Bett auf der anderen Seite unbenutzt aussah. Sie fragte
sich, ob Alex die ganze Nacht über geschrieben hatte oder
noch immer sauer auf sie war und deswegen im Gästezimmer
geschlafen hatte, doch dann verwarf sie die trüben Gedanken
wieder. Heute wollte sie nach Westerland fahren, und auch
Alex' Laune würde daran nichts ändern. Sie stand auf, ging
ins Bad, um sich ein wenig frisch zu machen, erschrak, als sie
in den Spiegel oberhalb des Waschbeckens blickte. Ihr
Gesicht war aschfahl, sie hatte dunkle Ringe unter den Augen
und wirkte trotz der zehn Stunden Schlaf unendlich müde.
Nachdem sie sich geduscht und angezogen hatte, ging sie
nach unten, um ihren Mann über ihren Plan in Kenntnis zu
setzen.

In der Küche saßen Tomke, Erik und Alex bereits um den
großen Esstisch herum, ließen sich ihre Pfannkuchen schme-
cken. Als ihr Mann sie sah, lächelte er gezwungen, deutete
mit dem Kopf in Richtung Herd. »Da sind auch für dich noch
ein paar Pancakes«, sagte er und widmete sich wieder seinem
Essen.

Fenja ging zum Tisch, beugte sich zu Erik, küsste ihn auf
den Scheitel. »Guten Morgen, mein süßer Schatz«, flüsterte
sie und freute sich, als der kleine Junge sich an sie schmiegte.
Als sie sich zu Tomke hinunterbeugen wollte, sprang das
Mädchen auf, rannte aus der Küche.

Alex sah zu ihr hoch, verzog das Gesicht. »Du musst ihr
Zeit geben. Das hab ich dir doch gestern schon gesagt!«

Fenja spürte, wie heiße Wut in ihr hochschwappte.
»Tomke braucht keine Zeit, sondern ihre Mutter. Sie entfernt

sich immer mehr und mehr von mir und deine gut gemeinten Ratschläge sowie die Tatsache, dass du mich ausschließt, machen es nur schlimmer.« Sie holte Luft, sah Alex fest an. »Ich will mit den beiden heute nach Westerland fahren. Nur Erik, Tomke und ich. Wir gehen Eis essen, ein bisschen shoppen, machen Dinge, die die Kinder mögen.«

Alex' Gesicht verschloss sich, dann stieß er ein Stöhnen aus. »Kommt gar nicht infrage«, ließ er schließlich die Bombe platzen und starrte sie beinahe feindselig an. »Die Kinder bleiben hier! Wenn du das Bedürfnis hast, mal was anderes zu sehen, dann verstehe ich das, aber die Kinder lässt du da gefälligst raus. Fahr alleine oder nimm meine Mutter mit, das ist mein letztes Wort!«

Eine Weile herrschte Schweigen in der Küche, dann fing Erik an zu weinen.

»Wirklich toll«, herrschte Alex sie an, als sei es ihre Schuld, dass der kleine Junge total verstört war.

Sie klappte den Mund auf, wollte gerade etwas sagen, doch Alex gab ihr mit nur einem Blick zu verstehen, dass es genug war. Dann nahm er Erik auf den Arm und verschwand.

———

Erschüttert über die Auseinandersetzung mit ihrem Mann hatte Fenja sich entschlossen, das Thema Westerland erst einmal hintanzustellen und ein wenig spazieren zu gehen. Während sie am Strand entlanglief und den tobenden Wellen zusah, überlegte sie, ob Alex tatsächlich recht haben könnte und sie es war, die sich danebenbenahm. Okay, sie hatte einen Unfall gehabt, und ja, sie erinnerte sich noch immer nicht an die Ursache, doch war das wirklich Grund genug, ihr deswegen zu misstrauen und ihr sogar den Umgang mit ihren eigenen Kindern zu verbieten?

Mittlerweile hätte sie wirklich alles dafür gegeben, wenn

sie sich nur endlich erinnern würde, was am Abend des Unfalls passiert war.

Wenn sie wüsste, dass dem Ganzen eine vollkommen nachvollziehbare Ursache zugrunde läge, hätte Alex keinen Grund mehr, ihr gegenüber so seltsam abweisend zu sein.

Sie setzte sich in den Sand, starrte auf den Horizont, schloss die Augen. Doch so sehr sie sich auch bemühte, ihr fiel nicht ein, was geschehen war. Auch die Tage vor dem Unfall lagen hinter einem Nebelschleier verborgen. Sie schüttelte den Kopf, spürte, wie ihr die Tränen kamen. Eine Weile starrte sie gedankenverloren aufs Meer, dann entschloss sie sich, nach Hause zu gehen und ihren Mann zur Rede zu stellen.

Als sie ins Haus kam, fiel ihr augenblicklich die Stille auf. Sie zog ihre Schuhe aus, dann machte sie sich auf die Suche nach Alex. Als sie ihn schließlich in der Küche fand, stemmte sie die Hände in die Seiten, sah ihn herausfordernd an. »Wo sind die Kinder?«

»Meine Mutter hat sie geholt, damit du dich ausruhen kannst und ich Zeit zum Schreiben habe.«

»Du kannst mich nicht wie eine Verbrecherin behandeln«, spie sie ihm entgegen. »Ich darf nicht mit den Kindern alleine sein, nicht telefonieren, nicht ins Internet. Was bist du? Ein Gefängnisaufseher?«

Alex blieb ihr eine Antwort schuldig, sah sie nur an. »Dass die Kinder nicht da sind, hat nichts mit dir zu tun. Meine Mutter ist zum Einkaufen gefahren und Tomke wollte mit.«

»Ich wollte mit den beiden nach Westerland, das war nicht möglich, aber einkaufen mit deiner Mutter?«

»Meine Mutter hatte auch keinen Unfall mit Gedächtnisverlust.«

Sie seufzte verärgert.

»Warum fährst du nicht alleine nach Westerland? Kauf dir

was Nettes, hab Spaß. Der Bus fährt alle zwanzig Minuten von der Hauptstraße oben ab.«

Sie schüttelte den Kopf. »Du weißt, dass ich nicht gerne mit den Öffentlichen fahre.«

Alex legte den Kopf schräg. »Und du darfst noch nicht selbst Auto fahren.«

»Wieso nicht?«, fauchte Fenja. »Lass mich raten, weil ich einen Unfall hatte?«

Alex wandte sich ab, öffnete den Schrank, warf ihr über die Schulter einen Blick zu. »Ich mache Tee, willst du auch einen?«

Fenja starrte ihn an, stieß einen Grunzton aus. »Leck mich doch!«, sagte sie schließlich. Dann machte sie sich auf den Weg ins Wohnzimmer und schaltete den Fernseher ein.

In ihrem Kopf drehte sich alles.

Am liebsten hätte sie ihre Sachen gepackt und wäre zurück nach Hamburg gefahren, doch sie bezweifelte stark, dass ihr Mann dies zulassen würde, wenn er ihr schon das Autofahren verbot. Sie seufzte, starrte auf den Bildschirm, konnte aber der Handlung des Films nicht einmal im Ansatz folgen. Als Alex ins Zimmer kam und ihr als Friedensangebot eine Tasse mit dampfendem Tee entgegenhielt, wollte sie ihm zuerst sagen, dass er ihn sich sonst wohin schütten konnte, doch dann entschied sie sich anders.

Sie hatte keine Wahl, musste sich fügen und Alex zeigen, dass es ihr gut ging. Dazu gehört eben auch, dass sie den Eindruck vermittelte, ruhig und gelassen zu sein und nicht aufgeregt und wütend. Sie nahm den Tee, lächelte, nippte daran.

»Lass uns in ein paar Tagen noch mal über alles reden, okay?«, fragte Alex, sah sie liebevoll an.

Fenja trank einen weiteren Schluck, nickte.

»Guckst du dir den Film mit mir an?«

Alex schüttelte bedauernd den Kopf. »Ich muss hoch,

einen Artikel schreiben und dann zu meiner Mutter, damit ich ihn wegschicken kann.«

Wieder allein im Wohnzimmer spürte Fenja, dass eine bleierne Müdigkeit von ihr Besitz ergriff. Dr. Unger hatte gesagt, dass das passieren könnte, daher machte Fenja sich keine Sorgen, stellte ihre Tasse auf den Tisch, legte sich auf das Sofa, deckte sich mit der warmen Kuscheldecke zu, die über der Lehne hing. Eine Weile schaffte sie es noch, dem Geschehen in der Flimmerkiste zu folgen, dann fielen ihr die Augen zu.

———

Leises Gemurmel weckte sie. Sie richtete sich auf, sah sich benommen um, stellte beim Blick aus dem Fenster fest, dass es bereits dämmerte.

Erschrocken sah sie auf ihre Armbanduhr, stellte fest, dass es bereits siebzehn Uhr war, sie also fast sechs Stunden lang geschlafen hatte. Sie stand auf, machte sich auf den Weg in die Küche, wo ihr Anita über den Weg lief.

»Ausgeschlafen?«, fragte die ältere Frau und Fenja nickte missmutig. »Keine Ahnung, weshalb ich so müde bin, vielleicht sollte ich zur Sicherheit Dr. Unger anrufen.«

Anita winkte ab. »Du hattest eine Gehirnerschütterung. Da ist es völlig normal, dass man sich danach einige Tage oder Wochen etwas müder und weniger belastbar fühlt. Das wird alles wieder, du wirst schon sehen.« Ihre Schwiegermutter grinste, zeigte auf den Kühlschrank. »Da ist ein Rest vom Mittagessen für dich drin. Es sei denn, du hältst es noch aus, bis in einer Stunde das Abendessen fertig ist. Es gibt Hähnchenschnitzel mit Käse überbacken.«

Fenja sah Anita dankbar an. »Im Moment bin ich nicht hungrig, halte es also noch bisschen aus.« Sie sah sich um. »Wo sind Alex und die Kinder?«

Anita grinste, deutete zum Küchenfenster hinaus. »Ich hab ein paar Pflanzen mitgebracht und mein Sohn wollte sie gleich einpflanzen. Die Kinder helfen ihm dabei.«

Fenja wollte sich gerade auf den Weg machen, um ihrem Ehemann und den Kindern zu helfen, als sie ein leises Klingeln vernahm, das vom ersten Stock zu kommen schien. Es klang wie ein Telefon, doch das ergab gar keinen Sinn.

Als das Klingeln verstummte, drehte sie sich verwirrt zu Anita um, die ebenso erschrocken schien.

Schließlich lehnte ihre Schwiegermutter sich in Richtung Fenster, hämmerte ein paar Mal fest gegen die Scheibe. Keine Sekunde später kam Alex ins Haus gestürmt.

»Was ist los?« Er verstummte abrupt, als er Fenja sah. »Gut geschlafen?«, fragte er dann.

Als Fenja ihm keine Antwort gab und auch seine Mutter nichts sagte, runzelte er die Stirn.

»Stimmt etwas nicht?«, wollte er wissen und wie auf Befehl ertönte das Klingeln von oben erneut.

»Du hast gelogen!«, durchbrach Fenja die peinliche Stille in der Küche. »Das habt ihr beide … Denn das da oben … Da klingelt definitiv ein Telefon!«

10

HAMBURG

MÄRZ 2019

»Heute holen euch Oma und Opa aus Schule und Kita ab, okay?«, fragte Joe und sah die Kinder durch den Rückspiegel an.

Luisa strahlte und auch seiner Ältesten schien es zu gefallen, mal wieder von ihren Großeltern verwöhnt zu werden.

»Musst du arbeiten?«, wollte Luisa wissen und im ersten Moment wusste Joe nicht, was er sagen sollte. »Nicht direkt«, gab er schließlich zurück, sah Luisa an. »Ich treffe mich nachher mit Maries Großeltern und danach mit einer lieben Kollegin zum Essen.«

Luisa nickte und schien zufrieden zu sein, sah aus dem Fenster. Als er wenig später vor der Schule hielt, stieg seine ältere Tochter aus, winkte ihm zum Abschied nur zu, weil öffentliches Abküssen eines Elternteils mittlerweile uncool geworden war.

Er hupte einmal, fuhr weiter in Richtung Kindergarten, wo er Luisa ablieferte. Auf dem Weg zum Haus von Elke und Karl spürte er in seinem Innern eine Art Kribbeln und fragte sich, ob es sich dabei tatsächlich um so etwas wie leise Vorfreude handeln konnte, weil er zum ersten Mal seit Langem wieder etwas vorhatte, das an seinen Job erinnerte.

Als er gegen neun Uhr wieder zu Hause war, machte er sich umgehend an die Arbeit. Elke hatte sehr gute Vorarbeit geleistet und all die Dinge, um die er sie gebeten hatte, sortiert.

Nachdem er sich einen Kaffee aus dem Automaten gelassen hatte, setzte er sich an den Tisch in der Küche, fing an, in den beiden Kisten zu stöbern, die Elke ihm zusammengestellt hatte. Er fand einen Laptop darin, ein Handy samt Ladekabel, mehrere Terminplaner, Fotoalben und ein kleines Buch, in dem sich etliche Telefonnummern befanden.

Außerdem hatte Elke eine Liste erstellt, auf der ebenfalls Telefonnummern und einige Informationen standen, die sie ihm als die wichtigsten Kontakte ihrer Tochter nahegelegt hatte. Er nahm das Blatt zur Hand, ging Zeile für Zeile akribisch durch. Als er alle Namen und die dazugehörigen Infos gelesen hatte, legte er das Papier zur Seite, zog Ankes Handy samt Ladekabel aus der Kiste, steckte es an. Danach nahm er den Laptop zur Hand, schloss ihn ebenfalls an das Stromnetz an, schaltete ihn ein. Die nächste halbe Stunde war er damit beschäftigt, sich die Dateien auf dem Gerät näher anzusehen, doch wie es aussah, war nichts dabei, das auch nur ansatzweise interessant für ihn wäre. Er legte das Gerät beiseite, zog eines der Fotoalben aus der Kiste. Er schlug es auf, registrierte, dass es sich um das Hochzeitsalbum von Anke und ihrem Mann handeln musste, blätterte es langsam durch, sah sich jedes der Fotos genau an. Als er am Ende angekommen war, wusste er zumindest, dass Anke und Stefan, so hieß ihr Mann, einst sehr glücklich und verliebt gewesen sein mussten. Zumindest, bis der Krebs zugeschlagen hatte.

Er nahm das nächste Album, schlug es auf, seufzte, als ihm bewusst wurde, dass es Maries Baby-Album war. Sein Herz wurde schwer, als er die blonde Haarsträhne betrachtete, das schmale Plastikbändchen, das allererste Foto von Marie und ihrer frisch gebackenen Mama, aufgenommen unmittelbar nach der Geburt.

Er klappte das Album zu, griff wieder nach dem Zettel, überlegte, wen von den Leuten er anrufen konnte, ohne auf Misstrauen zu stoßen. Schließlich entschied er sich für Ankes beste Freundin Ute, wählte deren Nummer.

———

Joe keuchte, als er vom Parkplatz in Richtung des Restaurants rannte, in dem er sich mit Sandra verabredet hatte. Durch das Sichten der Utensilien, die Elke ihm anvertraut hatte, durch die ersten Telefonate mit Bekannten von Anke hätte er beinahe die Zeit vergessen.

Als er sich fünf Minuten zu spät durch die Tür des Italieners schob, sah er Sandra bereits an einem der Tische sitzen.

Er eilte auf sie zu, küsste sie zur Begrüßung auf die Wange, grinste entschuldigend. »Sorry, fürs Zuspätkommen, ich hatte zu tun.«

Sandra lachte. »Rentner und Alleinerziehende haben nie Zeit – schon klar.« Sie zwinkerte, lehnte sich zurück. »Sollen wir gleich den Kellner rufen? Ich hab nicht so lange …«

Joe nickte, zog dann die Karte aus dem Ständer, überflog die Angebote.

Als der Kellner kam, bestellte Sandra sich einen großen Salat mit Lachsstreifen und er eine Portion Spaghetti carbonara. Zum Trinken orderten sie Wasser, weil Alkohol während des Dienstes für seine Kollegin natürlich verboten war.

Während sie auf ihre Getränke und das Essen warteten, tauschten sie eine Weile belangloses Geplänkel aus, bis Sandra schließlich auf den Punkt kam. Sie schob ihm einen kleinen Briefumschlag zu, sah ihn ernst an. »Das muss unter uns bleiben, verstanden? Keiner darf davon erfahren! Wir riskieren hier beide unsere Jobs, das ist dir doch klar oder?«

Joe nickte, nahm den Umschlag an sich, steckte ihn in die Innentasche seiner Jacke. Dann machte er eine Geste, aus der hervorging, dass er keinesfalls beabsichtigte, mit jemandem darüber zu sprechen, und sah Sandra an. »Ich bin dir was schuldig.«

Sie wurde rot, wich seinem Blick aus.

»Darf ich dich was fragen?«

Sie sah auf. »Über den Fall?«

Joe nickte. »Du warst daran beteiligt, hast du gesagt.«

»Na ja, ich hab für Gregor einige Informationen recherchiert.«

»Das ist okay, die Frage, die ich dir stellen will, betrifft eher deine persönliche Meinung zu dem, was passiert ist.«

»Oh, okay.« Sandra seufzte. »Diese Frau, Anke … sie hat viel mitgemacht. Der Krebs ihres Mannes, ein kleines Kind, um das sie sich plötzlich alleine kümmern musste, sie hat ihren Job deswegen hinten anstellen müssen.« Sie brach ab, seufzte. »Und dann noch ihr Mann selbst. Zuerst der Krebs, dann die Depression, ich glaube, so was könnten nicht viele Menschen durchstehen.«

Joe sah Sandra nachdenklich an, schwieg aber.

»Und dann hat sie ihren Mann am Ende doch verloren. Das muss hart gewesen sein.«

Joe starrte seine Kollegin an.

»Dann denkst du also, dass Anke sich tatsächlich umbrachte? Dass sie einfach durchgedreht ist, keinen Ausweg mehr sah und deswegen ihr Kind tötete?«

Sandra erwiderte seinen Blick. »Du etwa nicht? Ich meine, du kanntest sie durch deine Kleine, hast viel mehr mitbekommen, zweifelst du etwa daran, dass sie es selbst war? Ist das der Grund dafür, dass du die Akte einsehen willst?« Sandra sah ihn an, wirkte alarmiert.

Joe seufzte innerlich, wusste, dass er Mist gebaut hatte.

»Natürlich nicht«, gab er daher beschwichtigend zurück,

sah Sandra an. »Es ist nur … ich sehe sie noch vor Augen, ist noch nicht lange her … sie wirkte so stark, niemals hätte ich auch nur vermutet …« Er brach ab, musterte Sandra.

Sie schien sich mit seiner Erklärung zufriedenzugeben, wirkte vollkommen entspannt. »Wer kann schon in andere Menschen hineinsehen? Ich nicht, du nicht, keiner kann das. Abgesehen davon war Gregor an dem Fall beteiligt und du weißt, wie gründlich er ist.«

Das stimmte, dachte Joe bei sich. Sein Freund und Kollege war tatsächlich jemand, der Fakten und Hinweise lieber einmal zu oft anstatt zu wenig prüfte. Er ging immer auf Nummer sicher.

Dennoch … Plötzlich überkam Joe der unbändige Wunsch, Sandra davon zu erzählen, mit wem er heute Vormittag bereits telefoniert hatte. Es waren einige Leute gewesen und der Großteil von ihnen war derselben Meinung wie Elke, dass Anke nicht der Typ für eine solch ungeheuerliche Tat gewesen sei. Leider konnte er mit Sandra nicht darüber reden, um sie nicht noch misstrauischer zu machen.

»Was ist los?«, fragte seine Kollegin, die bemerkt zu haben schien, dass ihn etwas beschäftigte.

»Ach, da ist nichts«, gab Joe zurück und verstummte, als der Kellner endlich die Getränke vor ihnen auf dem Tisch abstellte.

»Essen dauert noch«, erklärte der junge Mann in gebrochenem Deutsch und verschwand wieder. Joe trank einen Schluck Wasser, dann sah er Sandra an. »Elke, Ankes Mutter, hat etwas in der Wohnung ihrer Tochter gefunden. Ich weiß nicht, ob Greg es ebenfalls gesehen hat, doch das werden die Protokolle zeigen, wenn ich sie mir später ansehe.« Er holte Luft, schluckte. »Ankes Tochter Marie wollte unbedingt nach Paris. Disneyland, du verstehst?«

Sandra nickte lächelnd.

»Anke hat eine Reise dahin gebucht, die Abreise ist

irgendwann im Frühsommer und gebucht wurde kurz nach dem Tod ihres Mannes.«

Sandra nickte verständnisvoll, lehnte sich ein Stück nach vorne. »Und jetzt ist ihre Mutter mehr denn je davon überzeugt, dass es kein Suizid gewesen sein kann. Ich meine, wieso sollte jemand eine Reise buchen, wenn er vorhat, abzutreten.« Sie lehnte sich zurück, sah Joe an. »Du zweifelst deswegen auch, stimmt doch oder? Ich sehe es an deinem Gesicht.«

Er hob die Schultern. »Na ja, eine Überlegung ist es wert oder nicht?«

»Sehe ich anders«, erwiderte Sandra. »Als die Reise gebucht wurde, könnte Anke noch unter Schock gestanden haben. Oder sie war fix und fertig, wollte irgendwas machen, das auch nur entfernt an Normalität erinnert. Also bucht sie die Reise, doch als ihre damit verbundene Euphorie wenig später der Trauer Platz macht, ist da plötzlich nur noch die pure Verzweiflung. Verstehst du, worauf ich hinauswill?«

Joe nickte und meinte es auch so, weil Sandras Überlegung durchaus Sinn ergab.

Als das Essen schließlich kam, herrschte Schweigen zwischen ihnen. Es war eine Art stumme Übereinkunft, die köstlichen Speisen nicht durch Worte, die von Tod und Verderben handelten, zu vergiften.

Als sie aufgegessen hatten, sah Joe Sandra an. »Darf ich dich jetzt etwas fragen?«

Er nickte.

»Denkst du noch ab und zu an uns beide?«

Er schluckte, starrte sie unbehaglich an, seufzte. Dann nickte er, fühlte sich plötzlich elend, weil sie einen Nerv getroffen hatte.

»Das habe ich tatsächlich, wenige Wochen nach Annas Tod. Plötzlich war da der Gedanke in meinem Kopf, dass ich nicht so leiden müsste, wenn ich uns eine Chance gegeben und mich nicht für Anna entschieden hätte.« Er brach ab, sah zu Boden. »Jetzt hältst du mich für ein noch größeres Arschloch, nicht wahr?«

Sie verneinte, griff über den Tisch nach seiner Hand. »Du hast getrauert, warst verzweifelt, da sind solche Gedanken vollkommen normal. Und was uns beide angeht, wir hatten eine Nacht zusammen und ein Wochenende, als Anna in dein Leben trat. Sie hat dich umgehauen, war keine Kollegin, die dir jeden Tag in der Arbeit über den Weg gelaufen wäre – ich verstehe, dass du sie wolltest.«

»Wenn ich mich nicht für Anna entschieden hätte, dann gäbe es außerdem die Mädchen nicht.«

»Ich weiß.« Sandra lächelte. »Die beiden sind wunderbar.«

Er sah sie an, verzog das Gesicht. »Dann bist du mir nicht mehr böse? Ich wollte dich das schon lange fragen.«

Sandra überlegte eine Weile, dann schüttelte sie den Kopf. »Das war ich nie.«

———

Nachdem die Kinder am Abend in ihren Betten lagen, fand Joe endlich die Zeit, sich die Unterlagen auf dem Stick in Ruhe anzusehen.

Zuerst klickte er die Tatortfotos an, zuckte zurück, als ihm die leblosen Augen von Anke entgegen starrten. Er atmete tief durch, dann ließ er das Bild auf sich wirken, saugte jede Einzelheit in sich auf. Die blasse Haut der Frau, die dunklen Augen, die wie durch ihn hindurch zu starren schienen. Plötzlich spürte er Unbehagen in sich aufsteigen.

Dieses Bild anzusehen, fühlte sich für ihn ein wenig so an, als dringe er in die Privatsphäre der Frau ein. Zwar war er Polizist, aber momentan eben außer Dienst, er hatte also gar kein Recht dazu, sich jetzt und hier dieses Foto anzusehen. Er schloss die Augen für einen Moment, dann öffnete er sie wieder, richtete seinen Fokus auf die Details der Fotografie.

Ankes Augen waren zwar geöffnet und starrten ins Leere, dennoch bekam er den Gedanken nicht aus seinem Kopf, dass Entsetzen aus ihrem Blick sprach, ja, beinahe die blanke Panik. Hatte sie im Augenblick des Todes erkannt, dass sie den falschen Weg eingeschlagen hatte? Dass es nun kein Zurück mehr gab?

Oder sprach dieser Blick für etwas anderes ... viel Dunkleres?

Er sah sich die Arme von Anke an, die langen Schnittwunden rechts und links, die beinahe bis zur Ellenbeuge reichten. Wenn sie das tatsächlich selbst gewesen war, dann musste sie es absolut ernst gemeint haben.

Er betrachtete die riesigen Blutlachen, die ihren leblosen Körper umgaben und den Stoff der Bettwäsche dunkel gefärbt hatten, klickte sich zum nächsten Foto durch. Während er den schmalen Körper des kleinen Mädchens betrachtete, spürte er, wie sich die Härchen in seinem Nacken aufrichteten. Der Anblick der toten Marie verstörte und berührte ihn gleichermaßen und er musste gegen den Drang ankämpfen, den Stick aus der USB-Buchse zu reißen. Er atmete tief durch, versuchte, das Bild mit den Augen eines Profis zu betrachten. Auch die kleine Marie starrte ins Nichts, genau wie ihre Mutter. Doch anders als bei Anke erkannte man bei dem Kind auf Anhieb, welche Todesqual das Mädchen durchgemacht hatte, während ihr mit dem Kissen die Luft zum Atmen abgeschnürt worden war.

Er schluckte hart.

Hatte auf einmal die Worte von Elke wieder im Ohr, als sie ihm erzählte, wie sehr Anke ihre Tochter vergöttert hatte.

Joe wusste, dass der Erstickungstod einer der grausamsten Tode war, und fragte sich unweigerlich, ob eine liebende Mutter überhaupt dazu fähig wäre, ihrem Kind gerade auf diese Weise das Leben zu nehmen.

Er schnappte nach Luft.

Ihm fiel sein Gespräch mit Ute am Vormittag ein, Ankes Freundin, von der er einiges über Elkes Tochter erfahren hatte. Zum Beispiel hatte Anke ihren Freunden und Kollegen lange nichts vom Krebs ihres Mannes erzählt, quasi im Stillen gelitten, weil sie sich schwertat, andere um Hilfe zu bitten oder sie mit ihren Problemen zu belasten. Laut Ute war Anke einer der stärksten Menschen gewesen, den sie jemals gekannt hatte, und diese Aussage deckte sich mit der von Elke. Und auch Ute tat sich wahnsinnig schwer damit, Ankes Tod als Suizid zu akzeptieren, Maries Tod als Mord der eigenen Mutter an ihrem Kind.

Joe hatte außerdem mit einigen von Ankes Kollegen gesprochen und herausgehört, dass Anke beabsichtigt hatte, wieder mit der Arbeit anzufangen, was im Grunde auch nicht zu einem geplanten oder auch ungeplanten Suizid passte.

Laut Ute lag der Grund dafür jedoch nicht in einer finanziellen Not begründet, sondern einzig und allein in der Tatsache, dass Anke geplant hatte, so schnell wie möglich wieder Normalität in Maries und ihren Alltag einfließen zu lassen.

Außerdem hatte Ute ihm von Ankes Ex erzählt, einem eifersüchtigen und cholerischen Typen, der Anke seinerzeit das Leben zur Hölle gemacht hatte. Angeblich sei es damals auch zu körperlicher Gewalt gekommen, was für Anke Grund genug gewesen war, sich von dem Typen zu trennen. Ute war der Meinung, dass sie es in erster Linie für Marie getan hatte, weil sie wohl fürchtete, dass er seine Wut irgendwann gegen sein Kind richten könnte.

Joe lehnte sich zurück, schloss die Augen.

Der Fall war tatsächlich kompliziert, doch soweit er es beurteilen konnte, hatten Greg und sein Team an alles gedacht.

Auch Ankes Ex war befragt worden, hatte aber ein Alibi. Inwiefern dieses wasserdicht war, konnte Joe nicht beurteilen, ohne selbst mit dem Mann gesprochen zu haben. Allerdings bezweifelte er, dass Greg ihn als Verdächtigen ausgeschlossen hätte, gäbe es auch nur die allerkleinste Unstimmigkeit in seiner Aussage.

Seine Kollegen hatten auch Ankes Finanzen gecheckt, einfach um zu sehen, ob es Forderungen gab, die sie nicht hatte bewältigen können. Doch wie es aussah, lief die Firma von Ankes Mann nach wie vor gut und als seine Witwe hatte sie jeden Monat einen guten Batzen Geld vom Partner ihres toten Mannes erhalten.

Trotzdem beschloss Joe, dass er auch mit dem Mann reden würde, einfach um sicherzugehen.

Es gab noch einige Leute mehr, bei denen es sich bestimmt lohnte, genauer nachzuhaken, unter anderem Ankes Schwiegereltern. Die Erzieherinnen der kleinen Marie, eventuell auch Eltern von deren Freundinnen.

Alles in allem lag noch eine Menge Arbeit vor ihm, doch zumindest hatte er heute einen guten Anfang hingelegt. Er streckte sich, wollte gerade alles wieder zusammenpacken, als er ein Rascheln hinter sich hörte. Er drehte sich um, sah Luisa im Türrahmen stehen und sprang auf. »Warum schläfst du denn nicht?« Er warf einen Blick auf die Uhr, erschrak, als er sah, dass es schon weit nach Mitternacht war.

Luisa verzog das Gesicht, warf sich in seine Arme. »Ich hab von Marie geträumt«, sagte sie leise, sah ihn mit weit aufgerissenen Augen an. »Und sie hat gesagt, dass ich nicht traurig sein soll.«

Joe lächelte, strich seiner Tochter sanft über die Wange. »Marie hat in deinem Traum mit dir gesprochen?«

Luisa nickte.

»Und das hat dir Angst gemacht?«

»Nein, Papa, gar nicht. Marie hat gesagt, dass sie ganz oft

bei mir ist, auch wenn ich sie nicht sehen kann. Sie hat mir erzählt, dass sie so gerne mit mir gespielt hat und mir jetzt eben vom Himmel aus dabei zuguckt.« Luisa brach ab, ihre Unterlippe bebte. »Ich hab Marie in meinem Traum gefragt, was mit ihr passiert ist, aber das wollte sie mir nicht sagen«, flüsterte sie mit zitternder Stimme. »Sie sah plötzlich aus, als wäre sie ganz schrecklich wütend, aber dann hat sie auf einmal gelacht und gesagt, dass schon bald alles wieder gut wird, weil ein ganz schlauer Polizist sich ab jetzt um alles kümmert.« Sie brach ab, starrte Joe durchdringend an. »Ich glaube, damit hat sie dich gemeint, Papa!«

11

SYLT/KEITUM

APRIL 2019

D er Geruch nach Kaffee und etwas Gebratenem weckte sie. Benommen schlug sie die Augen auf, ließ die köstlichen Gerüche, die von der Küche zu ihr ins Schlafzimmer hochzogen, auf sich wirken. *Speck mit Spiegeleiern,* dachte sie und spürte innerhalb von Sekunden ein leises Knurren im Magen. Außerdem dürstete es sie nach einer Tasse starkem Kaffee. Sie schwang die Beine aus dem Bett, stand auf, schwankte.

Sie hatte leichte Schmerzen im Nacken, die sich über ihren Hinterkopf bis zur Stirn zogen.

Fenja vermutete, dass es sich dabei um eine Nachwirkung der Gehirnerschütterung handelte, die hoffentlich bald verschwand. Sie hatte heute einiges vor, unter anderem wollte sie nach Westerland und sich ein Mobiltelefon besorgen, danach zu ihrer Schwiegermutter, um sie auszuquetschen.

Auf dem Weg ins Bad blieb Fenja für einen Moment im Gang stehen und lauschte. Es schien, als sei Alex da unten allein, die Kinder noch immer bei Anita.

Ihre Schwiegermutter hatte sie gestern Abend mit zu sich genommen, nachdem Alex und sie wegen des Telefonklingelns einen riesigen Krach gehabt hatten.

Fenja ging ins Bad, ließ sich auf die Toilette fallen, pinkelte. Während sie saß, schloss sie die Augen, sah wieder das Gesicht ihres Mannes vor sich, wie er zuerst versucht hatte, sie zu belügen, danach zu beschwichtigen.

Fenja stieß ein bitteres Lachen aus.

Nachdem sie das Klingeln aus dem ersten Stock gehört hatte, hatte Alex sie zu beruhigen versucht und ihr eingeredet, dass es sich dabei um seinen neuen Handyklingelton handelte. Natürlich hatte sie seine Lüge sofort durchschaut, war furchtbar wütend geworden, was am Ende dazu geführt hatte, dass auch Alex ausrastete. Ein Wort gab das nächste und als Erik schließlich angefangen hatte, zu weinen, war Anita so frei gewesen, die Kinder mit in ihr Haus zu nehmen.

Fenja war dankbar dafür gewesen, in erster Linie der Kinder wegen, doch auch, weil sie sich erhofft hatte, in Ruhe mit ihrem Mann sprechen zu können. Doch nachdem sie alleine gewesen waren, hatte Alex sich in sein Büro zurückgezogen und die Tür von innen versperrt, war Fenja eine Erklärung schuldig geblieben.

Fast die halbe Nacht hatte sie anschließend wach gelegen und darüber gegrübelt, wieso Alex sie belog und derart behandelte, doch eine nachvollziehbare Antwort hatte sie nicht dafür gefunden. Wollte er sie wirklich nur beschützen, wie er vorgab? Weil sie noch immer unter den Unfallfolgen litt, sich selbst zu viel zumutete und sich überschätzte? Oder gab es einen anderen Beweggrund für seine übermäßige »Sorge« um sie?

Sie atmete tief durch, dann machte sie sich ein wenig frisch. Auf dem Weg nach unten überkam sie plötzlich ein Gefühl der Sorge. Wie würde sie damit umgehen, wenn ihr Mann sie weiterhin bevormundete, sie kurzhielt und ihr den Kontakt zu den Kindern verbot?

Als sie später die Küche betrat, sah sie Alex an, der am Tisch saß, vor sich einen Teller voller Köstlichkeiten.

Er bemerkte sie, sprang auf, kam auf sie zu und gab ihr einen Kuss. »Gut geschlafen?«, wollte er wissen und musterte sie skeptisch.

»Um ehrlich zu sein, nicht«, gab sie zurück. »Die Sache gestern ging mir die halbe Nacht im Kopf herum. Und auch heute frage ich mich noch, wieso ich nicht einfach so leben kann wie vor dem Unfall. Es geht mir den Umständen entsprechend gut. Doch wenn du mir permanent das Gefühl gibst, dass etwas mit mir nicht stimmt und ich mich schonen muss, machst du alles nicht besser, sondern schlimmer.«

Alex seufzte, sah sie eine Weile schweigend an. »Willst du Kaffee?«, fragte er schließlich, ohne auf ihren Versuch, eine Diskussion zu eröffnen, einzugehen. »Ich hab auch frischen Orangensaft, Tee und etwas zu essen gemacht. Greif zu, solange das Zeug warm ist.«

Fenja spürte, wie Zorn ihr Innerstes flutete, schaffte es nur mit Mühe, sich zu beherrschen. »Ich will weder Saft noch Tee noch Kaffee und auch keine Eier, sondern einfach nur reden. Ich will wissen, wieso deine Mutter und du mich belügt. Ihr erzählt mir, es gäbe weder Telefon noch Internet im Haus, doch in Wahrheit ist alles bereits fertig installiert, nicht wahr? Ihr habt mich also angelogen und es ist mein Recht, zu erfahren, wieso!«

Alex setzte sich wieder, wandte sich seiner Mahlzeit zu, schaufelte sich eine Portion Ei mit Speck in den Mund. Nach einer Weile legte er sein Besteck beiseite, sah zu Fenja auf. »Okay, du hast recht, sowohl Internet als auch Festnetz funktionieren und ich habe gelogen, weil ich nicht will, dass du telefonierst oder im Internet surfst. Ich will, dass du genau das machst, was Dr. Unger gesagt hat – nämlich zu Kräften kommen und dich erinnern, damit du wieder ganz die Alte wirst.«

»War der Anruf gestern für mich? Du kannst mich nicht ewig von meinen Freunden fernhalten. Bestimmt machen die sich Sorgen, wollen wissen, wie es mir geht. Wenn ich nichts hören lasse, denken sie am Ende noch, es ist etwas Ernsteres.«

»Das ist es doch auch«, erwiderte Alex. »Du hast einen Teil deiner Erinnerungen verloren, ist das etwa nichts? Du hättest sterben können, dann wären Tomke und Erik jetzt Waisen – soll das auch nichts sein oder was?«

Fenja stöhnte. »Du weißt, worauf ich hinauswill. Ich muss meine Freundinnen anrufen, weil ich es brauche, mal wieder mit anderen Leuten zu quatschen. Susi und ich haben sonst fast jeden zweiten Tag telefoniert. Sie wird nicht verstehen, wieso ich plötzlich gar nichts mehr hören lasse.«

»Sie weiß längst Bescheid«, klärte ihr Mann sie auf. »Sie weiß, dass du hier bist und dass es dir gut geht. Ich hab ihr von Dr. Unger erzählt und davon, was für ein Problem du hast. Sie hat es verstanden, wünscht sich natürlich von Herzen, dass es dir bald wieder besser geht. Und ich hab auch deine Kollegin angerufen. Im Grunde wissen alle Bescheid und verstehen meine Entscheidung, dich zunächst von allem fernzuhalten. Die Einzige, die es nicht begreifen will, bist du selbst! Im Übrigen war der Anruf gestern nicht für dich, sondern für mich. Er hatte mit meiner Arbeit zu tun. Zufrieden?«

»Ich bin nicht zufrieden«, rief Fenja wütend. »Ehrlich gesagt reicht es mir nicht, was du sagst. Ich will auch im Internet nachgucken, ob ich eine wichtige Mail habe oder ob die Presse etwas über meinen Unfall geschrieben hat. Ich meine, vielleicht gibt es Zeugen, die was gesehen haben. Und das wiederum könnte mir helfen, wieder klarer zu sehen.«

Alex sah sie an. »Einige meiner Kollegen wollten darüber schreiben, aber nachdem herauskam, dass das Unfallopfer meine Ehefrau ist, haben sich die meisten zurückgehalten. Am Ende gab es lediglich zwei kleinere Berichte, die aber von der Polizei stammten, welche in den Berichten nach

Zeugen suchte. Angeblich haben sich auch ein paar Leute gemeldet, doch wirklich etwas Hilfreiches wusste von denen auch keiner.«

Fenja stieß die Luft aus, stöhnte. »Verstehst du überhaupt, welche Auswirkungen deine Bevormundung auf mich hat? Du sagst, es sei zu meinem Besten, doch wieso fühlt sich dann alles so falsch für mich an? Und warum verweigerst du mir zudem auch noch den Umgang mit den Kindern? Wenn du wirklich mein Bestes wollen würdest, müsstest du nicht ein Interesse daran haben, dass ich mich wohlfühle?«

Alex senkte den Blick. Dann stand er auf, nahm seinen Teller, stellte ihn in die Spüle. Auf dem Weg zur Tür blieb er ganz dicht vor ihr stehen, fixierte sie mit einer Mischung aus Kälte und Gereiztheit. »Ich diskutiere nicht mit dir. Sobald deine Amnesie vom Tisch ist, können wir noch mal neu verhandeln. Aber derzeit bleibt alles beim Alten. Im Übrigen …« Er stockte, sah sie abschätzend an. »Die Kinder kommen heute Abend wieder, es wäre daher gut, wenn wir beide uns künftig an Regeln halten. Keine Streiterei im Beisein von Tomke und Erik, die beiden haben schon genug mitgemacht. Wenn du das Gefühl hast, dir Luft verschaffen zu müssen, geh an den Strand runter.«

———

Nach dem Frühstück, welches sie allein eingenommen hatte, zog Fenja sich um, band sich die Haare in einem Zopf zusammen. Während sie vor dem Spiegel im Bad stand und ihr blass aussehendes, müdes Gesicht betrachtete, wurde ihr klar, dass sie, um den Frieden zurück in dieses Haus zu bringen, ihren eigenen Weg gehen musste. Dass sie von Anita und Alex nichts erwarten durfte, war nach dem Gespräch mit ihm vorhin klar, daher entschied sie, dass es an der Zeit war, sich eben selbst zu helfen. Sie würde ihrem Mann sagen, dass sie an den Strand ginge und stattdessen zu diesem kleinen Laden oben an der Straße laufen und sich von der Ladenbesitzerin ein Taxi rufen lassen. Doch um diesen Plan umsetzen zu können, brauchte sie etwas Geld oder ihre Kreditkarte.

Sie musste den Taxifahrer für den Hin- und Rückweg bezahlen und brauchte außerdem noch etwas, um sich ein günstiges Mobiltelefon kaufen zu können. Es musste keines dieser teuren High-End-Geräte sein, wichtig war nur, dass sie damit telefonieren und ins Internet konnte.

Sie musste Alessandro also nach ihrem Portemonnaie fragen und wenn er wissen wollte, wozu sie dies brauchte, würde sie eben sagen, dass es ihr um den Ausweis ginge, sie ihn bei sich tragen wolle, falls sie sich ausweisen müsse. Mit diesem Plan im Hinterkopf ging sie den Gang entlang und wollte gerade die Treppe nach unten nehmen, als sie aus dem Büro leises Gemurmel vernahm. Sie holte tief Luft, griff nach der Klinke, wollte sie hinunterdrücken, doch wie immer hatte er natürlich abgeschlossen. Einem Impuls folgend, hämmerte sie gegen das Holz. »Mach auf«, rief sie, »es ist wichtig!« Sie wartete, hörte hektisches Flüstern, dann ein Klicken. Schließlich näherten sich Schritte der Tür. Als Alex ihr öffnete und sie zu ihm ins Zimmer treten wollte, versperrte er ihr den Weg. »Ich hab zu arbeiten«, gab ihr Mann vor, musterte sie ungeduldig. »Was ist los?«

Fenja sah ihn fest an. »Mein Portemonnaie«, erklärte sie stur. »Wo ist es?«

Alex sah sie an, runzelte die Stirn. »Wozu brauchst du das denn?«

Sie rollte mit den Augen. »Mein Ausweis ist da drin. Und ich will nicht ohne aus dem Haus.«

Alex dachte darüber nach, nickte dann. »Ich hab ihn unten im Gang in einer der Schubladen verstaut. Sonst noch was?«

Fenja verneinte.

»Du gehst also spazieren?«

Sie nickte.

»Was schätzt du, wann du zurück bist?«

»Muss ich jetzt schon eine Stempelkarte führen oder was?«

Alex verzog das Gesicht, lachte gezwungen. »Ich frage nur, weil meine Mutter später kommt, um für uns zu kochen. Sie bringt die Kinder mit. Vielleicht wäre es gut, wenn du bis dahin auch wieder da bist.«

Fenja durchbohrte ihn mit ihrem Blick, seufzte. »Kann Mittag werden«, sagte sie schnippisch und machte auf dem Absatz kehrt.

———

Als sie zehn Minuten später den Weg zur Straße entlanglief, spürte sie, wie ein leichtes Schwindelgefühl von ihr Besitz ergriff. Auch die bleierne Müdigkeit von neulich war wieder da, doch diesmal wusste sie ja, dass es am Schlafmangel von letzter Nacht lag, dass sie sich jetzt matt und kraftlos, ja, beinahe ausgelaugt fühlte. Sie blieb stehen, atmete ein paar Mal tief durch, dann lief sie langsam weiter. Sie hatte ihr Portemonnaie gefunden und gleich nachgesehen, ob Alex ihre Kreditkarten rausgenommen hatte, doch wider Erwarten war alles an seinem Platz gewesen.

Und wenn er sie gesperrt hat?, flüsterte die Zweiflerin in ihrem Kopf.

Dann müssen die knapp einhundertfünfzig Euro Barschaft eben reichen, dachte sie.

Eilig lief sie auf den Laden zu, trat ein, ging zur Kasse. Die Eigentümerin lächelte sie freundlich an. »Was kann ich für Sie tun?«, wollte sie wissen.

»Eine Schachtel blaue LM«, antwortete Fenja. »Und ein Feuerzeug, bitte.« Der Gedanke an eine Zigarette war so plötzlich in ihrem Kopf aufgeploppt, dass es sie selbst überraschte. Sie hatte lange nicht geraucht, doch auf einmal hatte sie ein so starkes Verlangen danach, dass es ihr egal war, dass sie damit die vergangenen rauchfreien Jahre zunichtemachte.

Die Frau hinter dem Tresen nickte, schob ihr die gewünschte Ware zu. »Sonst noch etwas?«

Fenja sah sie an. »Gibt es in der Nähe ein Geschäft, wo ich mir ein Handy kaufen kann? Ich habe meins verloren, brauche daher ein neues Gerät.«

Die Frau überlegte, nickte dann. »In Westerland gibt es mehrere Shops, die darauf spezialisiert sind.«

Fenja seufzte. »Hier in der Umgebung nicht?«

»Tut mir leid«, sagte die Frau. »Nicht, dass ich wüsste.«

»Wäre es dann möglich, dass Sie mir ein Taxi rufen?«

»Klar doch«, kam es von der Frau. »Dauert aber ein paar Minuten, bis es da ist.«

Während Fenja draußen wartete, zündete sie sich eine Zigarette an, sog gierig den Rauch in ihre Lungen. Zuerst wurde ihr erneut schwindelig, dann brannte ihre Brust wie Feuer, danach folgte der Hustenreiz, doch bereits beim dritten Zug hatte sie sich daran gewöhnt. Sie spürte beinahe augenblicklich, wie ihre Muskeln sich entspannten, sie allgemein etwas ruhiger wurde.

Beim Blick auf die brennende Zigarette in ihrer Hand grinste sie. Alex hatte ihre Raucherei gehasst, deswegen hatte sie schließlich damit aufgehört. Bis heute … Sie nahm einen weiteren Zug, schloss die Augen, legte den Kopf in den Nacken, genoss die Strahlen der Frühlingssonne auf dem Gesicht.

Eine Weile blieb sie so stehen, bis ein Hupen sie zusammenzucken ließ. Das Taxi war da. Sie warf den erkalteten Zigarettenstummel weg, lief auf den Wagen zu, ließ sich neben den Fahrer auf den Beifahrersitz fallen. »Einmal Westerland und zurück, bitte«, erklärte sie.

»Geht es denn etwas genauer?«, fragte der Fahrer, ein älterer Herr um die sechzig. Er starrte sie misstrauisch an.

Fenja legte ihr freundlichstes Lächeln auf. »Ich habe mein Handy am Strand verloren. Deswegen wäre es nett, wenn Sie mich zu einem Laden fahren, wo ich mir ein neues kaufen kann«, sagte sie. »Die Besitzerin des Tante-Emma-Ladens meinte, dass es in Westerland mehrere Läden gibt, wo ich Handys kaufen kann.«

Der Mann nickte, fuhr los. »In der Friedrichstraße gibt es so ein Geschäft. Ist, glaube ich, von der Telekom.«

Als sie zurück ins Haus kam, herrschte reges Treiben in der Küche, zumindest wenn man dem Stimmengewirr lauschte. Tomke stritt mal wieder mit Erik und Anita war damit beschäftigt, den Streit zu schlichten und die Aufgaben rund ums Kochen gerecht aufzuteilen, sodass jedes der Kinder eine Kleinigkeit zu tun bekam. Kurz überlegte Fenja, in die Küche zu gehen und den Kindern Hallo zu sagen, doch dann entschied sie, dass sie zuerst das Handy verstecken musste. Sie hatte bereits vor Ort den Karton entsorgen und sich alles von dem freundlichen Mitarbeiter erklären lassen, doch um das Gerät laden zu können, musste sie einen Platz finden, an dem Alex so schnell nicht nachsah. Ihr fiel da nur das Schlafzimmer ein. Sie würde vorgeben, sich nach dem Essen etwas auszuruhen, und die Tür abschließen, genau wie Alex es seit ihrer Ankunft hier tat. Sie eilte die Treppe hinauf, atmete erleichtert aus, als sie die verschlossene Tür seines Büros erblickte, verschwand im Schlafzimmer, versteckte das neue Handy in einer ihrer Schubladen unter der Unterwäsche. Nach kurzem Überlegen versteckte sie auch die Zigaretten und das Feuerzeug dort, dann machte sie sich auf den Weg nach unten.

»Darf ich auch mithelfen?«, fragte sie schmunzelnd, als sie in die Küche trat. Anita wirbelte herum, musterte sie. »Eigentlich ist soweit alles vorbereitet«, erklärte sie schließlich und wirkte irgendwie kühl auf Fenja. »Es gibt Lasagne und Salat. Wenn du unbedingt helfen willst, kannst du den Tisch decken.«

Fenja ging in die Hocke, als sie sah, dass Erik auf sie zugerannt kam und sich in ihre Arme fallen ließ. Anita beobachtete diese Szenerie mit Argusaugen, was Fenja nicht nur gegen den Strich ging, sondern extrem wütend machte.

Sie wandte sich ihrer Tochter zu, die auf der anderen Seite des Raumes neben ihrer Großmutter stand. »Tomke, Schatz, willst du deiner Mama denn gar keinen Kuss geben?«, fragte sie und zwinkerte ihr verschmitzt zu. Doch anstatt zu ihr zu kommen oder zumindest etwas zu sagen, starrte Tomke sie nur mit großen Augen an. »Was ist denn?«, wollte Fenja wissen, runzelte die Stirn. »Stimmt etwas nicht?«

Anita sah von Fenja zu ihrer Enkelin, streckte einen Arm aus, zog Tomke schnell an sich, strich ihr liebevoll über den Rücken. Schließlich seufzte sie, beugte sich zu ihrer Enkelin hinunter, hob ihr Kinn mit dem Zeigefinger an. »Bist du so gut und holst deinen Papa zum Essen?«, bat sie das Kind, warf Fenja einen bösen Blick zu. Tomke nickte heftig, drehte sich abrupt um, rannte davon.

Als Fenja ihre Schritte auf der Treppe hörte, wollte sie einem Impuls folgend auf Anita losgehen und ihr sagen, was sie davon hielt, dass sie sich ständig einmischte, doch dann fiel ihr Eriks ängstlicher Gesichtsausdruck auf. Schnell zog sie ihn noch fester in ihre Arme, drückte ihre Nase in die Kuhle zwischen Schulter und Hals, sog den Duft ihres kleinen Jungen ein, spürte, wie sich ihre Kehle verengte. Sie warf Anita einen Blick zu, der ihr sagen sollte, dass sie sehr wohl wusste, was hier gespielt wurde, beobachtete, wie die Frau die Küche verließ, um Tomke nachzulaufen.

Sie schluckte, verstand nicht, was mit ihrer Tochter los war, wieso sie nicht zu ihr kam, sie ignorierte, sogar Angst vor ihr zu haben schien.

Ihr Blick, als sie sie angestarrt hatte … So voller Misstrauen und … Angst?

Doch wieso sollte ihr eigenes Kind Angst vor ihr haben?

Auch Anita gegenüber war Tomke irgendwie angespannt rübergekommen. Als ihre Schwiegermutter das Mädchen vorhin an sich gezogen hatte, war es Fenja ganz deutlich aufgefallen.

Ein Stromschlag ging durch ihr Inneres. Was, wenn es gar nicht ihre Schuld war, wegen der Tomke sich so komisch verhielt? Was, wenn Alex sie irgendwie … geimpft hatte, sich von ihrer Mutter fernzuhalten? Dass ihr Mann sehr autoritär sein konnte, hatte sie in den letzten beiden Tagen am eigenen Leib gespürt. Vielleicht war es genau das, was Tomke Angst machte – die Versuche ihres Vaters, sie von ihrer eigenen Mutter fernzuhalten. Und wer weiß, vielleicht hatte Anita vorhin irgendwas Unbedachtes zu ihr gesagt, sie dadurch nur noch mehr verschreckt. Sie stieß die Luft aus, löste sich von Erik, schob ihn auf Armesbreite von sich weg. Sie wollte ihn gerade fragen, ob sein Vater ihm gegenüber etwas über sie gesagt hatte, das ihn verunsicherte, als sich ein Schrei aus ihrer Kehle löste und von den Wänden widerhallte. Fassungslos starrte sie in Eriks Gesicht, streckte zitternd die Hände aus, wollte ihn dort berühren, wo eben gerade noch seine pummelig, runden Kleinjungenwangen gewesen waren. Sie schloss für den Bruchteil einer Sekunde die Augen, dann öffnete sie sie voller Panik, doch noch immer war das Gesicht ihres Sohnes nur mehr eine bleiche und verzerrte Masse aus weißer Haut mit dunklen Höhlen anstelle von Augen, Nase und Mund.

Sie keuchte entsetzt, brach in Tränen aus.

Was passierte hier nur?

Wurde sie etwa doch verrückt?

Oder war das jetzt, genau wie der Schwindel und die Müdigkeit, lediglich eine Folge des Unfalls?

Hatte sie sich am Ende doch schwerer am Kopf verletzt und es war den Ärzten im Hamburg nur nicht aufgefallen?

Sie schüttelte den Kopf, stöhnte voller Verzweiflung, spürte schließlich wie in Zeitlupe, dass sie rücklings umkippte. Das Letzte, das sie bemerkte, waren Hände, die hektisch und beinahe grob nach ihr griffen, um zu verhindern, dass sie mit dem Kopf auf die Fliesen knallte und sich verletzte. Dann wurde es dunkel um sie.

12

HAMBURG

APRIL 2019

Joe umklammerte das Lenkrad fest, konzentrierte sich auf das, was vor ihm lag, versuchte, gegen die aufsteigenden Kopfschmerzen anzukämpfen. Er hatte die vergangene Nacht überhaupt keinen Schlaf gefunden, zu sehr hatten ihn die Worte seiner jüngsten Tochter aufgewühlt.

Und auch jetzt, Stunden später, spürte er, wie sich allein beim Gedanken daran die feinen Härchen in seinem Nacken aufrichteten, er eine Gänsehaut bekam.

Joe glaubte weder an Geister noch an sonstigen übernatürlichen Quatsch, doch was Luisa letzte Nacht zu ihm gesagt hatte, ging ihm nicht aus dem Schädel. Dass sie von Marie geträumt hatte, okay, schließlich waren die beiden Freundinnen gewesen und das Wissen um ihren Tod hatte seine Kleine selbstverständlich aufgewühlt und zutiefst verstört. Auch ihre Schilderung, dass Marie in ihrem Traum wütend geworden war, konnte Joe plausibel nachvollziehen. Wahrscheinlich war es Luisas eigener Zorn auf die schrecklichen Ereignisse, die sich in ihrem Traum auf diese merkwürdige Weise manifestiert hatten. Doch woher wusste seine Tochter, dass er sich dazu entschieden hatte, Elke und Karl zu helfen, die Wahrheit über den Tod von Anke und Marie herauszufinden. War es denkbar, dass Luisa selbst eins und eins zusammengezählt hatte? Weil sie zwangsläufig mitbekommen haben musste, dass Elke, Karl und er Kontakt zueinander hatten? Vielleicht hatte sie wirklich nur daraus geschlussfolgert, da ihr Vater Polizist war, dass es bei dem Gespräch zwischen den Nachbarn ihrer Großmutter und ihrem Vater um den Tod ihrer Freundin ging?

Möglich wäre es, doch Joe hatte es in der vergangenen Nacht vollkommen anders aufgefasst.

Er schob diesen Gedanken beiseite, konzentrierte sich auf das vor ihm liegende Gespräch. Er hatte sich den kompletten Vormittag über den Kopf zerbrochen, ob es okay war, Janik Paulsen aufzusuchen, doch in Anbetracht der Umstände hatte er sich am Ende dafür entschieden. Immerhin handelte es sich bei diesem Typ um Ankes Ex und Maries leiblichen Vater. Es stand also außer Frage, dass er seine Aussage benötigte, ihm Auge in Auge gegenüberstehen musste, um klarer zu sehen, Anke noch besser kennenzulernen. Das Problem war nur, dass er im Grunde einen Fehler gemacht hatte.

Durch das gestrige Telefonat mit Ankes Freundin hatte er sich bereits ein Bild von dem Mann gemacht und das, ohne ihn jemals persönlich getroffen zu haben.

Dieses jetzt wieder aus dem Sinn zu bekommen, würde schwer werden, vor allem, nachdem er ihn bereits am Telefon gesprochen hatte und ahnte, was ihn erwartete.

Natürlich hatte Janik versucht, Joe davon abzuhalten, vorbeizukommen, vor allem, nachdem die Polizei ihn bereits bei der ersten Ermittlung in die Mangel genommen hatte.

Aus den Ermittlungsakten wusste Joe, dass es einige alte Strafanzeigen gegen den Mann gab, meistens wegen seines unkontrollierbaren Jähzorns, der laut Ankes Freundin unter anderem auch der ausschlaggebende Grund für die Trennung gewesen war.

Joe schätzte, dass Paulsen einen Aspekt seiner Ermittlung darstellte, der ihm Ärger einbringen konnte. Er musste also trotzdem, dass der Kerl ihm jetzt schon unsympathisch war, behutsam vorgehen, um nicht Gefahr zu laufen, dass Janik sich bei seinem Vorgesetzten über ihn beschwerte.

Ankes Freundin hatte ihm erzählt, dass er die Trennung von Anke weniger gut aufgenommen hatte, daher bestand durchaus die Möglichkeit, dass er mit dem Tod seiner Ex zu tun hatte. Andererseits hieße das, dass er seine eigene Tochter auf dem Gewissen hätte.

Joe seufzte.

Laut der Aussage von Ankes Eltern hatte Janik seit der Trennung von Anke nahezu keinen Kontakt zu seinem Kind gehabt, was bedeutete, dass beide sich nicht besonders nahe standen. Doch reichte das aus, ihm den Mord an seinem eigenen Kind zu unterstellen?

Joe konnte sich ehrlich gesagt überhaupt nicht vorstellen, dass es Eltern gab, die so etwas fertigbrachten.

Er schluckte. Alles in allem hatte er seine Schlaflosigkeit dazu genutzt, sich die Akte von vorne bis hinten durchzulesen, war jetzt quasi auf dem aktuellen Stand.

Und wie bereits vermutet, konnte man seinen Kollegen keinen Vorwurf machen, was die Ermittlungen anging. Es war alles Menschenmögliche getan worden, doch am Ende hatte eben doch alles darauf hingedeutet, dass Anke selbst für das Drama verantwortlich war.

Joe wusste selbst nicht genau, wieso er noch immer an dem Fall festhielt und weiter nach neuen Hinweisen suchte. Er schätzte, dass es daran lag, was Luisa zu ihm gesagt hatte.

Und natürlich an der bei der Obduktion entdeckten Schwangerschaft.

Alle vermuteten zwar, aber keiner wusste es genau, dass das ungeborene Kind in Ankes Leib von ihrem Ehemann gewesen war.

Zum Zeitpunkt der rechtsmedizinischen Untersuchung war der Fötus drei Monate alt gewesen, was bedeutete, dass der suizidale Ehemann von Anke als Vater durchaus infrage kam. Immerhin hatte auch sein Onkologe bestätigt, dass es nicht gänzlich unmöglich war.

Deswegen hatte Joe eine Theorie entwickelt, die nachzuverfolgen vielleicht nicht ganz ohne war.

Was, wenn Ankes Ex wirklich versucht hatte, sie zurückzugewinnen? Er sich nach dem Freitod ihres Mannes in diesen Gedanken verrannt hatte, darüber hinaus durchdrehte?

Laut seinen Kollegen hatte er ein Alibi, doch Joe wusste, wie wenig Bestand ein solches hatte, wie schnell Menschen bereit waren, für andere zu lügen und zu betrügen.

Als er vor dem Block hielt, in dem Janik wohnte, ging er in Gedanken noch mal alles durch, was er den Mann fragen wollte, dann stieg er aus dem Wagen, ging zielstrebig auf den Eingang zu.

Paulsen wohnte im dritten Stock und öffnete unmittelbar nach Joes erstem Klingeln die Tür. Wider Erwarten wirkte er eigentlich ganz sympathisch auf ihn, was wohl daran lag, dass er aussah, als käme er gerade erst aus dem Bett.

»Störe ich?«, wollte Joe wissen.

Der Mann verneinte. »Ich wusste ja, dass Sie aufkreuzen, bin nur auf dem Sofa eingepennt.« Er trat zur Seite, was wohl bedeutete, dass Joe hereinkommen konnte. Als sie sich schließlich in einem kleinen, aber sehr gemütlich wirkenden Wohnzimmer gegenübersaßen, erkannte Joe in den Augen des Mannes etwas, das ihn dazu veranlasste, seine Fragen, die er sich im Kopf parat gelegt hatte, noch mal zu überdenken. Er stieß die Luft aus, sah sich um, erkannte auf der Schrankwand gegenüber ein gerahmtes Foto der kleinen Marie, daneben eines von Anke und ihm, als sie beide noch um einiges jünger waren. Der Mann hatte seinen Blick bemerkt, seufzte. »Sie war eine wunderschöne Frau, nicht wahr?« Seine Stimme klang wehmütig.

Joe nickte stumm.

»Und die Kleine ist das Ebenbild ihrer Mutter. Es ist … einfach so grausam.« Er stockte, seine Stimme klang plötzlich ganz rau.

»Waren Sie auf der Beerdigung?«, wollte Joe wissen.

Der Mann schüttelte den Kopf. »Ankes Eltern hassen mich dafür, was ich ihrer Tochter angetan habe. Deswegen dachte ich, es ist falsch, sie an diesem schweren Tag mit meiner Anwesenheit zu belasten.« Er holte Luft, seufzte. »Ich bin ein paar Tage später auf den Friedhof gegangen, habe mich verabschiedet.«

»Wie ist es Ihnen nach der Trennung von Anke gegangen?«, wechselte Joe das Thema.

Janik hob die Schultern. »Ich war stinksauer.«

»Haben Sie versucht, sie zurückzugewinnen?«

»Klar, aber für Anke war das Ding gegessen. Als Marie noch nicht da war, fiel es ihr leichter, mir zu verzeihen, wenn ich … nun ja … mal wieder die Kontrolle verlor. Aber seit die Kleine auf der Welt war«, er seufzte, brach ab. »Wahrscheinlich hatte sie Angst, dass mir Marie gegenüber auch mal die Hand ausrutscht. Sie wollte unsere Tochter vor mir beschützen, das hab ich inzwischen begriffen.«

»Dann waren Sie nur am Anfang sauer, haben es irgendwann verstanden, dass sie sich trennen musste?«

Er nickte. »Sie hat was Besseres verdient. Was Besseres als mich und was Besseres als ihn.«

In Joe begannen die Alarmglocken zu schrillen.

»Wen meinen Sie?«

»Na, den Irren, den sie geheiratet hat. Ich weiß, was er getan hat. Und dass es Anke war, die ihn im Keller fand.«

»Darf ich fragen, woher …«

Der Mann lachte. »Wir waren lange zusammen, hatten einen großen Freundeskreis. So was sickert durch, wenn Sie verstehen.«

Joe nickte. »Das heißt also, Sie verurteilen Ankes Mann dafür, dass er sich das Leben genommen hat?«

»Na klar«, gab Paulsen zurück. »Immerhin hat Anke ihm während seiner Krebserkrankung immer beigestanden, war für ihn da. Es liegt … lag wohl an ihrem Helfersyndrom, dass sie immer an Typen geraten ist, die sie brauchten und für die sie durch die Hölle gehen musste. Danach einfach abzudanken, nur aus Angst, was noch kommen könnte, ist nicht nur feige, sondern auch irgendwie irrsinnig. Ich meine damit, ich hab Anke geschlagen, war auch nicht fair zu ihr, in den meisten Situationen sogar vollkommen grundlos, doch was ihr Mann getan hat, grenzt an Grausamkeit. Sie hat doch alles für ihn getan, nur um am Ende erkennen zu müssen, dass es umsonst war.«

»Darf ich aus Ihrem Statement entnehmen, dass Sie meinen Kollegen glauben, dass es Anke selbst gewesen ist, die zuerst Marie und danach sich selbst tötete?«

Der Mann riss die Augen auf, sah Joe an. »Ich weiß nicht … ich meine … worauf wollen Sie hinaus?«

Joe hob die Schultern. »Beantworten Sie doch bitte meine Frage.«

Janik schluckte hart. »Na ja, vorstellen könnte ich es mir schon. Ich meine, wie viel kann ein Mensch ertragen, bis es zu viel wird? Keine Ahnung ehrlich gesagt.«

»Dann halten Sie es also für denkbar?«

Janik nickte. »Anke war eine starke Frau, aber auch den Stärksten von uns geht mal die Kraft aus.«

»Wussten Sie, dass Anke schwanger war?«

Kopfschütteln. »Wir haben uns nicht oft gesehen, seit wir getrennte Wege gingen.«

»Und Marie? Ich meine, so, wie Sie jetzt vor mir sitzen, kommt es mir vor, als bedauerten sie zutiefst, ihr Kind verloren zu haben. Doch wenn dem so ist, wieso hatten Sie dann keinen Kontakt?«

»Anke wollte das nicht. Wir waren nicht verheiratet und es lagen einige Anzeigen von ihr gegen mich vor. Das Gericht übertrug ihr deswegen das alleinige Sorgerecht für Marie, während mir nur ein Besuchsrecht unter Aufsicht zugesprochen wurde. Die ersten Treffen mit meiner Tochter waren anstrengend und alles andere als nett, ständig hing mir diese Betreuerin im Nacken, machte mir Vorschriften, was ich zu tun oder zu lassen habe. Irgendwann hat Anke angefangen, unsere Termine abzusagen, und mir wurde klar, dass sie sich Sorgen wegen Marie machte. Schließlich gab ich auf, ließ es einfach gut sein, vor allem, nachdem ich entlassen worden bin und … na ja … zu Bewährung verknackt wurde. Ich dachte, es sei tatsächlich besser so … für Marie. Rückblickend wünschte ich jetzt, ich wäre hartnäckig geblieben, hätte mein Kind nicht einfach aufgegeben.«

»Was ist passiert?«

Der Mann lachte bitter. »Ich hab einem Kollegen die Nase gebrochen, wurde wegen schwerer Körperverletzung zu Bewährung verurteilt. Anke muss davon erfahren haben, denn seitdem war sie noch panischer, wann immer ich wegen eines Treffens mit Marie angerufen habe. Sie ließ sich die blödesten Ausreden einfallen, bis mir klar wurde, dass ich beide verloren hatte. Anke und meine Tochter. Ich dachte, es wäre weniger schmerzlich für alle Beteiligten, wenn ich nicht mehr Teil ihres Lebens bin. Und ja, natürlich hätte ich darauf bestehen können, Marie weiterhin zu sehen, doch ich wusste zu dem Zeitpunkt bereits, dass Ankes Mann krank geworden war. Ich wollte ihr nicht noch zusätzlich das Leben schwermachen.«

»Wenn Sie denn so einsichtig waren, wieso haben Sie nicht schon während der Beziehung mit Anke die Notbremse gezogen und versucht, etwas gegen ihre Aggressionen zu unternehmen? Wieso ließen Sie zu, dass sie Angst vor Ihnen bekam und die Notbremse zog?«

Janik senkte den Blick. Als er wieder aufsah, wirkte er plötzlich wütend. »Was denken Sie, wie oft ich mir diese Frage schon selbst gestellt habe? Vielleicht könnten Anke und Marie noch leben, wenn wir uns nie getrennt hätten.« Er stand auf, ging zum Fenster, starrte sekundenlang hinaus. »Ich hab's versucht, okay? Ich hab aufgehört, regelmäßig zu trinken, hab wirklich versucht, an mir zu arbeiten, doch irgendwann gewann die andere Seite von mir wieder die Überhand.«

»Vielleicht hätten Sie sich professionelle Hilfe suchen sollen?«

»Sie meinen eine Selbsthilfegruppe? Oder so einen über den Dingen stehenden Psychodoktor, der meint, mich zu kennen, nur weil er studiert hat? Diesen Mist hat mir Anke damals auch immer wieder einmal vorgeschlagen, aber …« Er brach ab, schüttelte den Kopf. »So jemand bin ich nicht, okay? Das hab ich ihr damals auch gesagt. Ich tu mich schon schwer, mit Ihnen über meine Gefühle zu sprechen, geschweige denn, will ich vor Fremden mein Innerstes nach außen kehren oder mich von ihnen belehren lassen. Geht schließlich kein Schwein was an, wie ich mich fühle und weshalb es mir beschissen geht. Außerdem …« Er stieß ein abfälliges Grunzen aus. »Was dieser Quatsch mit Selbsthilfegruppen und Psychotherapie tatsächlich bringt, sehen wir doch jetzt am Beispiel von Anke und ihrem Mann. Er war monatelang beim Seelenklempner, hat sich am Ende trotzdem das Licht ausgeknipst und dabei keinerlei Rücksicht auf seine

Familie genommen. Und Anke selbst …« Er brach ab, drehte sich zu Joe um, fixierte ihn mit stahlhartem Blick. »Ich weiß von einem gemeinsamen Bekannten, dass sie seit der Krebserkrankung ihres Mannes Mitglied in einer solchen Gruppe war. Und was hat es ihr genutzt – gar nichts. Sie ist zu Asche verbrannt beerdigt worden, genau wie unsere Tochter!«

13

SYLT/KEITUM

APRIL 2019

»**S**chatz, du musst aufstehen und etwas trinken und essen! Hörst du?«

Alex' Stimme bohrte sich in ihr Bewusstsein, ließ sie aus ihrem unruhigen und traumlosen Schlaf hochschrecken. Sie blinzelte verwirrt, sah ins Gesicht ihres Mannes, das über ihr zu schweben schien.

Erschrocken zuckte sie hoch, stieß ein Stöhnen aus, weil die Schmerzen in ihrem Kopf so heftig waren.

Lichtblitze flackerten vor ihr auf, dann strömten die Erinnerungen auf sie ein.

»Erik«, stieß sie kraftlos aus, spürte, wie ihr Hals sich verengte, ihr die Tränen in die Augen schossen.

»Er ist okay«, kam es leise und beruhigend von Alex, der wohl zu wissen schien, dass es ihr alles andere als gut ging. »Meine Mutter hat beide gestern nach dem … Vorfall mit zu sich genommen.«

Sie nickte schwach, dann riss sie die Augen auf, sah Alex an. »Gestern? Wie lange hab ich denn geschlafen?«

Er hob die Schultern. »Knappe sechzehn Stunden. Deswegen meinte ich eben, dass du aufstehen und mal was essen solltest.«

Fenja starrte ihn an, wusste nicht, was sie sagen sollte.

Der gestrige Abend war seit ihrem Unfall der schlimmste überhaupt gewesen. Sie hatte ihren Sohn zutiefst verstört, ihre Tochter sowieso und es gab keine Möglichkeit für sie, diesen Fehler irgendwie rückgängig zu machen.

Fenja fragte sich im Stillen, wie es überhaupt zu der Halluzination hatte kommen können. Die ganze Zeit über in der Klinik hatte sie keine gehabt, warum also jetzt?

Sie stieß die Luft aus, setzte sich auf.

Nachdem Vorfall gestern Abend hatten Anita und Alex ganz richtig reagiert, indem sie zuerst die Kinder aus dem Haus geschafft und dafür gesorgt hatten, dass sie wieder zu sich kam. Alex war so lieb zu ihr gewesen. Sie hatte die Sorge aus seinem Gesicht herauslesen können, seine Bemühungen, ihr zu helfen, sehr genossen. Er hatte Tee gekocht und ihr etwas von Anitas Essen ans Bett gebracht, sie aufgemuntert und ihr Gesellschaft geleistet, bis sie endlich eingeschlafen war.

Sie gähnte verhalten, streckte ihre steifen Gliedmaßen aus, sah Alex an. »Du wirst es nicht glauben, aber ich bin immer noch müde.«

Sie stand auf, schlüpfte in ihren Morgenmantel, ging hinüber ins Bad. Als sie ihr Spiegelbild erblickte, stöhnte sie. Gestern hatte sie schon furchtbar ausgesehen, doch heute toppte alles. Ihr blondes Haar hing ihr in fettigen Strähnen ins Gesicht, ihre Haut war aschfahl und die Augen starrten ihr aus violett-schwarzen Höhlen entgegen. Als Alex hinter ihr auftauchte, war sie kurz versucht, ihm die Tür vor der Nase zuzuwerfen, damit sie sich in Ruhe ein wenig schminken und frisch machen konnte, doch dann verwarf sie den Gedanken. Ihr gesamter Körper fühlte sich kraftlos an, als bestünde er aus Watte, allein die Vorstellung an eine Dusche erschöpfte sie.

Schließlich hob sie die Schultern, schob sich an ihm

vorbei, machte sich mit wackeligen Knien auf den Weg nach unten.

»Sei vorsichtig«, rief Alex ihr hinterher. »Dein Kreislauf ist sicherlich total am Boden, nicht, dass du umkippst.«

Trotzdem lief sie unbeirrt weiter, klammerte sich am Geländer auf der linken Seite fest, nahm vorsichtig eine Stufe nach der anderen. Als sie in der Küche war, standen ihr Schweißperlen auf der Stirn. Sie wischte sie ab, schluckte.

Sie wurde doch hoffentlich nicht krank?

Eine Grippe konnte sie jetzt wirklich nicht gebrauchen.

Alex kam hinter ihr in die Küche, umschlang sie liebevoll mit seinen Armen. »Setz dich, Schatz, ich richte dir etwas zum Essen her.«

Fenja schüttelte den Kopf. »Erst brauche ich einen Kaffee, bitte. Ich hab die Hoffnung, dass der meine Lebensgeister weckt und ich es in die Dusche schaffe.« Sie runzelte die Nase, sah ihn beschämt an. »Ich müffele etwas und das ist mir schrecklich peinlich, okay?«

Er schob sie auf Armesbreite von sich weg, legte den Kopf schräg. »Du hast lange geschlafen, deswegen schwitzt du. Das ist nicht peinlich, sondern vollkommen normal.« Er räusperte sich. »Okay, also zuerst Tee für den Magen, dann Kaffee und danach ein Omelette?«

Sie nickte ergeben, setzte sich an den Tisch.

Als Alex ihr wenig später eine Tasse mit dampfendem Kräutertee hinstellte, lächelte sie dankbar. Ihre Kehle fühlte sich wie ausgetrocknet an, die Zunge klebte ihr wie ein Fremdkörper am Gaumen. Sie nippte an der Tasse, genoss den Geschmack nach Kamille und Pfefferminze – ihrer Lieblingsmischung.

Sie kauften ihre Teekräuter immer auf dem Markt in Blankenese und sie rechnete es ihrem Mann hoch an, dass er daran gedacht hatte, sie mitzunehmen.

Das Handy fiel ihr wieder ein. Und dass es gar keinen Sinn machte, dass Alex an den Tee gedacht, ihr Smartphone und somit den Draht zur Außenwelt vergessen hatte. Natürlich war das Absicht gewesen, sie musste also darauf achten, dass sie das Gerät, das sie gestern gekauft hatte, nicht offen liegen ließ.

»Ich würde gerne Dr. Unger anrufen«, sagte Fenja unvermittelt und wusste selbst nicht, woher dieser Wunsch so plötzlich kam und wieso sie ihn laut ausgesprochen hatte.

Alex sah sie an. »Wegen gestern? Weil du umgekippt bist?«

Sie nickte. »Und weil ich eine Art Anfall hatte. Ich hab es dir gestern schon erklärt … Erik hatte plötzlich kein Gesicht mehr, das war … einfach grausam.«

»Ich hab Dr. Unger bereits angerufen und ihm alles haarklein erzählt«, gab er schließlich zu. »Bereits gestern, nachdem du eingeschlafen bist.«

»Und?«, wollte Fenja wissen. »Was sagt er?«

Alex hob wie beiläufig die Schultern. »Er sagt, dass es sich dabei um die Auswirkung der Gehirnerschütterung handeln könnte. Oder um eine Begleiterscheinung der Amnesie. Seiner Meinung nach ist es nicht besorgniserregend, solange es nicht öfter vorkommt. Wir sollen jetzt mal abwarten und weiter beobachten. Er richtet dir schöne Grüße aus und dass du dir nach wie vor viel Ruhe gönnen sollst.«

Fenja verzog das Gesicht. »Viel Ruhe? Ich hab gerade einen dreiviertel Tag verpennt, noch mehr Ruhe und ich bin tot!« Sie seufzte, trank einen weiteren Schluck. Dann sah sie sich zu Alex um. »Was hältst du davon, wenn wir später zusammen etwas unternehmen? Ein bisschen am Strand spazieren gehen vielleicht? Oder wir könnten zu Fuß zu Anita laufen und die Kinder besuchen. Ich glaube, dass ich Erik erklären sollte …«

»Nein!«, unterbrach Alex sie scharf. »Diesmal hörst du auf mich. Wir lassen die Kinder zunächst mal runterkommen, meine Mutter ruft an, wenn Erik sich beruhigt hat. Er war gestern Abend völlig fertig. Wegen dem, was passiert ist, dachte, er hätte etwas falsch gemacht.« Er kam zu ihr, setzte sich ihr gegenüber an den Tisch, sah sie ernst an. »Unser Sohn ist noch keine drei Jahre alt, er versteht nicht, dass das Unfallfolgen sind, okay?«

Fenja nickte, fühlte Verzweiflung in sich aufsteigen. »Aber ich kann doch nicht einfach nichts tun! Ich sollte wenigstens versuchen, mit ihm darüber zu reden, ihm erklären, dass es nichts mit ihm zu tun hatte.«

»Meine Mutter hat das erledigt. Sie hat mit beiden Kindern geredet und wenn sie sagt, es ist alles gut fürs Erste, kannst du das glauben, ja?«

Sie schluckte. »Dann gehen wir eben so ein bisschen raus. Frische Luft würde mir sicher guttun.«

Alex verzog das Gesicht. »Tut mir leid, Schatz. Ich muss nachher einen Artikel fertig schreiben. Kann später werden. Daher würde ich dich gerne auf morgen vertrösten. Kannst du nicht ein wenig fernsehen oder lesen, um dich abzulenken? Ich verspreche, dass wir heute Abend nach dem Essen eine Runde ums Haus machen, okay?«

Fenja dachte kurz darüber nach, nickte. »Dann geh schon, mach dein Ding, ich komme gut alleine klar. Ein Omelette kann ich mir auch selbst zubereiten. Ich glaube sogar, dass ich schon mal eins gemacht habe.« Sie zwinkerte ihm zu.

Er sah sie zweifelnd an, warf einen Blick auf die Uhr. »Ehrlich gesagt wäre das schon ziemlich hilfreich, ja.«

Fenja machte eine auffordernde Kopfbewegung, hob ihre Teetasse. »Dann los, ich werd schon nicht verhungern.«

<hr>

Als sie das nächste Mal aufwachte, dämmerte es bereits. Sie richtete sich auf, sah sich um, registrierte, dass sie im Wohnzimmer auf dem Sofa eingeschlafen war. Nachdem Alex sie am Vormittag allein gelassen und nach oben ins Büro gegangen war, hatte sie sich etwas zu Essen gemacht und anschließend ihr Smartphone ans Ladekabel angesteckt. Sie hatte dafür eine Steckdose im Keller genutzt, in der Hoffnung, dass ihr Mann nicht nach unten gehen würde, und wie es aussah, hatte ihr Plan funktioniert. Denn wäre Alex ihr dahintergekommen, hätte er sie ganz sicher aufgeweckt und zur Rede gestellt. Sie sah auf die Uhr oberhalb der Tür, schüttelte den Kopf. Es war bereits nach fünf und sie begriff nicht, wieso ihr Schlafbedürfnis auf einmal so extrem war. Vor allem, nachdem sie schon in der Nacht ausreichend geschlafen hatte.

Das konnte doch unmöglich an dem Unfall liegen, denn im Krankenhaus hatte sie auch nicht so enorm viel Schlaf gebraucht.

Sie atmete tief durch, stand auf, ging in den Gang hinaus und horchte. Es war still im Haus und sie vermutete, dass Alex noch immer in seinem Büro saß und arbeitete. Sie machte sich auf den Weg in die Küche, fand auf der Anrichte neben dem Kühlschrank einen Zettel, auf dem Alex ihr eine Nachricht hinterlassen hatte.

Hey Schlafmütze, :-) du sahst so friedlich aus, deswegen wollte ich dich nicht wecken. Bin beim Einkaufen und so schnell wie möglich wieder da. Mach's dir solange gemütlich!
Alex

Sie legte den Zettel beiseite, kam nicht dagegen an, dass sie verletzt war. Sie hatte ihm heute Vormittag unmissverständlich klargemacht, wie gerne sie raus wollte – mit ihm. Und jetzt war er beim Einkaufen und hatte nicht einmal in Erwägung gezogen, die Entscheidung, ob sie mitwollte, ihr zu überlassen. Sie zerknüllte das Papier, wischte es von der Anrichte, nahm eine Flasche Mineralwasser aus dem Kühlschrank.

Nachdem sie getrunken hatte, machte sie sich auf den Weg in den Keller, um ihr Handy zu holen. Solange sie allein im Haus war, wollte sie die Zeit nutzen, um einige der Dinge zu erledigen, die sie sich vorgenommen hatte. Sie musste ihre Mails checken, im Internet nachforschen, ob es tatsächlich keine Beiträge über ihren Unfall gab, ihre Freundin Bea anrufen. Nachdem sie das Gerät aus dem Keller an sich genommen hatte und gerade dabei war, nach oben zu gehen, erfasste sie ein heftiges Schwindelgefühl. Sie schwankte kurz, spürte, wie ihr der Speichel im Mund zusammenlief, so als würde sie sich jeden Augenblick übergeben müssen. Sie schaffte es gerade noch rechtzeitig ins Bad, sank vor der Kloschüssel zusammen. Als sie fertig war und wieder aufrecht stehen konnte, spülte sie sich den Mund aus. Das alles war nur noch Wahnsinn, dachte sie. Sie verschlief den lieben langen Tag, hatte kaum Energie und jetzt litt sie auch noch unter Übelkeit.

Ihr fiel ein, dass Erbrechen und Schwindel tatsächlich Symptome einer Gehirnerschütterung waren, dennoch entschied sie, dass es an der Zeit war, selbst mit Dr. Unger zu sprechen. Sie musste es persönlich von ihm hören, erfahren, dass alle Symptome, unter denen sie litt, vollkommen harmlos waren. Nachdem sie bei ihrem neuen Handy alle Einstellungen richtig eingegeben hatte, ging sie ins Internet, suchte nach der Nummer der Klinik, in der sie behandelt worden war. Sie wählte, erklärte der Rezeptionistin den Grund ihres Anrufs.

»Ich muss gucken, ob der Doktor noch im Haus ist«, flötete die Frau am anderen Ende der Leitung und bat Fenja, dranzubleiben.

Es dauerte ungefähr zwei Minuten, dann knackte und knisterte es in ihrem Ohr. »Fenja«, vernahm sie keine Sekunde später Dr. Ungers warme Stimme. »Schön, von Ihnen zu hören, wie geht es Ihnen?«

Sie räusperte sich. »Ehrlich gesagt nicht besonders«, erklärte sie dann. »Mein Kopf schmerzt noch immer, ich schlafe seit meiner Ankunft auf Sylt so viel wie noch nie zuvor in meinem Leben und bin trotzdem die ganze Zeit über müde, aber das wussten Sie bereits von meinem Mann.« Sie seufzte leise. »Hinzu kommt, dass ich mich vorhin übergeben musste, mir in letzter Zeit oft schwindelig wird.«

Dr. Unger am anderen Ende schwieg sekundenlang, dann hüstelte er betreten. »Also die Übelkeit und der Schwindel sind ganz sicher Nachwehen der Gehirnerschütterung, davon bin ich überzeugt. Und die Müdigkeit, das viele Schlafen – Sorgen mache ich mir deswegen auch nicht. Ich schätze, das legt sich bald wieder und bis dahin – genießen Sie es einfach.« Er lachte, wirkte plötzlich unschlüssig. »Was meinten Sie eigentlich damit, als Sie eben sagten, dass ich über Ihre Beschwerden bereits durch Ihren Mann Bescheid wüsste?«

Fenja runzelte die Stirn. »Na, Sie beide haben doch gestern Abend miteinander telefoniert oder nicht? Zumindest hat Alessandro gesagt, dass er mit meinem Arzt über den gestrigen Vorfall gesprochen hat.«

Dr. Unger schwieg, dann hüstelte er betreten. »Also mit mir hat Ihr Gatte definitiv nicht telefoniert. Weder gestern noch heute noch sonst irgendwann nach Ihrer Entlassung. Aber das muss nichts heißen. Vielleicht konnte er mich nur nicht erreichen, hatte einen Kollegen an der Strippe und ihm von Ihrer Befindlichkeit erzählt.«

»Möglich«, kam es von Fenja, doch wirklich überzeugt war sie noch immer nicht. Dann schoss ein Gedankenblitz durch ihren Kopf und ihr wurde auf einen Schlag heiß und kalt zugleich.

»Was war denn gestern Abend?«, wollte Dr. Unger wissen, doch Fenja konnte sich nicht mehr auf das Telefonat konzentrieren, weil die Gedanken in ihrem Kopf wild herumwirbelten.

»Ich melde mich bald wieder«, stieß sie aus, beendete das Gespräch, ließ sich mit dem Rücken an der Wand zu Boden gleiten.

Alex hatte sie also erneut belogen, als er vorgab, mit Dr. Unger über sie gesprochen zu haben.

Mochte ja sein, dass er sie nur beruhigen wollte, aber Fenja fand dennoch, dass es eine Zumutung war, wie er mit ihr umging.

Er behandelte sie wie ein kleines Kind, vertraute ihr nicht, belog sie, verheimlichte ihr wichtige Informationen …

Plötzlich stockte sie, spürte, wie jeder Muskel in ihrem Körper sich panisch verkrampfte.

Eine Eiseskälte ergriff von ihr Besitz.

Diese bleierne Müdigkeit …

Was, wenn sie gar nicht Teil ihrer Symptomatik war, nichts mit den Unfallfolgen zu tun hatte?

Genau wie die Übelkeit, der Schwindel, ihre Halluzination gestern?

Ihr fiel der Orangensaft gestern Morgen ein. Er hatte extrem bitter geschmeckt – wie immer nach dem Zähneputzen –, weshalb sie entgegen Alex' Bitte, ihn auszutrinken, nur ein paar Schlucke geschafft hatte. Doch nachdem sie aus Westerland zurück war, hatte sie den Saft auf einen Zug ausgetrunken und kurz danach war es zu der Halluzination gekommen. Das konnte doch kein Zufall sein, oder?

Nach ihrem Zusammenbruch hatte Alex ihr einen Tee gereicht. Sie hatte ihn ausgetrunken und anschließend sechzehn Stunden am Stück geschlafen. Und heute … heute hatte ihr Alex wieder Tee gekocht.

Und ja, auch danach war sie tief und fest auf dem Sofa eingeschlafen.

Sie keuchte, als ihr bewusst wurde, was das bedeutete. Sie stand vom Boden auf, versteckte das Handy in ihrer Unterwäsche-Schublade. Dann machte sie sich auf den Weg zurück in die Küche und fing an, zu suchen.

Wenn ihre Vermutung stimmte, musste Alex das Mittel, mit dem er sie ruhigstellte, irgendwo in diesem Raum versteckt haben. Ihr Herz raste, während sie in den Schubladen und Schränken nachsah, doch nirgendwo standen irgendwelche Tablettenschachteln oder Pillendosen herum. Sie wollte schon aufgeben, als ihr auffiel, dass eines der Kräutertöpfchen auf der Fensterbank oberhalb des Wasserhahns schief stand. Sie hob die Pflanze an, warf einen Blick in den Übertopf und zuckte zurück, als sie tatsächlich ein Fläschchen am Boden liegen sah. Sie nahm es heraus und wollte damit schon nach oben gehen, als ihr etwas einfiel. Wenn Alex bemerkte, dass die Tropfen verschwunden waren, würde er misstrauisch werden. Wenn sie also herausfinden wollte, was genau hier vorging, musste sie so tun, als sei alles in bester Ordnung.

Sie prägte sich den Namen des Medikaments ein, legte es zurück in sein Versteck, machte sich auf den Weg ins Schlafzimmer. Dort nahm sie das Smartphone aus der Schublade, setzte sich aufs Bett, ging ins Internet und gab den Namen der Tropfen bei Google ein, wartete, bis die Suchmaschine erste Ergebnisse ausspuckte. Sie fing an zu lesen.

Als sie registrierte, dass es sich bei dem Mittel um ein

starkes Sedativum handelte, wurde ihr auf einen Schlag erneut übel. Sie las die Nebenwirkungen, erkannte, dass Schwindel, Übelkeit und Erbrechen dazu zählten, spürte, wie heftiger Zorn wie eine Tsunamiwelle über ihr zusammenschlug.

Jetzt ist es amtlich, dachte sie vor Wut zitternd, unterdrückte den Impuls, das Smartphone gegen die Wand zu schmeißen. Sie atmete tief durch, schloss die Augen.

Alex setzte sie also ganz bewusst unter Drogen.

Und diese waren der Grund dafür, weshalb sie so viel schlief, sich immer nur matt und erschöpft fühlte.

Die alles entscheidende Frage war nur, wieso? Warum jubelte Alessandro ihr dieses Medikament unter?

Weshalb wollte er sie ruhigstellen?

Um die Kinder vor ihr zu schützen? Denn wenn sie zu nichts anderem fähig war, als zu schlafen, bestand keine Gefahr, dass sie Zeit mit ihnen verbrachte, sie bei Anita besuchte oder hier mit ihnen spielte, wenn sie denn mal da waren.

Oder wollte er sie am Ende vor sich selbst beschützen?

Glaubte er etwa noch immer, dass sie sich umbringen wollte?

Dass sie den Unfall selbst provoziert hatte?

Fenja schluckte hart.

Sie zuckte zusammen, als sie hörte, wie unten die Haustür aufging. Mit wild hämmerndem Herzen sprang sie vom Bett auf, vergrub das Handy in seinem Versteck, atmete tief durch.

Es gab nur eine Sache, die jetzt noch wichtig war. Ein Problem im Grunde, dessen Lösung ihr all die offenen Fragen beantworten konnte, die ihr durch den Kopf gingen.

Fenja spürte, wie ihr der Schweiß aus den Poren brach.

Sie musste alles tun, wirklich alles, damit sie sich endlich erinnerte.

Eine weitere Hitzewelle – oder war es Panik – durchfuhr
sie.

Und wenn es genau darum ging?

Was, wenn ihr Ehemann gar nicht wollte, ja, sogar
bewusst und mit allen Mitteln zu verhindern versuchte, dass
sie sich daran erinnerte, wie der Unfall zustande gekommen
war?

HAMBURG
APRIL 2019

»Tut mir leid, dass es nicht früher geklappt hat«, sagte Sandra und ließ sich ihm gegenüber auf den Stuhl fallen.

Joe fand, dass sie gestresst aussah, vollkommen überarbeitet, doch er verkniff sich eine Bemerkung diesbezüglich. Er wusste selbst, was es bedeutete, in einer Ermittlung festzustecken, bei der man nicht weiterkam.

Er lehnte sich zurück, wartete, bis Sandra dem herbeieilenden Kellner ihre Bestellung aufgegeben hatte.

»Wein zum Mittagessen?«, fragte er anschließend grinsend und hob die Brauen empor.

»Eine Weinschorle ist kein Drama«, rechtfertigte Sandra sich halbherzig und stöhnte. »Du glaubst nicht, was bei uns los ist«, stieß sie aus. »Eine Bande Halbstarker, die Frauen begrapscht und ausraubt. Ein paar von den Arschgeigen haben wir bereits, die meisten von denen sind noch keine achtzehn Jahre alt.« Sie seufzte. »Was kann ich für dich tun, Joe? Geht's um den Fall von neulich?«

Er nickte langsam.

Sandra legte ihre Stirn in Falten. »Du hast das Zeug, das ich dir auf den Stick kopiert habe, durchgeguckt und dabei eine Unstimmigkeit entdeckt, das sehe ich an deinem Gesichtsausdruck.«

Joe lachte auf. »Bin ich so durchschaubar geworden?«

Sandra grinste. »Eigentlich nicht. Die Sache ist nur … dass ich dich kenne. Und dein Blick verrät mir, dass du was gefunden hast, dass du mir gleich unter die Nase reiben wirst.«

Joe räusperte sich. »Du hast recht, ich hab was gefunden.« Er sah Sandra an, seufzte. »Es ist nur so, dass du das eigentlich hättest rausfinden müssen, weil es in deinen Aufgabenbereich gefallen wäre.« Er brach ab, forschte in ihrem Gesicht nach einer Reaktion, doch Sandra blieb cool.

Als der Kellner kam und das Getränk vor ihr abgestellt hatte, nahm sie einen großen Schluck, lehnte sich dann zurück. »Okay, schieß los, was hab ich übersehen?«

Joe sah sie ernst an. »Vorab muss ich sagen, dass ich noch nicht zu hundert Prozent überzeugt bin, ob diese Sache relevant für die Ermittlung gewesen wäre oder nicht, aber Fakt ist, dass es zumindest in die Akte gehört hätte. Es geht um die Selbsthilfegruppe, zu der Anke damals regelmäßig gegangen ist. Ich weiß durch ihren Ex davon, mit dem ich vor über zwei Wochen gesprochen habe.«

Sandra runzelte die Stirn. »Die Befragungen hab ich nicht gemacht, Joe. Das war Gregors Team. Und wenn Ankes Ex ihnen gegenüber diese Gruppe nicht erwähnt hat, woher sollte ich davon wissen?«

»Schon klar«, entgegnete er. »Ich gebe zu, dass es Zufall war, dass Janik es mir gegenüber erwähnt hat, dass Anke Mitglied in einer solchen Gruppe ist, aber du hattest die Aufgabe, Anke selbst zu durchleuchten. Das heißt, du hattest Zugang zu ihren Social-Media-Portalen, darüber hättest du darauf kommen können.«

Sandra beugte sich über den Tisch, sah Joe beleidigt an.

»Vielleicht hab ich es gesehen, aber nicht in die Akte geschrieben, weil es unwichtig erschien?«

Joe schüttelte den Kopf. »Kann ich mir nicht vorstellen, ehrlich gesagt. Immerhin ging es in dem Fall um zwei Tote. Eine junge Mutter und ihr Kind. Der Fall wurde abgeschlossen, nachdem feststand, dass es Anke selbst gewesen ist, die zuerst ihr Kind und dann sich selbst tötete. Ich kann mir wirklich nicht vorstellen, dass Ankes Mitgliedschaft in einer Selbsthilfegruppe für Depressionspatienten und deren Angehörige für die Ermittlung nicht relevant gewesen wäre.«

Sandra ließ die Information auf sich wirken, stieß dann verärgert die Luft aus. »Okay, du hast natürlich recht, das wäre relevant für den Fall gewesen. Und dass es nicht in der Akte steht, bedeutet wohl, dass ich es irgendwie übersehen habe oder es schlicht nichts zu übersehen gab. Was bedeutet, es ist gar nicht sicher, dass ein Fehler meinerseits vorliegt.«

Joe grinste mitleidig. »Tut mir leid, aber du irrst dich. Anke war bei Facebook und auch bei Instagram. Ich weiß aus der Akte, dass du beide Quellen überprüft hast. Dir hätte auffallen müssen, dass Anke die offizielle Seite der Institution sowie einige deren Beiträge regelmäßig geliked hat.«

»Hat sie denn auch hin und wieder selbst Beiträge verfasst, durch die ich hätte aufmerksam werden müssen?«

»Nein«, gab Joe zu. »Aber dennoch finde ich, hättest du nachhaken sollen, ob sie im Reallife einer solchen Vereinigung angehört.«

Sandra sah Joe nachdenklich an, nickte schließlich zögernd. »Okay, so wie du es formulierst, ergibt es tatsächlich Sinn. Und ja, vielleicht hätte es mir auffallen müssen. Du darfst aber nicht vergessen, dass Ankes Mann sich umgebracht hat, ich vielleicht einfach nur gedacht haben könnte, dass sie deswegen mit dieser Institution sympathisiert. Und weil diese Leuten mit ähnlichem Schicksal eine Lobby bietet. Ganz ehrlich – wenn du mir das ankreidest, musst du auch deinem Kumpel vor den Koffer scheißen. Gregor und seine Leute hätten den Ex noch mehr durch die Mangel nehmen, ihm die richtigen Fragen stellen sollen. Wäre Greg also, genau wie du, darauf gestoßen, dass Anke an solchen Treffen teilgenommen hat, hätte ich logischerweise auch auf ihre Likes angemessener reagiert.«

»Es geht hierbei nicht allein um den Ex von Anke«, erklärte Joe. »Er selbst weiß davon nämlich von einer gemeinsamen Bekannten. Und Gregs Team hatte die Aufgabe, alle Leute aus Ankes Umfeld abzuklappern.«

Sandra schluckte hart. »Und Ankes Eltern? Wussten die davon nichts? Wieso haben die nicht von selbst darüber geredet?«

»Anke hatte wohl öfter mal Krach mit ihrer Mutter. Was bedeutet, dass ihr Verhältnis rückblickend betrachtet wohl nicht das Beste war, auch wenn die Frau das vielleicht anders sieht. Sie wusste es schlichtweg nicht.«

Sandra wich Joes Blick aus. »Wenn ich ehrlich bin, bereue ich es, dir geholfen zu haben. Wenn du deswegen nämlich jetzt Wind machst, kriege ich tierisch eins auf den Deckel. Und du, nebenbei erwähnt, auch.«

Joe zuckte zurück, starrte Sandra perplex an. »Glaubst du etwa, dass ich jemandem davon erzähle, sag mal? Ich hau dich doch nicht in die Pfanne.«

»Das musst du auch nicht, Mensch! Was, wenn Ankes Ex bei Greg anruft und nachfragt, wieso da plötzlich jemand auftaucht und wieder an dem Fall arbeitet? Mal abgesehen davon, wen du sonst noch alles in die Mangel genommen hast.«

»Du weißt, dass ich gründlich bin«, sagte Joe. Er grinste. »Ich hab in den vergangenen zwei Wochen alle möglichen Leute befragt. Unter anderem die Eltern von Ankes verstorbenen Mann. Der Vater erzählte mir beispielsweise, dass er Greg gegenüber wieder und wieder erwähnte, dass er Anke nicht für depressiv hielt. Und dass diese angebliche Tat seiner Schwiegertochter für ihn absolut unverständlich ist. Dasselbe sagte auch Ankes beste Freundin aus. Keiner aus ihrem Umfeld konnte sich auch nur im Ansatz erklären, wie es zu dieser angeblichen Verzweiflungstat hatte kommen können.«

»Dann hältst du es also für möglich, dass wir bei den Ermittlungen geschlampt haben?«

Joe schüttelte den Kopf. »Geschlampt würde ich nicht sagen, nein. Aber ihr habt euch definitiv wegen Ankes Schicksal ein vorschnelles Urteil gebildet und eure Ermittlung darauf aufgebaut. So was hätte jedem passieren können, auch mir.«

Sandra lachte, sah ihn an. »Dir? Ganz sicher niemals! Vielleicht solltest du zurückkommen und ganz offiziell um eine Neuaufnahme des Falles ersuchen. Das wäre für alle Beteiligten das Beste.«

Joe sah Sandra an, ließ ihre Bemerkung unkommentiert. »Ich will nur rausfinden, was Anke und der kleinen Marie passiert ist, wieso sie gestorben sind. Wenn es am Ende doch so war, wie es in der Akte steht – okay. Aber falls nicht, will zumindest ich mir nicht vorwerfen müssen, etwas unversucht gelassen zu haben, die Wahrheit herauszufinden.«

»Glaubst du, dass es Mord war?«

Joe stieß die Luft aus.

»Möglich«, kam es nach einer kurzen Pause von ihm. »Ich hab zumindest schon einmal angefangen, in dieser Richtung nach Hinweisen zu suchen. Zum Beispiel hab ich mit dem Geschäftspartner von Ankes verstorbenen Mann gesprochen, mir ein Bild über den Kerl gemacht.«

»Und?«, fragte Sandra schnippisch. »Was rausgekriegt, das Greg entgangen ist?«

Joe grinste. »Auch nicht viel mehr als ihr. Die Firma schreibt und schrieb von Anfang an schwarze Zahlen, es gab keinerlei Diskrepanzen zwischen den Geschäftspartnern und auch ansonsten hatte ich den Eindruck, dass das ganze Drumherum der Firma nichts mit dem Ableben des Mannes selbst oder dessen Frau und Stiefkind zu tun hatte.«

Sandra starrte ihn fassungslos an. »Du hast ernsthaft in Erwägung gezogen, dass selbst der Suizid von Ankes Mann Mord gewesen sein könnte? Der Mann hat sich an den Rohrleitungen in seinem Keller aufgehängt, wie soll das jemand anderer bewerkstelligt haben, ohne dass es Spuren von Gewalteinwirkung gibt? Und dann die Tatsache, dass der Mann vollkommen am Boden war. Er war krank, Joe, der wollte nicht mehr leben!«

»Schon klar«, gab er zurück. »Wie du weißt, bin ich gründlich, lasse nichts aus. Aber du hast recht, die Option ist vom Tisch. Deswegen bin ich irgendwann wieder bei der Information über Ankes Depri-Gruppe gelandet. Es dauerte eine Weile, bis ich bei der richtigen gelandet bin, weil diese Institution gleich drei Zweigstellen in verschiedenen Stadtteilen Hamburgs hat und ich anfangs natürlich nicht wusste, zu welcher Anke regelmäßig ging. Ich dachte zuerst an die in der Nähe ihres Wohnortes, aber dann stellte sich heraus, dass sie ans andere Ende der Stadt gefahren ist. Wahrscheinlich, um zu vermeiden, dass irgendjemand sie erkennt.«

»Du hast alle abgeklappert und den Leuten auf den Zahn gefühlt?«, fragte Sandra alarmiert.

Joe schüttelte in gespielter Entrüstung den Kopf. »Für wie bescheuert hältst du mich? Natürlich bin ich nicht so plump vorgegangen. Die Treffen finden an verschiedenen Wochentagen statt. Also habe ich mich bei allen drei Gruppen als neues Mitglied vorgestellt, damit ich bei niemandem Misstrauen erwecke oder in ein Wespennest steche.«

Sandra sah ihn mit aufgeklapptem Mund an. Nachdem sie sich wieder gefasst hatte, schnappte sie nach Luft. »Du hast dich bei den Sitzungen als Depressionspatient ausgegeben?

Den Leuten also was vorgespielt und dann nach Informationen gebohrt?«

»Zu den Meetings kommen nicht nur Patienten, sondern auch deren Angehörige.« Joe verzog das Gesicht. »Außerdem musste ich nicht bohren, denn Ankes Suizid war sowieso Gesprächsthema Nummer eins. Und was deinen Vorwurf angeht – den sehe ich komplett anders, Sandra. Immerhin hab ich meine Frau verloren und das ist ein Fakt, den du nicht bestreiten kannst. Und es geht mir wirklich nicht gerade gut. Der Hintergedanke meiner Anwesenheit bei diesen Treffen hatte also zwei Aspekte.«

»Aber Annas Tod ist nicht der Grund für deine Teilnahme an diesen Meetings, Joe!« Sie griff über den Tisch nach seiner Hand, sah ihn an. »Du weißt, wie sehr mir das mit deiner Frau leidtut. Und du weißt, dass mir durchaus bewusst ist, wie sehr du leidest. Aber bitte sei nicht so naiv, zu glauben, dass ich nicht erkenne, wieso du wirklich zu diesen Meetings gehst. Nicht wegen Anna, sondern weil du Greg eins reinwürgen willst, falls sich dank dir herausstellt, dass sein Team Mist gebaut hat. Ich weiß nämlich, dass ihr beide euch total verkracht habt!«

Joe seufzte. »Du verstehst nicht, auf was ich hinauswill, Sandra!«

Sie trank einen Schluck, sah Joe konsterniert an. »Dann bitte sei so nett und klär mich auf!«

»Anke hat regelmäßig an den Mittwochssitzungen im Citycenter teilgenommen. Ihre Tochter hat sie während dieser Zeit von einer Babysitterin betreuen lassen. Das weiß ich von einer Nachbarin, die ein paar Häuser weiter wohnt. Deren Tochter Heike ist es nämlich, die ab und an auf die kleine Marie aufpasste, unter anderem auch an jenem Mittwochabend, als Anke und Marie gestorben sind.«

Sandra schüttelte verständnislos den Kopf. »Dann war

diese Heike im Haus, als es passierte, oder wie darf ich das verstehen?«

Joe verneinte. »Anke hat gegen siebzehn Uhr das Haus verlassen, aber Heike wusste nicht, wo sie hin wollte. Als Anke gegen einundzwanzig Uhr zurückkam, wurde Heike von ihr bezahlt, danach ist sie gegangen. Laut Arzt wurde der Todeszeitpunkt auf ein Uhr morgens festgelegt, also vier Stunden, nachdem Anke von ihrem Treffen zurück war.«

Sandra seufzte. »Und auch davon steht nichts in der Akte, nicht wahr?«

Joe nickte. »Nur, dass es eine Nachbarin gibt, die ab und an auf Marie aufgepasst hat. Dass sie an dem Abend, bevor Anke und die Kleine starben, ebenfalls babygesittet hat, steht da nirgends.«

Sandra schüttelte den Kopf. »Das verstehe ich nicht. Warum steht das da nicht drin?«

»Heike meinte, dass sie eigentlich hätte lernen sollen, ihre Mutter verboten hat, dass sie außer Haus geht. Aber die war arbeiten, also hat Heike heimlich das Haus verlassen und ist zu Anke und Marie rüber, hat von dort aus gelernt. Sicher hat sie es Greg gegenüber nicht erwähnt, weil ihre Mutter dabei war.«

»Und wieso weißt du davon?«

»Weil ich mit jemandem aus der Gruppe gesprochen habe. Die Dame heißt Berta, kannte Anke etwas besser als die anderen Teilnehmer. Anke muss ihr an dem Abend erzählt haben, dass sie beinahe nicht hätte aufkreuzen können, weil es ein Problem mit dem Babysitter gab. Das war der ausschlaggebende Grund, weshalb ich überhaupt mit Heike gesprochen habe. Deren Nummer hab ich übrigens aus ihren Kontakten.«

Sandra sah Joe düster an. »Okay und nun denkst du also, dass es jemand aus der Gruppe gewesen sein könnte, weil es nur ein paar Stunden später passierte? Dir kommt nicht in den Sinn, dass das Meeting sie getriggert haben könnte?«

Er schüttelte den Kopf. »Berta meinte, dass Anke zwar fix und fertig war, aber trotz allem stabil wirkte. Vor allem, nachdem sie schon so viel durch hatte mit ihrem Mann.«

»Okay, aber das allein ist noch kein Beweis, ja, noch nicht einmal eine Spur, die es wert wäre, ihr nachzugehen.«

Joe grinste. »Ich hab auch nicht gesagt, dass das schon alles war.« Er holte Luft, sah Sandra an. »Da ist ein Typ in dieser Gruppe, dessen Ehefrau angeblich schwer depressiv sein soll. Laut Berta standen Anke und der Kerl sich ziemlich nahe und in Anbetracht ihrer Schwangerschaft dachte ich, lohnt es sich vielleicht, den Kerl mal genauer unter die Lupe zu nehmen. Immerhin hatte ihr Mann Krebs und selbst sein Onkologe konnte nicht genau sagen, inwiefern sich die Chemo auf seine Fruchtbarkeit auswirken wird.«

Sandra wirkte plötzlich hellwach, starrte Joe eine Weile stumm an. Dann schüttelte sie den Kopf. »Du bist unglaublich, weißt du das? Selbst außer Dienst steckst du uns alle in deine beschissene Tasche.« Sie lachte zwar, doch Joe erkannte, dass ihre Bemerkung keineswegs als Scherz gemeint war.

Sie verschränkte die Arme vor der Brust, musterte ihn. »Okay und jetzt raus damit! Wieso bin ich wirklich hier? Sicher nicht, damit du mir meine Inkompetenz oder die meiner Kollegen unter die Nase reiben kannst! Selbst du bist nicht so ein Arsch …«

Joe grinste, dann sah er sie schlagartig ernst an. »Ich brauch tatsächlich deine Hilfe, Sandra.«

Sie nickte, zog eine Schnute. »Lass mich raten, ich soll etwas über Ankes ominösen Freund aus der Selbsthilfegruppe herausfinden.«

»Ganz genau. Der Kerl wird von den Leuten Alex genannt, seinen Nachnamen weiß ich leider nicht. Berta hat mir erzählt, dass er für die Presse arbeitet. Entweder bei irgendeinem Käseblatt oder fürs Radio. So genau wusste sie das nicht mehr. Anke hat ihr das irgendwann einmal gesteckt, doch für mich, ohne polizeiliche Mittel wie Suchmaschinen oder Datenbanken, sind diese Infos zu dürftig, um etwas damit anfangen zu können. Ich hab bereits Ankes Telefonbüchlein und ihre Handykontakte nach einem Alex abgegrast, bin aber nicht fündig geworden. Auch kennt keine von ihren Freundinnen oder Bekannten einen Kerl mit diesem Namen. Und da die Recherche dein Fachgebiet ist, dachte ich, findest du bestimmt heraus, wer genau der Kerl ist und was seine Absichten hinter der Teilnahme an den Meetings sind. Wie bereits erwähnt, soll seine Frau das Problem sein, wegen dem er die Treffen angeblich besucht. Trotzdem will ich es genau wissen, okay? Kannst du mir dabei helfen?« Er sah Sandra flehend an, zog währenddessen sein Smartphone hervor, tippte auf dem Display herum.

Kurz darauf piepste es aus Sandras Tasche. Sie nahm ihr eigenes Handy zur Hand, warf einen Blick darauf. »Du hast den Kerl heimlich fotografiert?«, fragte sie perplex.

Joe grinste schulterzuckend. »Schicker Kerl, nicht wahr? Wie geschaffen, um vom Schicksal gebeutelte Frauen zu trösten. Er muss ihnen nur ein passendes Schauermärchen über seine angeblich so kranke Frau auf die Nase binden, um ihr Vertrauen zu gewinnen, der Rest erledigt sich quasi wie von selbst.«

Sandra starrte nachdenklich auf das Foto. Schließlich sah sie auf. »Deine Theorie klingt zwar erschreckend, aber durchaus plausibel.« Sie steckte ihr Handy ein, trank ihre Schorle aus, stand auf. »Die Rechnung geht auf dich, nehme ich an?«

Joe nickte.

»Ich melde mich, sobald ich etwas herausgefunden habe.«

15

SYLT/KEITUM

APRIL 2019

Der Wind riss an ihren Haaren und Kleidern, doch trotz der Kälte hatte sie nur eines im Sinn. Sie wollte mit Tomke zu den Wellen ganz nach vorne, damit sie beide ihre Schuhe und die Strümpfe ausziehen und sich das salzige Wasser um die Zehen spülen lassen konnten. Sie sah zu ihrer Tochter, die sie an der linken Hand hielt, doch Tomke ignorierte ihre Frage, zog weiter nach vorne. Das hatte Tomke von ihr, keine Frage. Auch sie liebte den Strand und das Meer, die Wellen, die Geräusche der Brandung, das Kreischen der Möwen.

Gemeinsam liefen sie weiter und immer weiter, bis ihr plötzlich auffiel, dass Tomke verschwunden war. Panisch drehte sie sich einmal um die eigene Achse, doch der Strand war wie leer gefegt.

Erst jetzt fiel ihr auf, dass der Himmel sich verdüstert hatte, beinahe schwarz aussah.

»Tomke«, rief sie panisch, rannte zu einer Ansammlung von Strandkörben, weil sie glaubte, ihre Tochter könne sich dahinter versteckt haben, doch Fehlanzeige. Von Tomke war weit und breit keine Spur zu entdecken.

Ihr Herz hämmerte so heftig gegen die Rippen und ihren Brustkorb, dass es ihr schwerfiel, zu atmen.

Egal, dachte sie. Weiter, du musst deine Tochter finden.

Plötzlich vernahm sie Rufe hinter sich, jemand schrie ihren Namen. Sie wirbelte herum, sah, wie ihr Mann mit zwei Kindern an der Hand auf sie zukam.

Erleichtert rannte sie ihnen entgegen, warf sich vor Tomke mit den Knien voraus in den Sand. »Das darfst du niemals wieder tun, hörst du«, sagte sie zu dem Mädchen, küsste es auf die Wange. »Ich hab mir solche Sorgen um dich gemacht und überall nach dir gesucht! Wieso bist du denn weggelaufen?«

Tomke zuckte zurück, sah ihren Vater an, fing an zu weinen.

»Du machst ihr Angst«, knurrte Alessandro, starrte sie böse an. »Was soll das überhaupt? Die Kinder waren den ganzen Tag bei ihrer Großmutter und sind gerade erst nach Hause gekommen, also ist es praktisch unmöglich, dass Tomke dir weggelaufen ist.«

Erschüttert sah sie von ihrem Mann zu ihrer Tochter, wusste nicht, was sie sagen sollte.

»Aber, das ist unmö...«, begann sie zu stammeln, als ein Schrei sie unterbrach. Sie drehte sich um, sah eine Menschenansammlung keine zehn Meter entfernt.

Die Leute starrten geschockt auf etwas, das vor ihnen im Sand lag.

Sie stand auf, wankte kraftlos vorwärts, erkannte schließlich, dass es sich um ein kleines Mädchen handelte, das reglos zwischen all den Erwachsenen im Sand lag.

Das Kind trug Tomkes Kleidung, war ihr ansonsten aber vollkommen fremd. Sie ging neben dem Kind in die Knie, berührte es an der Wange, zuckte zurück, als sie die eiskalte Haut spürte.

Fassungslos sah sie zu den Menschen auf, verstand nicht, wieso keiner von ihnen Hilfe holte.

»Wir müssen etwas tun«, flüsterte sie voller Entsetzen, doch weder die Fremden noch ihr Mann, der mittlerweile näher gekommen war, bewegte sich. Alle standen nur stocksteif da und starrten erschüttert das reglose Kind an.

Ihr Mann war es, der schließlich das Schweigen durchbrach, ihr einen finsteren Blick zuwarf.

»Das bist du gewesen, nicht wahr?«

Fassungslos stand sie auf, sah sich um, erkannte, dass Alessandro und sie plötzlich alleine am Strand waren.

»Nein!«, rief sie entsetzt. »Ich könnte doch nie ... ich habe nicht ...« Sie brach ab, sah ihren Mann an, registrierte, dass er lachte. Seine dunklen Augen wirkten plötzlich abgrundtief böse und funkelten amüsiert, jagten ihr eine Heidenangst ein.

»Begreifst du immer noch nicht?«, fragte er sie nach Luft ringend und wirkte, als könne er sich vor lauter Lachen nicht mehr einkriegen.

»Was?«, fragte sie ihn. »Was begreife ich nicht?«

Er deutete mit dem Kopf auf den reglosen Körper im Sand. »Na, die Kleine da ... Sie ist tot, verdammt. Und ich schätze mal, dass du weißt, wer es gewesen ist.«

———

Ein Schrei weckte sie auf. Es dauerte einen Augenblick, ehe ihr klar wurde, dass sie selbst es war, die geschrien hatte. Sie schluckte, schnappte nach Luft, schlug die Decke zurück.

Keine zwei Sekunden später hörte sie schwere Schritte auf der Treppe, dann kam Alex ins Zimmer gestürzt. »Was ist passiert? Ich hab dich schreien gehört.«

Fenja verzog entschuldigend das Gesicht. »Sorry, war ein Albtraum, sonst nichts.«

Alex seufzte, setzte sich zu ihr ans Bett, sah sie an. »Alles okay?«

Sie nickte.

»Ich meine ja nur, weil du gestern so abwesend gewirkt hast. Irgendwie deprimiert. Wenn ich irgendwas für dich tun kann?« Er sah sie abwartend an.

Du kannst mir die Wahrheit sagen, dachte sie. *Oder aufhören, mir Medikamente einzutrichtern, die mir schaden.*

Sie schüttelte den Kopf, stand auf. »Mir geht's gut, wirklich«, erklärte sie fest und achtete darauf, sich nicht anmerken zu lassen, dass sie ihm am liebsten den Hals umgedreht hätte. »Deswegen möchte ich heute auch ein wenig spazieren gehen oder vielleicht sogar nach Westerland zum Shoppen. Ich will mir ein paar Bücher kaufen und was Nettes zum Hinstellen. Deko, du verstehst?«

Alex nickte erleichtert, stand auf. »Geh duschen, mach dich in Ruhe fertig. Ich richte dir in der Zeit etwas zum Essen her, okay?«

Ein Stromschlag durchfuhr sie. »Ich hab keinen Hunger«, rief sie etwas zu laut, grinste, als sie Alex' verwirrten Gesichtsausdruck sah. »Ich will in Westerland zu Gosch, okay? Mir ist nach einer Fischsemmel zum Frühstück.«

Alex lachte. »Okay, das kann ich verstehen. Dann nur Tee?«

»Kaffee wäre mir lieber«, erklärte sie.

»Und Saft?«

Sie schüttelte den Kopf. »Zu bitter nach dem Zähneputzen.«

Als er aus der Tür war, sprang sie aus dem Bett, eilte in die Dusche. Es dauerte keine fünfzehn Minuten, bis sie fertig war, dann machte sie sich auf den Weg in die Küche. Auf dem Tisch stand eine Tasse Kaffee für sie bereit. Sie setzte sich, nahm die Tasse, führte sie unter Alex' wachsamem

Blick an ihre Lippen, tat, als würde sie einen Schluck nehmen.

Er grinste, legte den Kopf schräg. »Soll ich mitkommen und dir Gesellschaft leisten? Eine Fischsemmel klingt gut und ich könnte auch mal wieder was Neues zum Lesen gebrauchen.«

Fenjas Herz fing an zu hämmern und in ihrem Kopf überschlugen sich die Gedanken. »Wenn du willst«, sagte sie, weil sie nicht wusste, was sie sonst erwidern sollte. »Ich will aber vorher zum Cutting Team und mir die Spitzen schneiden lassen und danach zur Maniküre.« Wie zum Beweis zeigte sie ihm ihre herausgewachsenen Nägel, grinste schief. »Die Zeit müsstest du also irgendwie überbrücken.« Sie sah ihn an, hoffte, dass er ihr die kleine Flunkerei abkaufte und den Rückzug antrat.

Als er die Nase rümpfte, hätte sie am liebsten gejubelt.

»Also Deko und Bücher hätte ich gerne mitgemacht, aber bei Schönheitspflege bin ich raus.« Er kam zu ihr, küsste sie auf die Wange. »Soll ich dich wenigstens fahren?«

Sie sah ihn an, überlegte kurz. »Das wäre super«, stimmte sie schließlich zu. Sie wollte nicht auffliegen, musste ihn unbedingt im Glauben lassen, dass zwischen ihnen beiden alles in bester Ordnung war. Diese Schauspielerei hatte sie gestern Abend schon Kraft und Nerven gekostet und als ihr alles zu viel geworden war, hatte sie ihm kurzerhand erklärt, Kopfschmerzen zu haben, damit sie ins Bett gehen konnte und endlich Ruhe vor ihm bekam. Selbstverständlich hatte sie den Tee, den er ihr später ans Bett gebracht hatte, weggeschüttet und auch jetzt würde sie nicht einen Schluck von dem Kaffee nehmen.

Sie hatte fast die halbe Nacht wach gelegen und gegrübelt, sich gefragt, was das alles für einen Sinn haben sollte, doch wirklich eine Antwort hatte sie noch immer nicht. Sie wusste nicht, was ihr Mann damit bezweckte, sie zu betäuben, dafür zu sorgen, dass es ihr mies ging. Und sie wusste auch nicht, woher zum Teufel er dieses Medikament hatte. Von Dr. Unger ganz sicher nicht, so viel stand fest, denn dieser hätte es zuvor mit ihr persönlich abgesprochen.

Blieb also nur Frieder, Alessandros Kumpel. Frieder lebte seit seiner Geburt hier auf der Insel, arbeitete als Internist in der Nordseeklinik in Westerland.

Zu ihm wollte sie heute gehen und ihm in die Augen sehen, während sie ihn mit ihrer ungeheuerlichen Anschuldigung konfrontierte.

Im Grunde musste er des Rätsels Lösung sein, denn es gab niemanden sonst, von dem Alex ein so starkes Sedativum hätte bekommen können.

Wieder hob sie die Tasse, tat, als würde sie nippen, stellte sie zurück auf den Tisch.

»Ich zieh mich schon mal um, okay?«, sagte Alex, sah sie an. »In der Schlafanzughose will ich nicht unbedingt ins Auto steigen.«

Als Alex aus der Küche gegangen war, nutzte sie den Augenblick, kippte den Kaffee in den Ausguss. Dann stellte sie die Tasse in die Spülmaschine, trank einen Schluck Wasser direkt aus dem Hahn.

Bevor sie losfuhren, musste sie noch mal nach oben und ihr Handy holen, ohne dass Alex es bemerkte. Sie wartete einen Augenblick und als sie Alex' Schritte auf dem Treppenabsatz vernahm, machte sie sich langsam auf den Weg nach oben.

»Zwei Minuten«, sagte sie zu ihm, grinste. »Ich will mir nur kurz die Zähne putzen«, erklärte sie. »Hab irgendwie einen bitteren Nachgeschmack im Mund.«

Alex nickte, während er an ihr vorbei nach unten ging. »Ich warte im Wagen.«

Als sie ihr Handy verstaut und sich den Mund der Glaubhaftigkeit wegen noch mit Mundwasser ausgespült hatte, machte sie sich auf den Weg nach unten. Sie schlüpfte in Jacke und Schuhe, schnappte sich ihr Portemonnaie, ging nach draußen, um zu ihrem Mann ins Auto zu steigen.

———

»Was willst du damit sagen?«, fragte Frieder und starrte sie mit einer Mischung aus Entsetzen und Fassungslosigkeit an.

Nachdem Alex sie in der Nähe der Fußgängerzone rausgelassen hatte, war sie zu einem Taxistand gelaufen, hatte sich zum Krankenhaus fahren lassen. Hier angekommen, hatte sie dem Portier gesagt, wer sie war und dass sie umgehend mit Frieder Wilhelm sprechen musste und nicht eher weggehen würde, ehe sie ihn gesehen habe.

Es hatte eine Weile gedauert, doch dann war Frieder in der Lobby aufgetaucht und hatte sie in sein Sprechzimmer gebeten.

Sie hatte lange überlegt, ob sie ihm auf den Kopf zusagen wollte, was sie dachte, oder wenigstens versuchen sollte, dass er selbst damit anfing, doch dann hatte ihre Wut die Oberhand gewonnen.

Jetzt stand er vor ihr, starrte sie sprachlos an. »Wie kommst du denn darauf, sag mal? Wieso sollte ich Alex Tropfen geben, die dich fertigmachen? Und das auch noch, ohne dich zuvor untersucht zu haben?«

Sie hob die Schultern. »Keine Ahnung, sag du es mir? Vielleicht weil mein Mann dich angefleht hat oder du ihm einen Gefallen schuldig warst, was weiß ich? Fakt ist aber nun mal, dass das Zeug bei uns im Haus ist und er mich damit abfüllt.« Sie brach ab, schüttelte den Kopf. »Du kannst mir doch nicht erzählen, dass du nichts von meinem Unfall wusstest?«

»Das hab ich auch nicht gesagt«, antwortete er. »Alex hat mir davon erzählt und auch, dass du dich nicht an die

Ursache erinnerst. Er hat mich gefragt, ob ich eine Idee habe, wie man dir helfen könne, doch das war auch schon alles. Ich hab ihm weder Medikamente für dich mitgegeben, noch ihm ein Rezept ausgestellt.«

Fenja verzog das Gesicht. »Und wo hat er den Mist dann her?«, fragte Fenja.

»Das musst du Alessandro fragen«, konterte Frieder. »Das wäre wahrscheinlich überhaupt das Beste. Dass ihr beide euch mal zusammensetzt und versucht, gemeinsam eine Lösung für das große Ganze zu finden.«

»Das große Ganze? Was meinst du damit?«, wollte Fenja wissen. »Ich brauche keine Lösung für irgendwas, weil ich kein Problem habe. Ich muss mich lediglich endlich an den Unfall erinnern können, doch wenn Alex mir weiterhin diese Scheiße eintrichtert, passiert das wahrscheinlich niemals – und die Frage ist daher, wieso er daran interessiert ist, dass alles so beschissen bleibt.« Sie rang nach Luft, sah Frieder an, der auf einmal seltsam betreten wirkte. »Was?!«, fauchte sie ihn an.

Schnell schüttelte er den Kopf, kratzte sich hinterm Ohr. »Hör zu, Alex ist mein bester Freund und alles, was er mir anvertraut, bleibt auch bei mir, selbst wenn es dabei um dich geht. Er ist auch nur ein Mensch, verstehst du? Ein Mensch, dem das alles große Sorgen macht, der sich um dich Sorgen macht. Bitte Fenja, geh zu ihm und redet miteinander, mehr kann ich dir auch nicht raten.«

Der Rest des Vormittags flog mehr oder weniger an ihr vorbei. Nachdem das Gespräch mit Frieder nahezu ergebnislos verlaufen war, hatte sie sich in eines der Cafés in der Fußgängerzone gesetzt und zuerst einen Tee und dann einen Kaffee getrunken. Der Appetit war ihr gründlich vergangen, genau wie die Lust, Alex jemals wieder gegenüberzutreten, doch es half alles nichts. Wenn sie Antworten wollte, musste sie tatsächlich das Naheliegendste tun und ihn zur Rede stellen und nicht seine Freunde.

Nachdem sie bezahlt hatte, machte sie sich auf den Weg zur nächsten Bushaltestelle, zog sich ein Ticket nach Keitum aus dem Automaten, wartete, bis der Bus kam. Sie suchte sich einen Fensterplatz ganz hinten, wo sie in Ruhe ihren Gedanken nachhängen konnte, und ehe sie sich versah, musste sie auch schon aussteigen. Ihr Herz hämmerte heftig, als sie die Straße entlang ging und schließlich das Dach des Hauses erkannte.

Sie wusste nicht wieso, doch plötzlich hatte sie Angst davor, Alex zu sagen, was sie wusste, und ihn zur Rede zu stellen.

Als sie die Auffahrt hinauftrottete, ging die Tür plötzlich auf und Alex starrte ihr finster entgegen. Ihr wurde klar, dass Frieder gequatscht haben musste.

Ihr Mann trat zur Seite, als sie näher kam, sagte aber nichts. Erst als sie sich die Schuhe im Gang ausgezogen hatte und auf den Weg in die Küche machte, packte er sie von hinten am Arm, riss sie zurück. »Was hast du dir nur dabei gedacht«, schrie er sie an. »Wie kannst du Frieder in eine solche Lage bringen?«

Fenja wirbelte herum, riss sich los, lachte.

»In diese Lage hat er sich selber gebracht, indem er dir diese Tropfen gegeben hat, okay! Und glaubt ja nicht, dass ihr mich für blöd verkaufen könnt. Ich weiß genau, was los ist.«

Er schüttelte den Kopf, starrte sie an. »Frieder hat mir keine Medikamente für dich gegeben. Und ich weiß ehrlich gesagt auch nicht, wovon du sprichst.«

Ihr fiel auf, wie halbherzig seine Erklärung klang.

Sie trat in die Küche, sah sofort, dass der Blumentopf auf

der Fensterbank gerade stand. Sie ging zielstrebig darauf zu, zupfte an der Pflanze, sah sich zu ihrem Mann um. »Darunter war eine kleine Flasche. Ein Beruhigungsmittel und jetzt tu nicht so, als würde ich spinnen, du weißt genau, dass es wahr ist!«

Er sah sie an, schwieg.

»Ich will nur wissen, warum! Wieso gibst du mir dieses Zeug? Und warum bist du so … so komisch zu mir? Als würdest du nicht wollen, dass ich mich erinnere, als würdest du mit Gewalt versuchen, mich in diesem Zustand zu halten.«

Etwas in Alex' Gesicht begann zu bröckeln, dann bemerkte sie, dass seine Augen in Tränen schwammen.

»Ich will dir doch nur helfen«, flüsterte er und klang vollkommen verzweifelt, sodass Fenja für den Bruchteil einer Sekunde den Eindruck hatte, dass er tatsächlich meinte, was er sagte.

»Ich kann das alles nicht mehr«, stieß er aus und drehte sich auf dem Absatz um, ließ sie allein.

Perplex ließ Fenja sich auf einen der Stühle fallen, legte den Kopf auf die Tischplatte.

Einatmen!, flüsterte eine Stimme in ihrem Kopf.

Beruhige dich!

Und jetzt wieder ausatmen …

Doch so sehr sie sich auch bemühte, sie kam nicht dagegen an, dass plötzlich schreckliche Bilder vor ihrem inneren Auge auftauchten.

Da war Blut … so viel Blut …

Dann bemerkte sie einen furchtbaren Schmerz an ihrem linken Unterarm.

Sie zuckte zusammen, sprang so heftig auf, dass der Stuhl hinter ihr auf die Fliesen knallte. Erst jetzt registrierte sie das scharfe Küchenmesser in ihrer rechten Hand, ließ es entsetzt fallen.

Ihr Blick fiel auf den frischen länglichen Schnitt unter-

halb ihrer linken Armbeuge. Er war nicht tief, hatte lediglich
die oberen Hautschichten verletzt, dennoch schockierte er sie
zutiefst. Sie sank zu Boden, spürte, wie sich ihre Gedärme
verkrampften. »Oh Gott«, wimmerte sie verzweifelt. »Was
passiert nur mit mir?«

16

HAMBURG

APRIL 2019

»Welcher Idiot ruft mich mitten in der Nacht an?«, murmelte Joe schlaftrunken und tastete in der Dunkelheit nach seinem Handy. Er sah aufs Display, seufzte, als er registrierte, dass es gerade erst fünf Uhr morgens war, er also maximal zwei Stunden geschlafen hatte. Dann sah er, dass es Sandra war, die ihn anrief, und richtete sich auf.

»Ich weiß, wer der Kerl ist«, kam sie unmittelbar auf den Punkt, ignorierte seine muffige Art. »Der Typ heißt Alessandro Marten. Er ist Chefredakteur bei so einem Stadtteilmagazin, im Grunde ein Wurstblatt, das sich vor allem durch Werbeanzeigen von Händlern aus der Region finanziert. Seine Ehefrau heißt Fenja und beide haben zwei Kinder. Tomke und Erik. Das Mädchen ist fünf, der Junge knapp drei Jahre alt.« Sie brach ab, wartete. »Du hörst mir schon zu oder bist du etwa wieder eingepennt?«, fragte sie schließlich, nachdem er noch immer keinen Mucks von sich gegeben hatte.

»Ich bin wach«, knurrte er, noch immer schlaftrunken, schwang seine Beine aus dem Bett. »Kannst du mir die Infos als Mail schicken?«, bat er und stand auf. »Dann kann ich mir alles noch mal in Ruhe zum ersten Kaffee ansehen.«

»Schon passiert«, kam es von Sandra. »Doch da ist auch noch etwas anderes«, erklärte sie und Joe hörte aus ihrer Stimme heraus, dass es sich dabei um eine brandheiße Info handeln musste.

Seit seinem letzten Treffen mit Sandra war über eine Woche vergangen und er hatte es sich während der Wartezeit nicht nehmen lassen, noch mal an einem der Treffen teilzunehmen. Zwar war Marten selbst nicht aufgekreuzt, doch natürlich hatte er versucht, über die anderen Teilnehmer an Informationen über den Kerl heranzukommen, was ihm leider nicht geglückt war, weil keiner von denen mehr wusste als Berta, und die hatte ihm bereits alles gesagt. Jetzt ergab es auch einen Sinn, weshalb Marten sich als so harte Nuss erwies. Er war also Journalist, Chefredakteur sogar, jemand, der mit allen Wassern gewaschen sein musste.

Joe kam nicht umhin, zuzugeben, dass ihn das in seinen Augen noch unsympathischer erscheinen ließ als den Frauenhelden, den er bis eben gerade noch vor Augen gehabt hatte. In seinem Job als Hauptkommissar bei der Kripo hatte er immer wieder mit Pressevertretern zu tun gehabt und wusste, dass diese wie Zecken waren, wenn sie sich erst einmal in eine Story verbissen hatten oder eine solche witterten. Andererseits war es jedoch meist schwer, aus Journalisten selbst etwas Hilfreiches herauszubekommen. Sie gaben in den seltensten Fällen ihre Quellen preis, agierten meist egoistisch und ohne jegliche Empathie – zumindest sah er das so.

Daher musste Joe sich jetzt unweigerlich die Frage stellen, ob es diese angeblich kranke Ehefrau des Blutsaugers tatsächlich gab oder ob der Typ sich genau wie er in die Gruppe gemogelt hatte, um an eine Story oder damit verwobene Infos zu kommen.

»Erde an Joe, bist du noch da?« Sandra klang mittlerweile ziemlich sauer.

»Sorry, ich hab nur …« Er brach ab, holte Luft. »Ich frage mich gerade, ob es möglich wäre, dass der Kerl, also Marten, genau wie ich eigentlich nicht in diese Gruppe gehört. Ich meine, er ist ein Pressefuzzi, was, wenn er nur einer Story nachjagt? Ankes Mann hat sich umgebracht, was, wenn er über so etwas schreiben wollte? Sich deswegen mit ihr gutgestellt und sich ihr Vertrauen erschlichen hat? Wäre doch möglich oder? Das würde auch erklären, wieso er beim letzten Treffen nicht da war. Vielleicht hat er jetzt alles, was er für seinen Scheißbericht braucht …«

Sandra am anderen Ende räusperte sich. »Also ich glaube ehrlich gesagt schon, dass Martens Geschichte stimmt«, erklärte sie mit belegter Stimme.

»Wieso? Weißt du was über seine Frau?«

»Du magst vielleicht gründlich sein, aber ich bin wie ein Pitbull, wenn ich mich erst an einer Sache festgebissen habe. Und ja, ich weiß etwas über diese Fenja Marten und da komme ich auch gleich darauf, hab also Geduld. Auf jeden Fall ist Fenja Grafikdesignerin, hat früher ebenfalls bei diesem Käseblatt gearbeitet. Dort lernten Marten und sie sich auch kennen.«

»Und darf ich fragen, wie du an die Infos kommst?«

Sandra lachte. »Als ich mich auf der Homepage des Käseblatts umgesehen habe, fiel mir ein Name auf, den ich von früher kenne. Ein Typ namens Richard Jobst, der damals eine Schwäche für mich hatte. Deswegen dachte ich, kann es wirklich nicht schaden, wenn ich ihn mal wieder anrufe, wir ein wenig über früher quatschen und ich ihm dann zu gegebener Zeit auf den Zahn fühle.« Sie räusperte sich, klang auf einmal verlegen. »Ich hab alles gegeben, verstehst du? Deswegen melde ich mich auch erst jetzt bei dir. Richard und ich … na ja … wir waren zweimal essen und letzte Nacht bin ich mit zu ihm gegangen. Er ist danach richtig redselig gewesen, wenn du weißt, was ich meine …« Sie brach ab, lachte peinlich berührt. »Jetzt hältst du mich bestimmt für eine Schlampe oder?«

Joe schüttelte überrascht den Kopf, brach dann in schallendes Gelächter aus. »Das tue ich nicht! Ehrlich! Wenn ich auch zugeben muss, dass ich dir eine solche Einsatzbereitschaft gar nicht zugetraut hätte.«

»Ich hab es auch nicht für dich getan«, herrschte sie ihn an. »Ich fand ihn nur … irgendwie nett, hörst du, ganz anders als früher. Kann sein, dass wir uns wiedersehen.«

»Dann haben wir dank dir jetzt also eine zuverlässige Quelle bei Hamburgs Käsejournal Nummer eins.«

Sandra schnaubte wütend.

»Hey«, beruhigte Joe sie. »Das war ein Scherz, okay! Und was genau hat er dir nun über den Kerl erzählt?«

»Alles Mögliche«, gab Sandra etwas sanfter zurück. »Zum Beispiel, dass Marten und er sich gleichzeitig um den Posten als Chefredakteur beworben hatten und Marten ihn bekam. Angeblich, weil er, was Personalführung angeht, die größere Erfahrung hat. Richard meint jedoch, dass Marten ein Arschloch ist. Cholerisch und mit extrem kurzer Zündschnur. Jemand, der seine Arbeit gerne outsourct und sich selbst einen faulen Lenz macht. Noch schlimmer wurde das wohl, nachdem Martens Sohn auf die Welt kam. Keiner der Redakteure weiß so richtig darüber Bescheid, aber man munkelt, dass der Haussegen bei den Martens seither noch schiefer hängt, die Frau oder vielleicht sogar beide mit den Kindern überfordert sind.«

Joe dachte einen Moment über Sandras Worte nach. »Okay, also Marten ist nicht gerade beliebt in der Redaktion, so weit, so gut. Ich muss ehrlich sagen, dass man nicht jedes Wort von deinem Richard auf die Waagschale legen kann, nachdem beide im Grunde um ein und denselben Job konkurrierten. Die Frage ist, was seine Unbeliebtheit in der Redaktion mit seiner Frau zu tun hat? Denkst du, er ist ihr gegenüber auch so drauf?«

»Möglich«, gab Sandra zurück. »Aber es gibt auch noch eine andere Option, die ich persönlich für nachvollziehbarer halte. Nämlich, dass Martens Frau tatsächlich psychische Probleme hat und diese nach den beiden Schwangerschaften verstärkt auftraten. Das würde auch erklären, wieso er so schnell die Fassung verliert, eine kurze Zündschnur hat. Ich hab das mal recherchiert und da gibt es in der Tat einen Zusammenhang von Depressionen nach Geburten. Noch häufiger kommt es dazu, wenn die Frau schon vor der Schwangerschaft depressiv war. Und dass so was für die Angehörigen kein Zuckerschlecken ist, dürfte klar sein.«

»Okay«, sagte Joe, »also gehen wir davon aus, dass Martens Frau tatsächlich psychisch krank war, sich ihre Beschwerden nach den Geburten verschlimmerten. Wieso geht er allein zu diesen Treffen?«

»Vielleicht weil seine Frau sich nicht eingestehen will, dass sie ein Problem hat? Ich meine damit, wieso sonst kommt es so häufig zu Suiziden bei depressiven Patienten? Weil sie sich abkapseln, niemanden an sich heranlassen, im Stillen leiden und oftmals gar nicht wissen, wieso sie sich so schlecht fühlen.«

»Dann hältst du es also für möglich, dass Martens Frau tatsächlich psychisch krank war, er deswegen an diesen Treffen teilnahm?«

»Davon bin ich sogar überzeugt. Vielleicht haben sich diese Anke und er deswegen so gut verstanden, weil beide Ähnliches durchmachen mussten. Anke weit schlimmer als Marten, aber dennoch ...«

»Okay und nachdem Anke schwanger war, wäre es durchaus denkbar, dass sie und Marten nicht nur befreundet waren, sondern zudem ein Verhältnis hatten. So was passiert immer wieder, dass zwei Menschen, die sich gegenseitig Trost spenden, irgendwann in der Kiste landen.«

»Dann wäre Ankes Baby von Marten«, resümierte Sandra nachdenklich.

»Gar nicht so weit hergeholt oder? Und als sie ihm gesagt hat, dass sie schwanger ist, drehte er durch. Vielleicht drohte sie ihm sogar, es seiner Frau zu sagen. Und nachdem er nur ihretwegen zu diesen Treffen ging, scheint es mir, als läge ihm was an seiner Frau. Womit wir also ein Motiv für den Mord an Anke hätten.«

»Also ich weiß nicht«, stieß Sandra aus. »Wie oft hast du den Typen gesehen?«

»Nur einmal bis jetzt, beim letzten Treffen war er nicht da.«

»Und hattest du da den Eindruck, dass er jemand sein könnte, der einfach eine Frau und ihr Kind tötet?«

»Du fragst Sachen«, knurrte Joe. »Also dass er cholerisch und jähzornig sein soll, kann ich jetzt nicht bestätigen. Bei dem Treffen ist er eigentlich ganz okay gewesen, fast schon zu ruhig, außer, als es um Anke ging, da wirkte er unruhig, ja, fast als ginge ihm dieses Thema noch mehr an die Nieren als den anderen. Keine Ahnung, ich vermute, dass jeder anders mit einer solchen Belastung umgeht. Was allerdings nicht heißt, dass ich ihm nicht zutrauen würde, dass er seine Frau mit dieser Anke beschissen und diese dann um die Ecke gebracht hat. Ich meine, es steht keinem auf der Stirn geschrieben, ob er gefährlich ist oder nicht.«

Sandra am anderen Ende der Leitung räusperte sich. »Und wenn ich dir jetzt erzähle, dass seine Frau vor über einer Woche einen Unfall hatte? Sie ist auf eine stark befahrene Hauptstraße gerannt, wäre fast von einem Laster überrollt worden. Die Arme hatte großes Glück, hat nur eine Gehirnerschütterung, ein paar Prellungen und eine angebrochene Rippe davongetragen.«

»Sie ist auf die Straße gerannt? Ohne zu zögern?«

»Ganz genau. Es gibt ein paar Zeugen, die es gesehen haben. Sie kam wie aus dem Nichts, rannte, ohne nach links oder rechts zu schauen, auf die Straße, und rums ... war es auch schon geschehen. Wenn ich ehrlich bin, klingt das für mich, als habe sie sich umbringen wollen.«

Joe sog die Luft scharf ein, die Gedanken in seinem Kopf überschlugen sich. »Oder sie ist vor jemandem auf der Flucht gewesen. Vor ihrem Ehemann zum Beispiel ... Was also, wenn sie von seiner Affäre mit Anke wusste und herausfand, dass sie tot war, sich angeblich umbrachte? Und was, wenn sie daraufhin kombinierte, dass er es gewesen sein könnte?«

17

SYLT/KEITUM
APRIL 2019

Ein Klingeln riss sie aus dem Schlaf. Sofort schrillten ihre Alarmglocken. Sie sprang aus dem Bett, wankte, weil sie noch vollkommen schlaftrunken war, rieb sich die müden Augen. Dann schlich sie vorsichtig vom Schlafzimmer in den Gang hinaus, lauschte an der geschlossenen Bürotür. Sie hörte ihren Mann, der mit jemandem heftig zu streiten schien. Sie vernahm zwar nur Wortfetzen, konnte daraus jedoch entnehmen, dass es in dem Telefonat um sie ging und er nicht wollte, dass der Anrufer immer wieder und wieder hier anrief und ihn nervte.

»Du willst wissen, wie es ihr geht?«, hörte sie Alex plötzlich etwas lauter und mit eisiger Stimme fragen. »Beschissen, okay? Es geht ihr richtig dreckig. Bist du jetzt zufrieden?«

Kurz erwog sie, sich lautstark bemerkbar zu machen, damit derjenige, der am anderen Ende der Leitung war, auf sie aufmerksam wurde und verlangte, dass er ihr den Hörer gab, doch dann wurde ihr klar, dass Alex es niemals so weit würde kommen lassen.

Sie hatte gestern noch lange über das nachgedacht, was vorgefallen war. Über das Gespräch mit seinem Kumpel in der Klinik, über die Tropfen, seine Reaktion, nachdem sie ihm auf den Kopf zugesagt hatte, was sie dachte. Alex hatte daraufhin beinahe erschüttert, ja, sogar besorgt gewirkt, hatte ihr für einen Augenblick das Gefühl gegeben, dass sie selbst es war, vor der man Angst haben musste, ja, die vielleicht sogar irre war und alles ganz falsch sah, doch jetzt … heute … wusste Fenja, dass alles nur Show gewesen war. Es musste so sein, alles andere ergab keinen Sinn.

Wahrscheinlich hatte sie es gestern schon geahnt, ihm deswegen nichts von der Sache mit dem Messer erzählt. Sie hatte, nachdem sie etwas ruhiger geworden war, ihren Arm verbunden und sich ins Schlafzimmer zurückgezogen, gegenüber ihrem Mann vorgegeben, früh schlafen gehen zu wollen. Alex hatte daraufhin keinen Ton gesagt, sich den Abend und die ganze Nacht über nicht blicken lassen, was ihr ehrlich gesagt ganz recht gewesen war. So hatte sie wenigstens Zeit gehabt, darüber nachzudenken, wie die Sache mit dem Messer überhaupt hatte passieren können und wie sie sie für sich bewerten sollte. Am Ende war sie sicher gewesen, dass es sich dabei ebenfalls um Auswirkungen des Medikaments handeln musste und nichts damit zu tun hatte, dass sie überschnappte. Sie wusste nach der Sache mit Eriks Gesicht bereits, dass dieses Mittel Halluzinationen verursachte.

Die Frage war also, wieso Alex ihr gerade dieses Zeug untergejubelt hatte.

Was hatte er vor?

Sie irrezumachen?

Oder gar in den Wahnsinn zu treiben?

Ein eisiger Schauer rieselte ihren Rücken hinab.

Was, wenn er ihr schon in Hamburg das Zeug verabreicht hatte?

War der Unfall am Ende eine Auswirkung auf die Tropfen?

Hatte sie an jenem Tag auch eine Halluzination gehabt?

War der Unfall deswegen passiert?

Wollte Alex sie vielleicht sogar aus dem Weg räumen?

Aber warum?

Wieso sollte ihr Mann das tun?

Sie presste das Ohr fester ans Holz der Tür, versuchte, zu verstehen, was Alex dahinter von sich gab, doch er schien inzwischen wieder zum Flüstern übergegangen zu sein.

Dann hörte sie plötzlich einen unterdrückten Fluch, kurz darauf einen Schlag, so als würde jemand mit der Faust auf einen Tisch einhämmern.

»Ja, ja«, hörte sie Alex' Stimme auf einmal viel lauter als zuvor und zuckte unwillkürlich zurück. »Ich melde mich bei dir, versprochen und hey … bis dahin keine Anrufe mehr, klar?«

Als sie ein Klicken vernahm und kurz darauf seine näher kommenden Schritte, huschte sie in Sekundenschnelle ins Bad hinüber, schloss hinter sich ab, drehte den Wasserhahn auf. Sie wartete, bis sie Alex' Schritte auf der Treppe vernahm, atmete auf.

Ihr Mann hatte also mit jemandem über sie gesprochen und beabsichtigte, diese Person irgendwann zurückzurufen. Die Frage war nur, wen?

Dass es dieser befreundete Arzt war, glaubte sie nicht. Bei ihm hätte er nämlich ganz sicher einen anderen Tonfall gewählt.

Seine Mutter?

Auch Anita gegenüber hatte Alex sich noch niemals im Ton vergriffen. Zumal seine Mutter wissen musste, wie es ihr ging.

Mit wem also konnte er gesprochen haben?

Eventuell mit den Eltern von Tomkes oder Eriks kleinen Freunden? Doch mit keinem von denen war Fenja so eng befreundet, dass sie ihr nachtelefonieren würden.

Bea, dachte Fenja schließlich und schluckte.

Sie kam als Einzige infrage.

Bea und sie kannten einander seit vielen Jahren, hatten früher sogar zusammen gearbeitet.

Ganz sicher machte ihre Freundin sich Sorgen um sie und rief deswegen so oft hier an. Und Bea arbeitete noch heute hin und wieder für Alex, ihr gegenüber musste er nicht auf seine Wortwahl achten, jedenfalls nicht wie bei seiner Mutter oder seinem Kumpel.

Doch wieso gab Alex ihr den Hörer nicht einfach?

Wieso wollte er nicht, dass Bea und sie miteinander redeten?

Stand da tatsächlich nur seine Sorge um sie im Vordergrund?

Dass er sie von allem abschotten wollte, bis es ihr besser ging?

Nein, dachte Fenja, *denn wenn dem so wäre, würde er mich nicht mit Medikamenten ruhigzustellen versuchen, ohne zuvor mit mir darüber zu sprechen.*

Sie wusch sich das Gesicht, putzte sich die Zähne, fragte sich, wie sie ihrem Mann in der Küche gegenübertreten sollte, ohne dass er ihr anmerkte, welch düsteren Gedanken ihr durch den Kopf gingen.

Sie war gerade dabei, sich die Haare zu kämmen, als es an der Tür klopfte. »Fenja, alles klar da drin?«

»Bin gleich fertig«, rief sie. »Was ist los?«

Alex schwieg einen Augenblick, dann hörte sie sein unschlüssiges Räuspern.

»Ich muss gleich weg«, stieß er aus. »In der Redaktion ist die Hölle los, einer von den Freien hat seinen Abgabetermin versäumt, jetzt muss ich Schadenbegrenzung betreiben und mit dem Boss sprechen.« Er brach ab, schien auf eine Reaktion ihrerseits zu warten.

Er lügt, schoss es ihr durch den Kopf. Sie hörte es an seiner Tonlage.

Fenja atmete tief durch. »Okay, fahr ruhig, ich komm

schon klar. Und wegen gestern … lass uns ein andermal drüber reden, okay?«

»Klar«, kam es von Alex, der überhaupt nicht überzeugt klang. »Allerdings könnte es spät werden, vielleicht schaff ich es auch erst morgen zurück«, sagte er zweifelnd. »Ist das trotzdem okay für dich? Falls was ist, kannst du jederzeit bei meiner Mutter anrufen. Auch spät abends. Sie hat schon mit ihrer Nachbarin gesprochen, damit diese die Kinder im Notfall mal eine Stunde beaufsichtigt.«

Fenja schüttelte den Kopf, als ihr die Tragweite der Worte ihres Mannes bewusst wurden. Ihre Schwiegermutter und er vertrauten die Kinder also lieber der einundachtzigjährigen Nachbarin von Anita an, anstatt ihr, der leiblichen Mutter.

Fenja musste sich beherrschen, nicht in Tränen auszubrechen. Vor allem, weil es sich mittlerweile wie eine Ewigkeit anfühlte, seit sie ihre kleinen Schätze zuletzt gesehen und umarmt hatte. Das Schlimmste an alldem war jedoch, dass Alex sie mit den Tropfen teilweise so fertiggemacht hatte, dass sie gar keine Kraft gehabt hatte, an die beiden zu denken, oder sich gar nach ihnen zu sehen. Sie hatte wie ein Roboter agiert, mechanisch und automatisiert, weil sie viel zu müde für alles andere gewesen war.

»Ich schaff das allein«, gab sie daher schärfer als beabsichtigt zurück. Sie musste sich zusammenreißen, dass sie nicht mit dem Fuß gegen die Tür trat. »Richte das auch deiner Mutter aus! Ich will …« Sie brach ab, überlegte, ob sie das so sagen durfte, ohne ihn misstrauisch zu machen. »Ich brauche Zeit für mich allein, will versuchen, etwas klarer zu werden.«

»Das klingt gut«, kam es von Alex, der auf einmal wieder ganz sanft und liebevoll klang. »Dann fahr ich jetzt los, okay?«

———

Als sie endlich allein im Haus war, ging sie nach unten. Sie registrierte, dass Alex ihr eine Kanne Tee gekocht hatte, rümpfte die Nase, schüttete alles in den Ausguss. Anschließend kochte sie sich neuen Tee, ging, während er zog, ins Schlafzimmer, um ihr Handy zu holen.

Sie hoffte, dass sie Beas Nummer aus dem Kopf heraus zusammenbekam, denn ansonsten hatte sie immer nur in ihren Kontakten danach suchen und sie sich nicht merken müssen. Sie kniff die Augen zusammen, konzentrierte sich, dann fing sie an, ein paar Zahlenkombinationen auszuprobieren.

Beim dritten Versuch hatte sie endlich Glück.

»Woher haben Sie meine Nummer?«, fragte Bea schroff und gehetzt zugleich, weil sie nicht wissen konnte, dass es Fenja war, die unter einem fremden Anschluss auf ihrem privaten Handy anrief. Nur eine Handvoll Leute hatten ihre Nummer.

»Ich bin es«, meldete Fenja sich und spürte, wie es ihr schlagartig besser ging, nachdem sie die Stimme der Freundin gehört hatte. »Ich wollte dir nur Bescheid geben, was passiert ist, und dass du dir aber keine Sorgen machen bra …«

»Fenja?«, unterbrach Bea sie aufgeregt. »Bist du das wirklich, Süße?«

»Ja, ich bin es«, gab sie erleichtert zurück. »Ich musste mir ein neues Handy kaufen, weil Alex mein altes nicht herausrückt.«

»Was ist denn nur bei euch los?«, wollte Bea wissen. »Weißt du, wie oft ich es bei euch versucht habe? Dich sprechen wollte? Aber dein Mann … Ich meine, spinnt der, sag mal?«

Fenja seufzte. »Keine Ahnung. Er führt sich auf wie ein Gefängnisaufseher. Ich darf nicht telefonieren, nicht ins Internet und auch nicht mit den Kindern alleine sein.«

»Er verbietet dir den Kontakt zu ihnen?«

»Nicht direkt«, gab Fenja zu. »Aber er verhindert permanent, dass ich allein mit ihnen bin. Ich weiß auch nicht, was mit ihm los ist. Erst gestern habe ich herausgefunden, dass er mir ein starkes Sedativum eingeflößt hat. Deswegen bin ich so fertig gewesen, hab Tag und Nacht geschlafen.«

»Dein Mann setzt dich unter Drogen?«

»Wie es aussieht …«

»Erzähl mir von deinem Unfall, Fenja, was genau ist passiert?«

»Das kann ich nicht, Bea, weil ich mich nicht daran erinnere. Um ehrlich zu sein, weiß ich nicht einmal mehr, was an den Tagen vor dem Unfall passiert ist.«

»Zumindest hat dein Mann in dieser Hinsicht nicht gelogen«, antwortete die Freundin. »Du bist also auf die Straße gerannt, wärst fast überfahren worden und erinnerst dich tatsächlich nicht, warum das passiert ist?«

»Der Arzt sagt, es sei eine Amnesie, die wahrscheinlich durch den Unfall selbst ausgelöst wurde. Und dass es dauern könne, bis die Erinnerung zurückkommt.«

Fenja hörte, wie Bea am anderen Ende leise mit jemandem diskutierte und Anweisungen gab. »Hab ich dich bei einem Job gestört?«, fragte sie.

»Nein … ja. Aber ich bin froh, dass du anrufst, vor allem, nachdem Alex mir gesagt hat, wie beschissen es dir angeblich geht. Es ist nur … Du hast mich mitten bei einem Fotoshooting erwischt.«

»Nur ganz kurz«, sagte Fenja schnell. »Ich muss wissen, wann wir beide uns zuletzt gesehen haben.«

Bea am anderen Ende schien zu überlegen. »Vielleicht eine knappe Woche vor dem Unfall? Kann auch ein paar Tage länger her gewesen sein.«

»War ich da vielleicht komisch drauf? Irgendwie anders als sonst? Traurig oder wütend? Kam ich dir depressiv vor?«

»Warum fragst du mich das alles? Hat Alex dir diesen Mist etwa eingeredet?«

»Nicht nur er. Auch mein Arzt denkt, dass der Unfall ein Suizidversuch gewesen sein könnte.«

»Das hat mir dein Mann auch schon weismachen wollen«, kam es zögernd von Bea.

»Und glaubst du ihm?«

»Natürlich nicht! Du warst bei unserem letzten Treffen wie immer. Das hab ich auch deinem Mann gesagt. Lass dir ja nichts anderes einreden! Aber als du an jenem Abend bei mir angerufen hast ...« Sie brach ab.

»Wir haben telefoniert? Wann?«

»An dem Abend, bevor du den Unfall hattest. Du warst total aufgeregt, wolltest, dass wir uns sofort treffen, doch ich war mit Kollegen unterwegs, musste dich deswegen vertrösten. Wir haben uns für den Tag danach verabredet, doch du bist nicht aufgetaucht und kurz darauf erfuhr ich von dem Unfall.«

»Weißt du noch, warum ich bei unserem Telefonat so aufgeregt war?«

»Du etwa nicht?«

»Wie ich bereits sagte, Bea, hab ich eine Amnesie. Der Tag des Unfalls ist komplett weg.«

Ihre Freundin seufzte. »Du hast mir erzählt, dass du etwas über Alex herausgefunden hast. Etwas, das dich zutiefst erschüttert haben muss. Du warst total durch den Wind deswegen, wolltest mir aber am Telefon nichts Genaueres erzählen.«

»Was soll das denn bitte schön heißen?«

»Ich weiß nicht. Dass er dich betrogen hat vielleicht?«

»Möglich«, gab Fenja zu. »Und hast du Alex von dem Telefonat erzählt?«

»Selbstverständlich nicht, du sag mal, was hältst du davon, wenn ich zu dir auf die Insel komme? Am besten gleich übermorgen, ja? Dann können wir in Ruhe über alles sprechen. Was sagst du? Treffen wir uns gegen Mittag bei Gosch in der Fußgängerzone? Oder soll ich dich irgendwo abholen kommen?«

»Klar«, freute sich Fenja. »Wir treffen uns bei Gosch. Ich komme mit dem Taxi, sage Alex, dass ich was zum Anziehen brauche oder irgendwelchen Frauenkram.«

»Klingt gut«, sagte Bea und klang auf einmal abwesend. »Dann bis Samstag, Süße, ich muss jetzt nämlich wirklich …«

»Warte noch kurz«, rief Fenja einer Eingebung folgend in den Hörer. »Weißt du sonst wirklich nichts darüber, was genau Alex getan haben soll und warum ich bei unserem letzten Telefonat so aufgeregt gewesen bin?«

Die Freundin schwieg einen Moment, dann räusperte sie sich.

»Ich weiß nur, dass du sagtest, es ginge um eine Frau und ihr Kind und dass du glaubtest, dein Mann könne etwas Schlimmes getan haben. Deswegen hab ich zuallererst an eine Affäre gedacht!«

18

HAMBURG

APRIL 2019

»Tschüss, meine Kleine«, sagte Joe und gab Luisa einen Kuss auf die Wange. »Und denk daran, dass Oma und Opa dich heute abholen, okay? Sei bitte auch so gut und ärgere deine große Schwester nicht.«

Luisa zog einen Flunsch, nickte aber. Dann machte sie auf dem Absatz kehrt und lief zu ihren kleinen Freundinnen, die bereits auf sie warteten.

Als die Tür zur Gruppe seiner Tochter sich geschlossen hatte, machte Joe sich auf den Weg nach draußen. Für einen Moment war er unschlüssig, was er tun sollte, doch dann entschied er, dass es nicht schaden konnte, Sandra einen Besuch abzustatten. Er musste nur aufpassen, dass er Greg nicht über den Weg lief, denn auf eine Diskussion mit ihm hatte er überhaupt keine Lust.

Er sperrte seinen Wagen auf, ließ sich auf den Fahrersitz fallen, startete den Motor.

Während der Fahrt wanderten seine Gedanken immer wieder zu der Frau des Journalisten, die ihn seit Tagen nicht losließ. Ihr Unfall ging ihm nicht aus dem Kopf.

Die Polizei hatte diesbezüglich versucht, weitere Zeugen durch einen Aufruf in verschiedenen Zeitungen zu finden, doch laut Sandra war es bislang bei den beiden Männern geblieben, die gesehen hatten, wie Fenja Marten aus dem Nichts auftauchte und auf die Straße rannte. Die Männer hatten ausgesagt, dass die Frau alleine gewesen war, ohne nach links und nach rechts zu gucken, auf die Straße rannte, wo der Kleinlaster sie schließlich erfasst hatte.

Einer der Zeugen war der Fahrer des Lasters, mit dem die Frau kollidiert war, doch Joe bezweifelte, dass der Mann überhaupt gesehen hätte, wenn Fenja vor jemandem hinter ihr weggelaufen wäre.

Der andere Zeuge war ein Fußgänger gewesen, doch auch der hatte von seinem Standpunkt aus keine Einsicht in die kleine Seitenstraße gehabt, von der Fenja an jenem Abend gekommen war.

Also waren die beiden Aussagen im Grunde nicht viel wert, sodass sowohl die Polizei als auch Joe darauf angewiesen waren, dass sich weitere Zeugen meldeten.

Joe hatte mit einem Kollegen von der Streife telefoniert. Von dem wusste er, dass man mittlerweile davon ausging, dass es tatsächlich ein Suizidversuch war. Die Frau war im Krankenhaus auf Drogenkonsum untersucht worden, doch man hatte in ihrem Blut weder Hinweise auf Alkohol noch auf andere bewusstseinsverändernde Substanzen gefunden. Was bedeutete, dass Fenja bei klarem Verstand gewesen war, als sie sich entschied, auf die stark befahrene Hauptstraße zu laufen. Sie hätte also wissen müssen, was passieren konnte, und hatte dies in Kauf genommen. Die Frage war nur, wieso?

Joe bezweifelte zutiefst, dass Fenja Marten beabsichtigt hatte, von einem Auto überrollt zu werden. Sie war Mutter zweier Kinder und man musste kein Psychologe sein, um zu begreifen, was es mit Kindern machte, wenn sie erführen, dass man ihre Mutter hatte vom Asphalt kratzen müssen. Warum also war sie trotzdem auf die Straße gerannt?

Die Antwort war simpel. Weil sie tatsächlich vor jemandem weggelaufen war.

Natürlich war Joe klar, dass Fenja auch vor einem unbekannten Angreifer weggerannt sein könnte, aber wenn er ehrlich war und den kompletten Fall betrachtete, spürte er, dass alles mit ihrem Ehemann zu tun hatte.

Doch um das beweisen zu können, musste er Greg, dem Leiter der Ermittlung, etwas vorweisen können.

Und genau daran haperte es.

Er hatte die letzten sechs Tage damit verbracht, die Läden auf der anderen Straßenseite gegenüber der Unfallstelle abzuklappern, um die Überwachungskameras zu überprüfen, doch selbstverständlich hatten seine Kollegen das lange vor ihm bereits erledigt. Trotzdem hatte er darauf bestanden, die Aufnahmen ebenfalls einsehen zu dürfen. Leider hatte sich das als ebenso ergebnislos erwiesen wie seine Befragung der beiden Zeugen, deren Kontaktinformationen er Sandra aus der Hüfte geleiert hatte.

Sechs Tage Arbeit umsonst, dachte Joe und seufzte.

Am liebsten würde er ins Krankenhaus fahren, um Fenja selbst zu befragen, doch die Gefahr, dass deren Mann ihm dabei über den Weg lief und Ärger machte, er dadurch aufflog, war viel zu groß. Hinzu kam, dass Sandra vor ein paar Tagen herausgefunden hatte, dass die Frau an einer Amnesie litt, was anhand der Unfallfolgen – in ihrem Fall eine Gehirnerschütterung – keine Seltenheit war.

Er musste sich also noch gedulden und hoffen, dass sie sich entweder erinnerte oder endlich entlassen wurde, sodass er sich ihr unauffällig nähern konnte, wenn ihr Mann nicht in der Nähe war.

———

Beim Präsidium angekommen, stellte Joe seinen Wagen auf einem der freien Parkplätze ab, eilte in Richtung Eingangstür. Er war schon fast am Aufzug, als ihm einfiel, dass er die beiden Gebäcktüten im Kofferraum liegen gelassen hatte. Auf dem Weg hierher hatte er einen kleinen Umweg in Kauf genommen und war zu Sandras Lieblingsbäckerei am anderen Ende der Stadt gefahren. Seine Kollegin liebte die süßen Zimtschnecken und die Zitronenecken dieses Konditors über alles, und in Hinsicht darauf, dass er beabsichtigte, sie auszuquetschen, war es sicher nicht verkehrt, ein wenig Bestechungsgut dabei haben. Als er die Tüten hatte, ging er zielstrebig am Empfang vorbei in Richtung Aufzug, kümmerte sich nicht um die Fragen des jungen Mannes hinter der Glasscheibe, hoffte, dass Peter nicht sofort bei Greg anrief, um ihn davon in Kenntnis zu setzen, dass er im Hause war. Als die Aufzugtüren hinter ihm zuglitten, atmete Joe erleichtert auf.

Im zweiten Stock angekommen, schlug er den Kragen seiner Jacke hoch, senkte den Kopf und lief schnurstracks auf Sandras Büro zu, klopfte zweimal.

Als er ihr mürrisches »Herein« vernahm, grinste er und trat ein. Er schwenkte die Tüten in der Luft, warf Sandra eine davon zu. »Du hast sicher Hunger, wie ich dich kenne.«

Sie öffnete die Tüte, steckte ihre Nase hinein, sog genüsslich den Duft in sich auf.

»Ich hab immer Hunger. Aber sag mal, du bist doch nicht hier, um mich zu füttern oder?«

Er grinste, dann deutete er mit dem Kopf auf den freien Stuhl vor ihrem Schreibtisch. »Darf ich?«

Sie nickte, lehnte sich zurück. »Du bist wie ein Bluthund, weißt du das? Kaum tut sich was, bist du schon in der Nähe. Hattest du Schiss, dass ich dich vergesse, sag mal?«

Er sah sie verwirrt an. »Es gibt also was Neues?«

Sie stutzte. »Dann weißt du es nicht?«

Er hob die Schultern. »Ich hab die Kinder in Schule und Kita gebracht und mich spontan entschlossen, meine Kollegin zu besuchen. Das hat nichts mit dem Fall zu tun. Also nein, ich weiß es nicht.«

Sandra grunzte. »Im Grunde hab ich zwei Neuigkeiten.«

»Dann hast du dich also wieder mit Richard getroffen?«

»Gestern Abend, ja.«

»Und was sagt er?«

»Dass Fenja Marten vor ein paar Tagen entlassen wurde. Ihre Verletzungen waren wider Erwarten nicht so wild und ihr Mann meinte, dass sie sich zu Hause besser erholen könne. Richard weiß es von Alessandro Marten höchstpersönlich. Angeblich geht es seiner Frau zwar körperlich gut, aber psychisch sei sie noch nicht auf dem Posten, weshalb er sich dazu entschlossen hat, ins Haus seiner Großmutter nach Sylt zu ziehen, damit Fenja zur Ruhe kommt und vollständig genesen kann. Ihr Gatte will deswegen etwas kürzertreten und von zu Hause aus arbeiten. Er kommt bis auf Weiteres nur zu den wöchentlichen Konferenzen ins Büro.«

»Auf Sylt also«, sinnierte Joe nachdenklich. »Weiß dieser Richard auch, wo genau auf der Insel sich die Martens niedergelassen haben?«

Sandra verzog das Gesicht. »Das herauszufinden ist nun wirklich kein Hexenwerk«, erklärte sie. »Das Haus gehörte wie gesagt seiner Großmutter und ging nach deren Tod in die Hände ihrer Tochter – Alessandros Mutter – über. Ich habe also nach dem Namen Marten auf Sylt recherchiert und genau einen Eintrag gefunden. Die gute Frau heißt Anita Marten und wohnt in Keitum, die Adresse kann ich dir via WhatsApp senden. Ich schätze, das dürfte ausreichen, um Fenja und Alessandro Martens Domizil aufzuspüren.«

Joe grinste dankbar, dann runzelte er die Stirn, als er einen düsteren Schatten in Sandras Augen wahrnahm. »Da ist noch mehr oder? Irgendwas verschweigst du doch.«

Seine Kollegin schluckte. »Heute Morgen kam gegen acht ein Anruf rein. Eine ältere Dame hat in dem Haus, in dem sie putzt, eine Leiche gefunden. Die Eigentümerin, Beate Hausmann, ist die Treppe hinuntergestürzt. Sie hat sich das Genick gebrochen. Wie es aussieht, war sie zu Lebzeiten dem Alkohol ziemlich zugetan. Das könnte auch die Ursache des Sturzes gewesen sein. Genaueres muss die rechtsmedizinische Untersuchung zeigen.«

Joe sah Sandra verwirrt an. »Und was hat das mit mir zu tun?«

Seine Kollegin verzog das Gesicht. »Ich hab schon ein paar Informationen über die Tote zusammengetragen.« Sie sah Joe an, holte tief Luft. »Stell dir vor, die Frau war freie Fotografin und hat unter anderem für Alessandro Marten gearbeitet.«

Joe starrte sie fassungslos an. »Nicht dein Ernst?«

»Doch.« Sandra nickte. »Aber du darfst das jetzt nicht überbewerten, denn wie bereits erwähnt, könnte bei dem Sturz Alkohol eine große Rolle gespielt haben.«

Joe schüttelte ungeduldig den Kopf. »Ach, das glaubst du doch selbst nicht oder? So viele Zufälle kann es gar nicht geben. Erst Fenja Marten, dann eine Kollegin ihres Mannes.«

»Eine direkte Kollegin ist es nicht, Joe. Die Frau war Fotografin, hat für viele Magazine als Freie gejobbt. Im Grunde ist es sogar möglich, dass Marten und sie einander gar nicht persönlich kannten.«

»Dann lass es uns herausfinden«, sagte Joe ungeduldig. »Ruf deinen Lover an.«

Sandra rollte mit den Augen. »Richard ist nicht mein Lover! Außerdem hab ich das längst erledigt – er meldet sich, sobald er was rausfindet. Doch bis dahin …«, sie brach ab, fixierte Joe mit hartem Blick, »versprich mir, dass du die Füße still hältst, okay? In diesem Fall handelt es sich um eine laufende Ermittlung und falls Greg dahinterkommt, dass ich dir davon erzählt …«

»Das kann ich nicht, Sandra«, unterbrach er seine Kollegin schnell. »Und wenn du ehrlich zu dir selber bist, musst du zugeben, dass das auch keinen Sinn ergeben würde. Diese drei Fälle hängen zusammen. Ankes angeblicher Suizid, der Unfall von Fenja, deren Mann Anke kannte, jetzt der Tod einer Fotografin, die ganz zufällig auch für Martens Magazin arbeitete.« Er brach ab, schüttelte den Kopf. »Ich würde meinen Arsch verwetten, dass diese Beate mit den Martens zu tun hatte, auf welche Weise auch immer.«

»Wenn dem so ist, finde ich es raus«, erklärte Sandra. »Du musst nur Geduld haben.«

»Geduld ist nicht das Problem«, konterte Joe. »Sondern Zeit. Was, wenn Fenjas Unfall doch ein Mordanschlag war? Und was, wenn ihr nun die Zeit davonläuft, weil ihr Mann nicht davor zurückschreckt, ein zweites Mal zuzuschlagen?«

»Was schlägst du vor?«

Joe runzelte die Stirn. »Auf Richard zu warten, dauert zu lange. Wir müssen jemanden fragen, der Beate näher kannte. Ihre Eltern beispielsweise oder Freunde von ihr.«

»Auch das dauert seine Zeit. Sie wurde erst vor ein paar Stunden gefunden, die Spurensicherung ist mit Sicherheit noch immer in ihrem Haus unterwegs, ihre Leiche wahrscheinlich noch nicht einmal in der Pathologie. Keine Ahnung, ob Gregs Team überhaupt schon jemanden von ihrer Familie informiert hat. Jetzt schon die Pferde scheu zu machen, könnte der Ermittlung auch eher schaden als nutzen.«

19

SYLT/KEITUM

APRIL 2019

Fenja suchte sich einen freien Tisch im Außenbereich des Cafés, während sie auf Bea wartete. Sie war mehr als eine Stunde zu früh, doch das Wetter war wunderschön und sehr mild, daher würde sie die Zeit für ein ausgiebiges Frühstück nutzen. Nachdem sie heute Morgen zeitig aufgestanden war und sich frisch gemacht hatte, war es ihr zu gefährlich gewesen, Zeit damit zu vergeuden, sich etwas zu essen zu machen oder Kaffee zu trinken. Stattdessen war sie sofort aufgebrochen und zur Bushaltestelle gelaufen. Alex hatte zu dem Zeitpunkt noch tief und fest im Gästezimmer geschlafen und somit von alledem nichts mitgekriegt. Seit er vorgestern Mittag aus Hamburg zurückgekommen war, hatte er nur wenige Worte mit ihr gewechselt, sich die meiste Zeit über in sein Büro zurückgezogen, um arbeiten zu können, wie er behauptete. Dennoch kam Fenja nicht umhin, zuzugeben, dass ihr Alex seither noch mehr Angst machte. Er wirkte wie ein Tiger im Käfig, rastlos, gereizt und zu allem bereit.

Daher hatte sie es tunlichst vermieden, nachzuhaken, was in Hamburg vorgefallen sein könnte, auch wenn diese Sache mit der anderen Frau sie seit dem Gespräch mit Bea nicht mehr losließ. Hatte sein Verhalten damit zu tun?

Möglich wäre es, dachte sie. Und dann war er vielleicht auch gar nicht in der Redaktion gewesen, sondern bei der anderen Frau.

Fenja horchte in sich hinein, doch merkwürdigerweise machte ihr der Gedanke an ihren Mann in den Armen einer anderen kaum etwas aus. Lag es daran, dass sie schon seit Längerem davon wusste?

Zwar hatte sie einen Teil ihrer Erinnerungen verloren, aber ihr Unterbewusstsein schien mit dem Gedanken bereits sehr vertraut zu sein.

War es möglich, dass Bea recht hatte? Sie in Hinsicht darauf, was Alex getan hatte, seine Affäre meinte? Und war es möglich, dass auch ihr Unfall damit zu tun hatte?

Wenn sie ihm dahintergekommen war, dass er sie betrog, dann musste es zwischen ihnen einen riesigen Streit gegeben haben. Und genau dieser Streit konnte der Auslöser dafür sein, dass sie auf die Straße gerannt war.

Glaubte ihr Mann etwa deswegen, dass sie sich hatte umbringen wollen?

Weil er ihr an jenem Tag eröffnet hatte, sich trennen zu wollen? All das ergab durchaus Sinn, fand Fenja, doch wenn dem so war, verstand sie nicht, wieso Alex nicht Licht ins Dunkel brachte?

Wieso ließ er sie im Ungewissen darüber, was ihr zugestoßen war? Füllte sie stattdessen mit Sedativa ab?

Als der Kellner kam, bestellte Fenja eine Portion Tee und ein Stück Kuchen, warf einen Blick auf die Uhr. Sie fand, dass die Zeit viel zu langsam verging, wenn man auf etwas oder jemanden wartete. Sie seufzte ungeduldig, zuckte zusammen, als sie das laute Scharren von Stuhlbeinen auf dem harten Boden hinter sich vernahm. Sie riss den Kopf herum, sah einen Mann, der dabei war, seinen Stuhl aus der Sonne zu zerren.

»Sorry, ich wollte Sie nicht erschrecken«, sagte er, doch Fenja hatte weder die Lust noch die Nerven, etwas darauf zu erwidern, wenngleich sie natürlich wusste, wie unhöflich das rüberkommen musste.

Stattdessen nickte sie nur knapp, dann ließ sie sich wieder von ihrem Gedankenchaos davontragen, fragte sich im Stillen, ob vielleicht die Kinder der Grund für Alessandros Verhalten ihr gegenüber waren. War es möglich, dass sie Tomke gegenüber vor ihrem Unfall erwähnt hatte, dass sie Alex verlassen wollte? Sie konnte es sich zwar nicht vorstellen, dass sie ihrer Fünfjährigen gegenüber so etwas getan hatte, aber wer wusste schon, zu was man in der Wut und Verzweiflung fähig war.

Vielleicht war ihre Tochter deswegen so abweisend zu ihr?

Wollte Alex ihr aus diesem Grund den Umgang mit den beiden verwehren? Weil er Angst hatte, dass sie sich erinnerte, die Kinder schnappte und über alle Berge war?

Als der Kellner kam und Tee samt Kuchen vor ihr abstellte, war ihr mit einem Mal der Appetit vergangen.

Als bei dem Typen hinter ihr das Handy zu klingeln begann, zuckte sie erneut zusammen. Sie war ein Nervenbündel, ganz besonders, seit sie mit Bea gesprochen hatte, und konnte sich plötzlich nicht mehr vorstellen, auch nur eine weitere Nacht mit Alex zusammen im Haus seiner Großmutter zu verbringen. Sobald Bea hier wäre, würde sie sie notfalls auf Knien anbetteln, sie für ein paar Tage bei sich wohnen zu lassen, bis sie sich entschieden hatte, was sie tun würde. Und eins war klar – sie durfte nicht mehr länger die Hilflose sein, würde sich auch die Kinder nicht mehr länger vorenthalten lassen. Stattdessen würde sie jetzt anfangen zu kämpfen und sich Stück für Stück ihr Leben zurückerobern. Zuerst musste sie Abstand von allem hier gewinnen vor allem von Alex und dann würde sie die Kinder zu sich holen. Sie würde in die Wohnung in Hamburg zurückgehen, die sowieso mehr ihr als Alex gehörte, wenn man die finanziellen Aufwendungen in Betracht zog. Er konnte sich entweder eine andere Wohnung suchen oder hier bei seiner Mutter wohnen bleiben, ihr wäre es egal. Sie würde ihm seinen Anteil an der Wohnung irgendwie ausbezahlen, sobald sie wieder arbeitete, würde sich scheiden lassen und mit den Kindern zusammen ein friedliches Leben führen. Und wenn ihr Mann eben meinte, eine andere Frau sei besser als sie, sollte er auch die andere wählen, ihr war es egal.

»Wusste ich es doch … dieser Scheißkerl«, rief der Typ hinter ihr plötzlich aufgeregt und riss Fenja damit aus ihren Gedanken. Sie drehte sich verunsichert zu dem Mann um, bemerkte, dass er sie angestarrt haben musste, denn als sich ihre Blicke trafen, wandte er sich unmittelbar von ihr ab.

»Und du weißt es von ihrer Mutter …?«, hörte Fenja ihn flüstern und kam plötzlich nicht dagegen an, dass ihr eiskalt wurde. Sie konnte es nicht genau erklären, aber irgendwie hatte sie das Gefühl, dass von dem Kerl hinter ihr eine Gefahr ausging.

Am liebsten wäre sie aufgestanden und in eines der anderen Cafés gegangen, doch sie hatte Bea schon geschrieben, dass sie hier auf sie wartete, und bis zu ihrer Ankunft waren es weniger als fünf Minuten. Sie atmete tief durch, trank einen Schluck Tee, starrte in die Richtung, aus der sie glaubte, dass Bea kommen würde.

So vergingen fünf Minuten, dann zehn und schließlich eine halbe Stunde, ohne dass Bea auftauchte.

Fenja spürte, wie eine dunkle Vorahnung, die sie nicht näher definieren konnte, Besitz von ihr ergriff. Sie zog ihr

Handy hervor, warf einen Blick aufs Display, doch Bea hatte sich nicht gemeldet.

Es war vollkommen untypisch für ihre Freundin, zu spät zu kommen oder gar nicht, daher drückte sie auf Anrufen.

Die Mailbox ging ran, deswegen sprach Fenja ihr eine Nachricht drauf. Während sie mit dem Automaten redete, spürte sie ein Kribbeln im Rücken und wusste, dass der Kerl hinter ihr sie wieder anstarrte, wenn nicht gar belauschte. Sie ignorierte sein Starren und ihre Wut deswegen, konzentrierte sich auf ihre Worte. Schließlich legte sie auf, versuchte es auf dem Festnetz. Auch dort sprach sie eine Nachricht aufs Band.

Dann wartete sie wieder, bestellte sich entgegen ihren eigenen Regeln, keinen Alkohol vor siebzehn Uhr zu trinken, ein Glas Weinschorle für die Nerven. Momentan fuhr sie sowieso kein Auto, also konnte es auch nicht schaden, wenn sie tagsüber etwas trank.

Als eine Stunde vergangen war und Bea weder aufgetaucht war, noch sich gemeldet hatte, wusste Fenja, dass etwas passiert sein musste. Wäre ihr ein wichtiger Auftrag dazwischengekommen, hätte sie sich bei ihr gemeldet und das Treffen verschoben. Es musste also etwas anderes, Schlimmeres vorgefallen sein, das sie davon abhielt, zu kommen. Sie spürte, dass sich allein beim Gedanken daran, Bea könnte etwas zugestoßen sein, ihr Innerstes verkrampfte, suchte einem Impuls folgend im Internet nach der Telefonnummer von Beas Mutter.

Als sie wenig später die gebrochen klingende Stimme der Frau vernahm, wusste sie, dass ihre Vorahnung richtig gewesen war.

Beas Mutter und sie kannten sich gut, duzten einander, deswegen fiel es Fenja auch nicht schwer, die Frau dazu zu bringen, ihr zu sagen, was vorgefallen war.

»Bea hatte vor zwei Tagen einen Unfall«, stammelte Gerdi verzweifelt. »Sie ist die Treppe in ihrem Haus hinuntergestürzt und hat sich dabei das Genick gebrochen. Sie ist tot, Fenja, meine Kleine ist gestorben, angeblich, weil sie zu viel getrunken haben soll.« Die Frau brach in ein verzweifeltes Heulen aus, das Fenja fast das Herz zerriss. Geschockt starrte sie vor sich auf die Tischplatte, spürte wieder, dass der Kerl hinter ihr sie unentwegt anstarrte.

Als sie ihre Fassung einigermaßen wiedererlangt hatte, schnappte sie nach Luft. »Ein Unfall, sagst du? Und er ist vor zwei Tagen passiert?«

Gerdi am anderen Ende der Leitung heulte jetzt noch heftiger. »Ja, der Arzt meint, dass es spät abends passiert sein muss. Außerdem hatte sie ziemlich was getrunken, das bestätigte auch die Obduktion.«

»Und die Polizei ist ganz sicher, dass es ein Unfall war?«, fragte Fenja und spürte, wie eine eisige Hand nach ihr griff, ihre Innereien zerquetschte.

»Zumindest gibt es für die ermittelnden Beamten keinen Anlass, an ein Verbrechen zu denken«, erklärte Beas Mutter ihr. »Es wurden keinerlei Einbruchspuren oder sonstige Hinweise gefunden, die auf ein gewaltsames Eindringen schließen lassen, und Beas Körper hat auch keinerlei Verletzungen, außer denen, die durch den Sturz zustande kamen, aufgewiesen.«

Alex, ging es Fenja plötzlich durch den Kopf. Ihr Mund fühlte sich auf einmal wie ausgetrocknet an, ihre Zunge klebte ihr wie Pappe am Gaumen. Sie schluckte hart, konnte für den Bruchteil einer Sekunde keinen einzigen klaren Gedanken mehr fassen. »Die Polizei weiß auch nicht immer alles«, stieß sie schließlich aus und hörte selbst, wie paranoid sie sich anhören musste. »Du musst mir jetzt zuhören, Gerdi, okay?« Sie brach ab, holte tief Luft. »Hast du in den letzten Tagen oder Wochen mal mit Bea telefoniert oder sie gesehen?«

»Na klar«, kam es von der Frau. »Wir haben sehr oft

miteinander gesprochen, wenn auch meist nur kurz. Du weißt ja, wie beschäftigt meine Kleine immer war.«

»Und gab es da etwas, das dich stutzig machte? Ich meine in Hinsicht auf Beas Verhalten? War sie irgendwann mal anders als sonst, fahrig oder nervös?«

»Na ja«, kam es zögernd von Gerdi, »das Einzige, das mir aufgefallen ist, war, dass sie sich große Sorgen um dich machte, weil du nicht ans Telefon gingst und auch sonst nichts hast hören lassen. Sie meinte, ihr wärt verabredet gewesen und du seist nicht aufgetaucht, hättest auch nicht angerufen.«

»Und das war alles?«

»Ja«, kam es von Gerdi. »Ansonsten war Bea wie immer. Das hab ich auch diesem Polizisten erzählt, der am Tag nach dem Unfall plötzlich bei mir angerufen hat und behauptete, er wolle jetzt doch noch einmal etwas genauer nachhaken.«

»Was für ein Kerl?«, fragte Fenja alarmiert und spürte, wie sich die feinen Härchen im Nacken aufrichteten.

»Er wollte wissen, ob mir der Name Marten etwas sagt, also habe ich ihm erklärt, dass es sich dabei um den Nachnamen von Beas Freundin handelt. Und dann hat er mir lauter Fragen über dich gestellt.«

»Bist du sicher, dass der Kerl ein Polizist war?«

Gerdi am anderen Ende der Leitung schien plötzlich verunsichert, denn sie schwieg sekundenlang.

»Darüber hab ich ehrlich gesagt gar nicht nachgedacht, Fenja«, gab sie schließlich zu.

»Macht doch nichts«, sagte sie schnell. »Und was genau wollte der über mich wissen?«

»Er wollte alles Mögliche wissen, vor allem wegen deines Unfalls und ob ich weiß, ob du psychische Probleme hast.« Die Frau schluckte, brach ab, wirkte, als sei ihr das alles auf einmal furchtbar unangenehm.

»Was ist los, Gerdi, da ist doch noch was oder?«

»Wegen dieses Polizisten am Telefon – ich habe ihm erzählt, dass Bea sich große Sorgen um dich machte. Wegen des Unfalls und weil du nie zurückgerufen hast, dein Mann ihr sogar verboten hat, noch mal anzurufen. Ich hab dem Mann gesagt, was Bea zu mir gesagt hat – nämlich, dass sie beabsichtigte, zur Polizei zu gehen, wenn Alessandro sie nicht umgehend mit dir sprechen lassen würde.«

———

Nach dem Telefonat mit Gerdi spürte Fenja, wie ihr der kalte Schweiß aus allen Poren brach.

Bea hatte Alex angerufen, bevor er nach Hamburg aufgebrochen war. Es musste so gewesen sein, da war sie inzwischen zu hundert Prozent sicher. Bei ihrem Telefonat mit Bea hatte sie zwar vergessen, die Freundin gezielt danach zu fragen, aber sie hatte sie auch bei einem Auftrag erwischt und daher unter Zeitdruck gestanden.

Was also, wenn es an jenem Morgen tatsächlich Bea gewesen war, die bei ihnen angerufen hatte? Und was, wenn Alex sich von dem Anruf bedrängt gefühlt hatte? War er am Ende zu Bea gefahren anstatt in die Redaktion? Und hatte er sie getötet, es wie einen Unfall aussehen lassen?

Vielleicht weil er verhindern wollte, dass Bea ihretwegen die Polizei einschaltete?

Doch bedeutete das nicht, dass Alex etwas noch viel Dunkleres im Schilde führte? Etwas, das sie selbst betraf?

Wollte er sie ebenfalls töten?

Und hatte er das bereits versucht?

Was, wenn sie am Abend des Unfalls nicht nur weggelaufen, sondern vor ihrem Mann auf der Flucht gewesen war?

Sie sprang auf, wollte auf und davon, als ihr einfiel, dass sie noch bezahlen musste. Sie riss einen Fünfzigeuroschein aus ihrem Portemonnaie, klemmte ihn unter die Tasse, machte sich auf den Weg zum Bus. Sie wusste nicht genau, was sie jetzt tun konnte oder sollte, doch Fakt war, dass sie zuerst ihre Kinder von Anita wegholen musste. Gut möglich, dass Alex' Mutter da mit drinsteckte und zu allem bereit wäre, um zu vertuschen, was ihr geliebter Junge getan hatte.

Sie lief schneller, spürte, dass jemand sie am Arm festhielt.

Erschrocken wirbelte sie herum, sah sich dem Kerl aus dem Café gegenüber. »Was wollen Sie von mir?«, rief sie panisch und wollte sich losreißen, doch der Mann hielt ihren Arm fest umklammert.

»Ich will Ihnen doch nur helfen, Fenja, bitte hören Sie mir zu.« Er kam ganz nah an sie heran, sah sie ernst an. »Ich weiß, was mit Ihrer Freundin Beate passiert ist, und glauben Sie mir, ich will ganz genau wie Sie, dass ans Licht kommt, was ihr wirklich zugestoßen ist.« Er hielt inne, schien plötzlich unschlüssig. »Sagen Ihnen die Namen Anke und Marie Dahl etwas? Es handelt sich um Mutter und Tochter, Marie war gerade erst fünf Jahre alt, als sie …« Der Mann brach erneut ab. »Ich weiß von Ihrem Unfall, Fenja, und dass Sie sich nicht daran erinnern, aber bitte, bitte, Sie müssen mir sagen, ob Sie Anke und Marie kannten.«

»Warum?«, stieß sie aus. »Wer sind die beiden und was haben die mit mir zu tun?«

Ein düsterer Schatten legte sich über das Gesicht des Mannes. »Anke und Marie sind tot, Fenja. Genau wie Ihre Freundin Beate. Auch Sie hätten tot sein können, wenn man die Umstände Ihres Unfalls genau betrachtet. Und ehrlich gesagt befürchte ich, dass Ihr Ehemann mit alldem zu tun hat, vielleicht, weil Anke und er eine Affäre hatten.«

Fenja starrte den Mann an, schnappte nach Luft. »Woher wissen Sie das alles?«

»Weil ich von der Polizei bin. Ankes Eltern haben mich beauftragt, die Umstände des Todes ihrer Tochter und Enkeltochter noch einmal genauer zu durchleuchten, und so kam ich letztendlich auf Ihren Ehemann. Anke und er haben sich in einer Selbsthilfegruppe für Angehörige von Depressionspatienten kennengelernt. Alessandro hat dort behauptet, dass Sie psychisch krank seien, doch irgendwie wirken Sie gar nicht wie jemand, der …« Er brach ab, sah sie eine Weile nur an. »Leiden Sie denn unter Depressionen?«, wollte er schließlich wissen.

Fenja schüttelte langsam den Kopf. »Zumindest nicht, dass ich wüsste. Wenn, vielleicht vor meinem Unfall, aber beschwören könnte ich das auch nicht.«

»Und diese Sache mit Ihrer Freundin, Sie wissen, dass Ihr Ehemann dahintersstecken könnte, nicht wahr? Ich weiß nämlich, dass Bea sich Sorgen um Sie machte, oft bei Ihnen angerufen hat, Ihr Ehemann das unterbinden wollte. Und ich hab mitbekommen, dass Sie vorhin mit Beates Mutter telefoniert haben. Sie wissen genauso gut wie ich, dass Ihr Ehemann hinter allem stecken könnte, nur das Warum wussten Sie bis eben gerade nicht.«

»Das weiß ich noch immer nicht«, gab Fenja zurück.

Der Mann sah sie an. »Er tötete Anke und Marie, davon bin ich mittlerweile überzeugt. Ich weiß nur noch nicht, wieso, aber das frage ich diesen Scheißkerl am besten selbst. Vielleicht, weil Anke schwanger von ihm war oder sich trennen wollte – egal, was der Grund gewesen ist, bald erfahren wir ihn. Und ich denke außerdem, dass Sie mir bereits weit voraus gewesen sind und schon vor Ihrem Unfall von all dem wussten, es deswegen erst zu der Tragödie kam, durch die Sie einen Teil Ihrer Erinnerungen verloren haben. In den Augen Ihres Mannes sind Sie eine tickende Zeitbombe und deswegen will er um jeden Preis vermeiden, dass Sie andere Leute treffen, denen vielleicht unbewusst etwas erzählen, das ihn belasten könnte. Ich glaube, dass er Sie für eine Gefahr hält und deswegen ausschalten will.

Er hat das bereits einmal versucht und wird auch vor einem zweiten Mal nicht haltmachen.«

»Was soll ich Ihrer Meinung nach tun?«, fragte Fenja den Mann und wusste, dass sie ihm somit verraten hatte, dass er mit all seinen Vermutungen richtiglag.

»Am besten mit mir mitkommen«, sagte er und schien auf einmal erleichtert. »Ich sorge dafür, dass Sie sicher sind, und gemeinsam finden wir eine Lösung, Ihren Mann festzunageln.«

»Meine Kinder«, stieß sie aus. »Ich kann hier nicht weg. Nicht ohne sie.«

»Ich kümmere mich auch darum«, sagte der Mann und plötzlich hatte Fenja wieder das Gefühl, dass eine Gefahr von ihm ausging.

Was, wenn er log?

Was, wenn er gar kein Polizist war, sondern von Alessandro beauftragt worden war, ihr etwas anzutun oder sie zumindest zu ihm zu bringen?

Möglich wäre es, denn sicher hatte ihr Mann registriert, dass sie ihm in den letzten beiden Tagen noch mehr als sonst aus dem Weg gegangen war. Vielleicht wusste er auch von ihrem zweiten Handy, wusste von dem Anruf bei Bea, reimte sich so alles Stück für Stück zusammen. Was sicherlich nicht besonders schwer gewesen war, nachdem er mit Beate persönlich gesprochen hatte, bevor er sie tötete. Das hörte sich zwar schon ein wenig nach einem schlechten Film an, musste sie zugeben, aber mittlerweile traute sie ihrem Ehemann so ziemlich alles zu.

»Ich will Ihren Ausweis sehen«, stieß sie deswegen hervor und erkannte an seinen Augen, dass sie ins Schwarze getroffen hatte.

Dieser Kerl war niemals ein Polizist, das stand fest!

Aus dem Augenwinkel nahm sie zwei Männer von der Security wahr, die auf der Promenade für Ordnung sorgten, riss sich von dem Kerl los. »Hilfe«, schrie sie aus vollem Halse und wirbelte mit ihren Armen, seufzte erleichtert, als die beiden Männer zu ihnen geeilt kamen. »Dieser Kerl hier«, sagte sie atemlos und zitternd zugleich, »belästigt und verfolgt mich. Ich glaube, dass er mir etwas antun will!«

20

SYLT/WESTERLAND

APRIL 2019

»Hey, Kumpel!«

Joe riss den Kopf hoch, sah zu dem Mann auf, der grinsend vor ihm stand. Der Typ hatte sich ihm vor über einer Stunde als Hauptkommissar Arne Siegel vorgestellt und seitdem hier im Wartebereich versauern lassen.

»Ihr Kollege aus Hamburg hat mittlerweile fünfmal auf Ihrem Handy angerufen. Er lässt Ihnen ausrichten, dass er Sie über Nacht einbuchten lässt, wenn Sie seinen Anruf nicht annehmen.«

Joe stieß einen Seufzer aus. So sehr er ihm Greg auch am Arsch lecken lassen konnte, schien es doch, als dass er nicht umhinkäme, mit ihm zu sprechen. Er nickte dem Kollegen der Polizeistation Westerland zu, zog sein Smartphone hervor. Sein Mund war wie ausgedörrt, als er Gregs Kontakt suchte und schließlich auf Anrufen drückte. Es dauerte keine zwei Sekunden, dann hatte er seinen Kumpel auch schon an der Strippe.

»Wie geht's, mein Alter?«, rief Greg und Joe konnte am Klang seiner Stimme hören, dass ihn diese Situation zu amüsieren schien.

»Leck mich doch«, stieß er daher aus, war schon versucht, Greg wieder aus der Leitung zu schmeißen, als sein Blick auf Arne und zwei seiner hiesigen Kollegen fiel, die ihn grinsend beobachteten und Scherze über ihn zu reißen schienen. Er schluckte seinen Stolz herunter.

»Mir ging es schon besser«, gab er daher etwas milder zurück. »Die zwei Arschgeigen von der Security haben mir ziemlich zugesetzt. Einer von denen hat mir einen Schlag auf die Nase gegeben.«

»Ich hab aber gehört, dass der erste Schlag von dir ausging.«

Joe stöhnte. »Kann sein. Diese Idioten wollten nicht begreifen, dass ich kein Perverser bin, sondern Polizist. Ich konnte nicht anders, verstehst du?«

Greg lachte. »Sei froh, dass er zurückgeschlagen hat. Das rettet dich vor einer Anzeige wegen Körperverletzung.« Greg räusperte sich. »Was allerdings nicht bedeutet, dass du kein Disziplinarverfahren an den Arsch genagelt bekommst.« Greg brach ab, schwieg sekundenlang.

»Was ist los mit dir?«, fragte er schließlich und klang zum ersten Mal seit Langem wieder wie sein Kumpel und nicht wie ein Arschloch.

»Sandra hat nichts gesagt?«

»Doch«, konterte Greg. »Als sie gehört hat, wo du bist und dass du festgenommen wurdest, kam sie sofort zu mir und hat alles gebeichtet. Allerdings will ich es von dir hören. Aus deinem Mund.«

Joe seufzte. »Diese Anke und ihre Tochter Marie sind Tochter und Enkeltochter der Freundin meiner Mutter gewesen. Elke bat mich, mir den Fall noch mal genau anzusehen, weil sie euren Ermittlungen nicht traute. Ich weiß nicht genau, warum, ob es Intuition war oder der Wunsch, wieder einen Fuß reinzukriegen, auf jeden Fall hatte ich das Bedürfnis, der Frau zu helfen. Ich hab mir von Sandra die Akten geben lassen, hab mich eingelesen. Und ehe ich es verhindern konnte, war ich schon mittendrin.« Joe brach ab, überlegte sich seine nächsten Worte genau. »Ich hab herausgefunden, dass Anke Mitglied in dieser Gruppe gewesen ist. Einer Selbsthilfegruppe. Und genau da bin ich auch auf diesen Typen gestoßen, fand raus, dass er ziemlich eng mit dieser Anke war und dann kam auch schon eins zum anderen.«

»Sandra hat mir das Wichtigste schon erzählt. Zum Beispiel, dass die Frau von diesem Marten einen Unfall hatte, sich aber nicht daran erinnert. Und dass diese tote Fotografin für Marten jobbte, außerdem mit seiner Frau befreundet war. Soweit richtig?«

»Genau. Die Mutter der Fotografin erzählte mir außerdem, dass ihre Tochter sich große Sorgen um Fenja machte. Angeblich hat Marten ihr Handy konfisziert, sie nirgends anrufen lassen und außerdem dafür gesorgt, dass sie für niemanden erreichbar ist. Wieso sollte er das tun?«

»Sag du es mir!«

»Weil er alles tun würde, um zu verhindern, dass sie sich erinnert. Und weil er nicht will, dass sie im Fall der Fälle jemandem davon erzählt. Ich schätze, dass er diese Beate umbrachte, weil er Angst hatte, dass sie zur Polizei geht. Oder weil er unsicher war, inwiefern sie Bescheid wusste. Er hat quasi eine Gefahrenquelle ausgeschaltet und jetzt kümmert er sich um die letzte, während ich hier festgehalten werde und mit dir quatsche.«

Eine Weile herrschte Stillschweigen in der Leitung, dann vernahm Joe ein leises Grunzen.

»Okay«, kam es schließlich von Greg. »Und warum bist du damit nicht zu mir gekommen? Wieso hast du das selbst in die Hand genommen, obwohl du doch wissen müsstest, dass du Ärger kriegst, sollte jemand Wind davon bekommen? Wem wolltest du damit etwas beweisen? Mir oder dir selbst?«

»Keine Ahnung«, stieß Joe aus, konnte nicht verhindern, dass seine Stimme wütend klang. »In erster Linie wollte ich den Eltern von Anke helfen. Außerdem war die kleine Marie mit meiner Luisa befreundet.«

»Du kanntest die beiden Toten also?«

»Marie ja, Anke nur vom Sehen. Luisa hat viel Zeit mit Marie verbracht, als Anna im Krankenhaus lag und später im Hospiz. Kann sein, dass ich es deswegen gemacht hab. Weil ich dachte, ich sei es den beiden schuldig.«

»Und wie fühlst du dich jetzt?«

»Du meinst, abgesehen davon, dass mich die Dorfgendarmerie festgenagelt hat?«

Greg lachte. »Ganz okay, schätze ich. Fühlte sich irgendwie gut an, zu wissen, dass ich ganz kurz davor stehe, einen mehrfachen Mörder hochzunehmen, bevor diese beiden Inselkacker mich ausgeknockt haben.«

»Und was schlägst du jetzt vor?«

»Keine Ahnung, ehrlich gesagt. Fenja Marten hat vorhin irgendwas von ihren Kindern gesagt, die sie holen will. Soweit ich mitbekommen habe, sind die bei der Mutter ihres Mannes. Ich schätze, dass sie abhauen will, sich irgendwo vor ihrem Mann verstecken.«

»Dann hast du ihr alles erzählt?«

»Das brauchte ich gar nicht«, gab Joe zurück. »Sie war längst im Bilde, dachte, dass ich mit ihrem Mann unter einer Decke stecke. Die Sache mit der Belästigung hat sie nur gesagt, damit diese Affen mich festhalten und sie abhauen kann.«

»Und wenn ich dir jetzt helfe, damit die Kollegen vor Ort dich gehen lassen, versprichst du dann, die Füße still zu halten, bis mir eine offizielle Genehmigung vorliegt, dass wir Marten zur Befragung mitnehmen dürfen? Ich meine damit, das, was du hast, ist nicht übel, aber dennoch fehlen uns handfeste Beweise. Da ist zum einen seine Ehefrau, die zwar vermutet, dass ihr Alter hinter allem steckt, sich aber nicht erinnert. Dann sind da noch die drei Toten. Anke, Marie und Beate. Klar, deine Theorie könnte sich als richtig erweisen, aber genauso gut kann es auch sein, dass die Sache mit Marie und Anke doch so passiert ist, wie es in der Akte steht, und was Beate angeht, käme definitiv auch ein Unfall infrage. Die Frau hatte zum Zeitpunkt des Unfalls ziemlich was wegge-kippt. Was ich damit sagen will – auch wenn ich dich als Kollegen sehr schätze und als Freund sehr gerne hab, ist da trotzdem noch das Ding mit den Vorschriften. Wir können nicht losziehen und Leute ohne jegliche rechtliche Handhabe mitnehmen. Und schon gar nicht dürfen wir außer Dienst fungieren, alles klar? Damit will ich zum Ausdruck bringen: Ich lasse dich gehen, aber nur unter der Bedingung, dass du nichts anstellst, was dich noch weiter in die Scheiße drückt.«

21

SYLT/KEITUM

APRIL 2019

Inzwischen hockte Fenja seit einer knappen Stunde hinter einem mannshohen Busch und starrte in Richtung der Terrasse ihrer Schwiegermutter.

Tomke und Erik saßen einträchtig am Tisch und spielten miteinander Memory, während Anita die Zeit nutzte und einen riesigen Berg Wäsche von der Leine nahm. Fenja hoffte, dass Alex' Mutter die beiden für ein paar Minuten alleine hier draußen ließ, während sie den Wäschekorb nach oben trug und alles in die Schränke räumte. Mehr Zeit brauchte Fenja nicht, um aus ihrem Versteck zu kommen, die Kinder zu schnappen und abzuhauen. Auf dem Weg hierher hatte sie sich auch schon einen Plan zurechtgelegt, was sie als Nächstes tun würde. Glücklicherweise erinnerte sie sich daran, wie Tomke ihr vor einigen Monaten begeistert erzählt hatte, dass es hier auf der Insel ganz in der Nähe von Oma Anitas Haus ein Mädchen namens Tina gab, mit dem sie bereits ein paar Mal gespielt hatte. Und Gott sei Dank erinnerte sie sich sogar noch an den Nachnamen der Kleinen, weil Tomke damals so sehr von ihr geschwärmt hatte.

Deswegen hatte sie auf der Busfahrt hierher bereits nach einer Familie Fröhlich in Keitum gesucht und dem Internet sei Dank auch gefunden. Bei den Leuten anzurufen und sie vorzuwarnen, erschien ihr als keine gute Idee, weshalb sie sich für die Überrumpelungs-Strategie entschieden hatte. Sobald die Kinder in ihrer Obhut waren, würde sie sich zudem Anitas Autoschlüssel schnappen und die beiden zu den Fröhlichs bringen. Sie würde den Eltern von Tina eine Ausrede auftischen und sich danach, sobald die Kinder in Sicherheit wären, auf den Weg zu ihrem Ehemann machen.

Sie wusste noch nicht genau, wie sie es anstellen würde, aber irgendwie würde sie es schaffen, ihn dazu zu bewegen, zu reden. Sie würde sein Geständnis mit dem Handy aufnehmen, es schaffen, abzuhauen, und alles der Polizei vorlegen. Natürlich hatte sie auch darüber nachgedacht, einen ungefährlicheren Weg einzuschlagen, aber nachdem sich herausgestellt hatte, dass Alex bereit war, über Leichen zu gehen, er quasi mit allen Wassern gewaschen war, durfte sie kein Risiko eingehen, dass er davonkäme. Allein die Vorstellung davon, ihre beiden Kinder in der Obhut eines dreifachen Mörders zu wissen, während die Polizei noch immer an Suizid oder Unfall glaubte, war nicht zu ertragen.

Ganz abgesehen davon, was das für sie bedeutete. Alessandro hatte es geschafft, alle glauben zu lassen, dass sie krank sei und Hilfe benötigte. Wenn er das gegenüber der Polizei auch erwähnen würde, bestünde die Gefahr, vor allem in Hinsicht auf den Unfall, dass man sie wegsperrte anstatt ihn.

Hinzukam noch der Kerl von vorhin.

Fenja wusste noch immer nicht, ob er die Wahrheit gesagt hatte und Polizist war oder ob er tatsächlich mit ihrem Mann Hand in Hand arbeitete. Egal wie, noch war er in Polizeigewahrsam, doch sie konnte beim besten Willen nicht abschätzen wie lange noch.

Deswegen kam es für sie nun auf jede Sekunde an.

Sie musste Alessandro festnageln, ihn dazu kriegen, die Wahrheit auszusprechen.

Denn dass er ein Irrer war, stand für sie inzwischen vollkommen außer Frage. Es sprach alles dafür, dass er diese Anke und deren Tochter getötet hatte und es auch bei ihr selbst versucht hatte, nachdem sie ihm dahintergekommen war. Einfach alles ergab plötzlich einen Sinn. Dass er sie hierher geschleppt hatte und ihr sämtliche Kontakte zu ihrem Umfeld und auch das Surfen im Internet untersagte. Sie außerdem mit den Kindern niemals alleine ließ – wohl weil er Angst hatte, sie könnte mit den beiden verschwinden. Wahrscheinlich sah er Tomke und Erik als Druckmittel gegen sie an, deswegen hatte er auch ihre Tochter gegen sie aufgewiegelt.

Auch die Sache mit dem Sedativum ergab in dieser Hinsicht einen Sinn. Er hatte sie mit Absicht ruhigstellen wollen, damit er sie besser kontrollieren konnte. Und er wollte erreichen, dass sie durch das Mittel auch auf Außenstehende kraftlos, müde und kränklich wirkte, er später Beweise hatte, dass seine Frau am Ende war, sich deswegen das Leben nahm.

Fenja stieß die Luft aus, als ihr bewusst wurde, was das bedeutete. Sie hatte einen Psychopathen geheiratet und so viele Jahre lang nichts davon bemerkt. Erst jetzt, als es beinahe zu spät war, erkannte sie ihren Fehler und konnte nur hoffen, dass ihr noch genügend Zeit blieb, ihn zu korrigieren. Dabei hatte es auch schon zuvor Hinweise darauf gegeben, dass Alessandro Geheimnisse vor ihr hatte, ihr nicht die Wahrheit sagte.

So war ihr zum Beispiel erst vorhin im Bus plötzlich klar geworden, dass er an all den Abenden – zeitlich gesehen lange vor dem Unfall – wahrscheinlich immer zu ihr gefahren war, zu dieser Anke, anstatt wie er ihr gegenüber behauptet hatte, noch mal in die Redaktion.

Wie hatte sie nur so lange so blind sein können?

Oder so naiv?

Eriks lautes Lachen riss sie aus ihren Gedanken. Als sie realisierte, dass Anita weg war und die Kinder unbeaufsichtigt, krabbelte sie aus ihrem Versteck hervor. Geduckt schlich sie an der Hecke entlang auf die Kinder zu, legte sich blitzschnell einen Finger auf die Lippen, als Erik sie erblickt hatte.

»Shhhh«, flüsterte sie panisch und starrte angestrengt durch die Fensterscheibe ins Wohnzimmer, doch Anita war nicht zu sehen. Sie nahm Erik auf den Arm, sah zu Tomke. »Du musst mit mir kommen, Schatz, ich hab eine Überraschung für dich.«

Tomke sah sie mit weit aufgerissenen Augen an, schien nicht zu wissen, ob sie weinen oder lachen sollte.

»Du darfst zu Tina«, flüsterte Fenja kaum hörbar, bot Tomke die Hand. »Aber du musst sofort mitkommen, okay?«

Das Mädchen schluckte, sah zu Erik, der seinen Kopf erleichtert an Fenjas Brust geschmiegt hatte. Schließlich nickte sie. »Okay, aber ich muss Omi Bescheid sagen.«

Fenja schüttelte den Kopf. »Das erledigen wir von unterwegs okay? Tina wartet schon auf dich.«

Sie nahm Tomkes Hand, zog sie vom Stuhl und hinter sich her. Im Wohnzimmer angekommen, blieb sie stehen, um zu lauschen. Als sie das Scheppern der Schubladen und Schranktüren von oben vernahm, dazu Anitas heiteres Gesumme, atmete sie auf. »Dann los ihr beiden«, flüsterte sie und eilte in den Gang hinaus. Sie nahm den Autoschlüssel von der Kommode im Gang, als ihr etwas einfiel. Sie drehte sich zu Tomke um, setzte Erik vor ihr ab. »Ich sag Oma doch ganz kurz Bescheid okay? Pass du bitte auf deinen Bruder auf.«

Leise schlich sie die Treppe bis ganz nach oben, blieb stehen. Als sie hörte, dass Anita im Gästeschlafzimmer war, wo sich auch die meisten Wäscheschränke befanden, schlich sie beinahe lautlos darauf zu.

Sie näherte sich der Tür, sah ihre Schwiegermutter halb in einem der Schränke versunken, nutzte den Augenblick ihrer Unaufmerksamkeit, um den Schlüssel, der innen steckte, abzuziehen und die Frau einzuschließen.

Das alles passierte im Bruchteil einer Sekunde, sodass sie wieder unten war, ehe Anita überhaupt bemerkt hatte, dass sie ausgetrickst worden war.

Wieder bei den Kindern schmunzelte Fenja, weil es so einfach gewesen war.

Die Fröhlichs wohnten etwas außerhalb von Keitum, ungefähr fünf Minuten mit dem Auto entfernt. Fenja hoffte, dass ihr Plan jetzt nicht doch noch zu scheitern drohte, weil die Familie weggefahren war oder Sonstiges, doch als sie lautes Kindergeschrei aus dem Garten vernahm, seufzte sie erleichtert.

Sie bat die Kinder, im Auto zu warten, ging auf das Gartentor zu. Sie drückte auf die Klingel, wartete. Keine zwei Minuten später kam der Vater von Tina um die Ecke und sah sie freundlich an.

»Ich bin Fenja Marten«, stellte sie sich vor. »Wir haben uns schon einmal flüchtig kennengelernt, als Ihre Tochter Tina mit meiner Tomke auf dem Spielplatz gespielt hat. Das war letzten Herbst, falls Sie sich erinnern? Ich bin Anita Martens Schwiegertochter.«

Das Gesicht des Mannes erhellte sich.

»Sie sind Alessandros Frau, ich verstehe. Wie geht es Anita denn?«

Wie auf Befehl legte Fenja einen düsteren Gesichtsausdruck auf. »Nicht gut, wenn ich ehrlich bin. Das ist auch der

Grund, weshalb ich Ihre Hilfe brauche«, erklärte sie mit flehender Stimme. »Mein Ehemann ist beruflich in Hamburg unterwegs, während ich mit den Kindern hier auf der Insel bin. Und jetzt hatte Anita vorhin auch noch einen Herzanfall, liegt deswegen im Krankenhaus. Ich würde so gern zu ihr fahren, möchte das aber den Kindern nicht zumuten. Wären Sie daher bitte schön so nett, eine Stunde auf sie aufzupassen?«

———

Als sie Anitas Auto ein paar Meter vom Haus entfernt abstellte und ausstieg, hämmerte ihr das Herz so heftig gegen ihren Brustkorb, dass sie beinahe keine Luft mehr bekam. Sie sah sich um, verzog das Gesicht, als ihr bewusst wurde, wie paranoid sie sich benahm. Dann ging sie um den Wagen herum, öffnete den Kofferraum, nahm den Kreuzschlüssel heraus, steckte ihn sich unter ihrem Shirt hinten in den Hosenbund ihrer Jeans. Anschließend lief sie betont langsam aufs Haus zu, hoffte von ganzem Herzen, dass Anita es in der Zwischenzeit nicht irgendwie geschafft hatte, sich aus ihrem Schlafzimmer zu befreien und ihren Sohn vorzuwarnen.

Denn dann wäre ihr Überraschungsmoment im Eimer und Fenja wusste nicht, ob ihr riskanter Plan noch aufging.

Ihre Hand zitterte, als sie den Schlüssel ins Schloss schob, die Tür wenig später aufsprang. Sie trat ein, roch den Duft von gebratenem Speck, realisierte, dass Alessandro in der Küche sein musste. Sie wollte gerade ihre Jacke ausziehen, entschied sich aber wegen ihrer zweckentfremdeten Notfallwaffe im Rücken dagegen, machte sich auf den Weg in die Küche.

Ihr Mann war gerade dabei, das Geschirr in die Maschine zu räumen, drehte sich zu ihr um.

»Wo warst du denn so lange?«

Fenja holte tief Luft, durchbohrte ihn mit ihrem Blick. »In Westerland. Ich war verabredet, doch leider ist meine Freundin nicht aufgetaucht. Du kennst sie übrigens … ihr Name ist Bea. Oder sollte ich besser sagen … war?« Sie brach ab, durchbohrte ihn mit ihrem Blick, registrierte, dass er auf einen Schlag leichenblass wurde.

»Du warst mit ihr verabredet?«

Fenja nickte. »Nachdem du mich nicht mit ihr hast telefonieren lassen, musste ich mir etwas einfallen lassen. Ich bin zu dem Laden oben an der Straße gelaufen, hab die Besitzerin gebeten, mich ihr Telefon benutzen zu lassen. Das war übrigens an dem Tag, als du nach Hamburg gefahren bist. Als ich Bea endlich an der Strippe hatte, erzählte sie mir, dass sie sich große Sorgen um mich machte, weil du mich die ganze Zeit über nicht mit ihr sprechen lassen wolltest. Außerdem hat sie mir erzählt, dass ich sie an dem Abend meines Unfalls ebenfalls angerufen habe. Laut Bea war ich total fertig, wollte ihr etwas erzählen, das ich über dich herausgefunden habe. Etwas, das mit dem Tod einer Frau und ihrem Kind zu tun hatte. Hast du sie deswegen umgebracht? Weil du Angst hattest, dass sie dir gefährlich werden könnte, wenn sie die Polizei darüber informiert, dass du mich hier mehr oder weniger einsperrst?«

Alessandro starrte sie sprachlos an.

»Ich hab dich nicht eingesperrt, sondern beschützt!«

»Dann hast du meine beste Freundin also aus reiner Herzensgüte getötet?«, forderte sie ihn heraus.

Alessandro senkte den Blick. Als er wieder aufsah, schimmerten Tränen in seinen Augen.

»Das verstehst du vollkommen falsch. Ja, Bea hat mir gedroht, die Polizei zu rufen, sollte ich sie nicht baldigst mit dir sprechen lassen. Deswegen hab ich sie auch in Hamburg besucht. Ich wollte ihr alles ganz in Ruhe erklären, an ihr Verständnis für dich als ihre beste Freundin appellieren, aber als ich bei ihr ankam, war sie total betrunken. Natürlich hab ich trotzdem versucht, mit ihr zu reden, doch dann fing sie einen Streit mit mir an, beschuldigte mich als Lügner und beschimpfte mich auf üble Weise. Irgendwann ist sie nach oben gerannt, weil sie ihr Handy holen und die Polizei rufen wollte. Da musste ich ihr nach, verstehst du? Ich konnte doch nicht zulassen, dass sie alles in Gefahr bringt, was ich liebe. Als ich sie am Arm packte und zurückzog, ist sie gestolpert und nach hinten gekippt, verlor die Balance. Sie knallte mit der Schläfe auf eine der Stufenkanten auf und war sofort tot. Es war ein Unfall, verstehst du, ich wollte das doch nicht!«

Fenja starrte Alessandro an, lachte bitter.

»Und das mit Anke und der kleinen Marie … wie erklärst du das?«

»Dann hast du dich also endlich erinnert?«

Fenja verzog das Gesicht. »Musste ich gar nicht. Dieser Kerl heute Mittag hat die beiden mir gegenüber erwähnt. Und dann brauchte ich nur noch eins und eins zusammenzählen, wusste endlich, wie alle Fäden am Ende zusammenlaufen.«

Alessandro starrte sie perplex an. »Von welchem Kerl redest du eigentlich?«

Fenja lachte böse. »Tu doch nicht so. Der, den du mir auf den Hals gehetzt hast. Er sollte mich doch finden, ausquetschen, was ich weiß, und zu dir zurück bringen. Hätte auch fast geklappt, nur dass er jetzt auf der Polizeiwache sitzt, weil alle denken, dass er ein Perverser ist.«

Alessandro runzelte die Stirn. »Ich weiß nichts von einem Kerl, Fenja. Und da ist auch niemand, den ich dir auf den Hals gehetzt habe. Das ist auch wieder eins von deinen Hirngespinsten, hörst du? Du brauchst dringend Hilfe, das wird mir jeden Tag bewusster.« Er hob die Hände, ließ sie wieder fallen. »Du bist krank, mein Schatz, sehr krank. Und nur deswegen sind Anke und Marie tot.«

Fenja starrte ihren Mann sekundenlang sprachlos an, dann stieß sie ein hysterisches Lachen aus.

»Du willst mir das in die Schuhe schieben? Ist das dein Plan? Mich als Verrückte hinzustellen, damit du mir deine Verbrechen anhängen kannst, weil sich langsam die Schlinge um deinen Hals zuzieht?«

»Es gibt keine Schlinge!« Alessandro sah Fenja resigniert an. »Hör auf damit!« Er schüttelte den Kopf, sah aus, als würde er jeden Moment zusammenbrechen. »Ich begreife nicht, wie ich jahrelang so dumm sein konnte. Dein Verhalten, die Krankheit deiner Mutter, ich hätte es wissen müssen.« Er brach ab, wischte sich eine Träne von der Wange. »Du leidest genau wie sie an manischen Depressionen und das schon seit deiner Pubertät. Ich weiß es von ihr persönlich, weil ich, als du im Krankenhaus lagst, mit ihr telefoniert habe. Sie wollte dir helfen, du hast sie nur nicht gelassen. Und ich weiß, dass das der wahre Grund ist, weshalb du den Kontakt zu ihr abgebrochen hast.« Er machte eine Pause, holte tief Luft. »Sie hat mir gesagt, dass du genau wie sie selbst dauerhaft Medikamente nehmen müsstest, um stabil zu bleiben, und dass sie damals nur nicht die Kraft hatte, dich gegen deinen Willen zum Psychiater zu schleppen. Nur deswegen wurde im Laufe der Jahre und vor allem nach den Geburten der Kinder alles immer schlimmer und schlimmer. Aus dem Internet weiß ich, dass sich bei Patienten mit unbehandelten manischen Depressionen eine schizoaffektive Störung entwickeln kann, die zu Wahnvorstellungen und Halluzinationen führt. Und ganz genau daran leidest du, Fenja. Das ist auch der Grund, wieso du dich nicht daran erinnern willst, was VOR dem Unfall war!« Er hielt inne, schien nach den richtigen Worten zu suchen, schüttelte verzweifelt den Kopf. »Da waren in der Vergangenheit so viele Situationen, in denen mir das alles hätte klar werden müssen, doch ich hab nicht richtig hingesehen. Oder vielleicht wollte ich das auch nicht. Zum Beispiel als du eine ganze Nacht lang vor Eriks Bett standest, weil du dachtest, dass er dich hasst. Ich hab alles versucht, um dich vom Gegenteil zu überzeugen, doch du warst wie besessen von dem Gedanken, dass dein Sohn absichtlich so viel schreit und nicht, weil er Bauchschmerzen wegen der Drei-Monats-Koliken hat. Und da waren noch so viele andere Dinge, durch die ich es hätte bemerken müssen, aber wirklich klar wurde mir alles erst, als es zu spät war.« Er brach ab, kam auf sie zu. »Du musst wirklich endlich versuchen, dich zu erinnern, Schatz. Das könnte nämlich ein Anfang sein. Danach gehen wir gemeinsam zur Polizei, erklären denen alles. Dass du dachtest, Anke und ich hätten ein Verhältnis, sie deswegen nach einem der Gruppentreffen bis zu ihr nach Hause verfolgt hast. Es war deine Krankheit oder vielmehr die daraus resultierende Störung, die dich zu dieser schrecklichen Tat getrieben hat, wahrscheinlich, weil du dachtest, ich würde dich verlassen und dir die Kinder nehmen. Ich hab das auch alles erst begriffen, als du am Abend des Unfalls den Spieß umgedreht hast und danach panisch davongelaufen bist. Du warst außer dir, hattest einige Tage zuvor die Traueranzeige und einen Bericht über den angeblichen Mord von Anke an ihrer Tochter und deren anschließenden Selbstmord gefunden. Ich hatte beides ausgeschnitten und in meinem Büro versteckt, doch dann hast du es in die Finger bekommen und daraufhin begonnen, zu recherchieren. Irgendwann warst du überzeugt davon, dass ich Anke und Marie nicht nur viel zu gut gekannt, sondern sie auch umgebracht habe. Dabei bist du selbst es gewesen, hast es nur verdrängt und schließlich Teile davon wieder ausgegraben, die du in deinem Wahn vollkommen anders wahrgenommen hast. Erinnere dich, Schatz! Erinnere dich daran, was du mit diesem süßen kleinen Mädchen mit den blonden Zöpfen getan hast!«

Fenja spürte, wie in ihrem Innern etwas brach, eine Art

innerer Schutzwall. Dann strömten plötzlich furchtbare Bilder auf sie ein.

Eine hübsche blonde Frau, die ihr vollkommen arglos die Tür zu ihrem Haus öffnete, sie herein bat, weil sie ihr erzählte, dass sie eine Bekannte ihres verstorbenen Mannes sei. Anke hatte sich bei ihr ausgeweint, ihr sogar anvertraut, dass sie schwanger war, und sie … sie hatte sich eingeredet, das Kind sei von Alex.

Irgendwann hatten sie gestritten, nachdem Anke herausgefunden hatte, dass sie in Wahrheit Alessandros Frau war. Doch zu dem Zeitpunkt hatte sie der Frau schon die Schlaftabletten aus ihrem eigenen Badezimmer in den Tee getan. Der Rest war wirklich einfach gewesen. Anke war immer müder und kraftloser geworden. Und sie … sie hatte es geschafft, dass die vermeintliche Geliebte ihres Mannes sich aus letzter Kraft ins Schlafzimmer schleppte und aufs Bett legte. Dort hatte sie ihr die Pulsadern an beiden Armen aufgeschnitten, anschließend ihre Fingerabdrücke beseitigt und Anke das Messer in die Hand gelegt. Hier wäre die Sache eigentlich beendet gewesen, doch dann hatte sie die Stimme des kleinen Mädchens gehört.

Fenja spürte, wie ihr Innerstes sich verkrampfte. Sie kämpfte gegen den Würgereiz an, presste die Augen zusammen, stöhnte, als vor ihrem inneren Auge das Bild auftauchte, wie sie selbst einem kleinen Kind ein Kissen aufs Gesicht presste, bis es sich nicht mehr rührte. »Oh Gott«, stieß sie aus. »Nein!«

Alex starrte sie traurig an. »Ich hätte gleich zur Polizei gehen sollen. Sofort als mir klar wurde, dass du das warst. Du wusstest so viel über Anke und Marie. Wusstest, wo sie wohnten, wie sie aussahen, sogar wie sie starben. Am Abend des Unfalls sagtest du wortwörtlich zu mir, dass du denkst, dass ich das kleine Mädchen erstickt habe. Dabei konntest du das so genau noch gar nicht wissen. Niemand konnte das. Außer demjenigen, der es getan hat!«

Er seufzte, schluckte hart. »Ich wünschte, ich wäre damals sofort zur Polizei gegangen, schon als du im Krankenhaus lagst, aber ich hatte Angst, war total fertig mit den Nerven und von der Situation überfordert. Ich wollte nicht, dass die Kinder ihre Mutter quasi über Nacht verlieren, wenn du ins Gefängnis oder in die Klinik musst. Ich dachte, dass ich es schaffen könnte, dass du dich erinnerst und dass wir gemeinsam eine Lösung für alles finden. Hinzu kam, dass ich natürlich auch Angst hatte, dass die Polizei mir nicht glaubt, am Ende mich wegsperrt, nachdem du dich nicht erinnern wolltest. Doch jetzt … jetzt wird mir klar, dass es nur eine Lösung gibt. Es gab immer nur diese eine. Du musst dir helfen lassen, sofort, erst dann wird alles gut. Du musst in eine Einrichtung und gründlich untersucht werden, kriegst endlich Hilfe. Wegen deiner Krankheit wirst du auch ganz sicher nicht verurteilt werden, bekommst allenfalls ein paar Jahre Sicherheitsverwahrung, aber das macht nichts, hörst du? Weil nur eins zählt, nämlich, dass du endlich gesund wirst.«

Eine Weile stand Fenja wie betäubt da. Dann sah sie ihn an, fing an zu schluchzen. »Ich bin eine … Mörderin. Ich hab … ein Kind …« Sie brach ab, sah ihren Mann an. »Ich wollte das nicht«, flüsterte sie. »Das musst du mir glauben!«

»Ich weiß«, sagte Alessandro und sah sie ernst an. Dann packte er sie an den Schultern, zog sie in seine Arme.

Als das Telefon zu klingeln begann, zuckte sie zusammen, doch Alessandro schien es gar nicht wahrzunehmen, strich ihr beruhigend übers Haar.

Die panische Stimme seiner Mutter ertönte.

»Sie hat die Kinder, Junge, hörst du? Es tut mir leid, aber sie hat mich im Schlafzimmer eingesperrt und dann hat sie sie mitgenommen.«

Fenja spürte, wie die Hände ihres Mannes nach unten rutschten, zu ihrem Hals hin, ihr beinahe die Luft abschnürten.

»Wo sind die beiden?«, fragte er drohend und ganz nah an ihrem Ohr.

Fenja sah zu ihm auf und starrte ihn an, doch da war auf einmal nur noch Leere in ihrem Kopf. »Ich weiß nicht«, stammelte sie.

Alessandro schob sie von sich weg, packte sie hart an den Oberarmen. »Du sagst mir jetzt sofort, wo die Kinder sind und was du mit ihnen gemacht hast, verdammt!«

Sie zuckte zurück, als sie seinen Gesichtsausdruck sah, eine Mischung aus grenzenloser Angst … und Wut.

Erschrocken wich sie zurück, wollte sich losreißen, doch er zerrte sie wieder zu sich heran, dann schubste er sie hart an die gegenüberliegende Wand. »Wo sind sie?«, schrie er und hob seine rechte Hand, ballte sie zur Faust. »Was hast du Wahnsinnige mit ihnen angestellt?«

Verzweifelt versuchte Fenja, sich zu erinnern, doch da war nichts.

Alles, was sie sehen konnte, war ein kleines blondes Mädchen, das ihretwegen gestorben war.

In stummer Verzweiflung schüttelte sie den Kopf.

Der erste Schlag traf sie so hart an ihrem Kieferknochen, dass sie aufschrie.

Danach ein weiterer.

»Sag mir, wo sie sind!«

Und noch einer. »Ich bring dich um, wenn du den beiden auch nur ein Haar gekrümmt hast!«, kreischte Alessandro, inzwischen vollkommen außer sich. Er wirkte, als würde er ihr als Nächstes an die Gurgel gehen.

Unzählige weitere Schläge prasselten auf sie ein, bis sie schließlich am Boden lag.

Dann bemerkte sie plötzlich das kühle Metall im Rücken.

EPILOG, TEIL 1
ZWEI WOCHEN SPÄTER

ls Fenja aus dem Polizeipräsidium in Hamburg
trat, wo sie mit zwei Männern namens Gregor und
Joe gesprochen hatte – Joe war übrigens der Kerl,
den sie auf der Insel irrtümlich für Alessandros Komplizen
gehalten hatte –, fühlte sie sich erleichtert. Sie hatte den
beiden Polizisten durch ihre umfangreiche Aussage geholfen,
die Ermittlungen um Anke und Marie endlich richtig abzu-
schließen und auch Beas Tod aufzuklären. Im Grunde waren
jetzt also alle glücklich, ausgenommen natürlich ihr Ehemann
und dessen Mutter.

Fenja seufzte leise.

Okay, so ganz wohl war ihr beim Ausgang der ganzen
Sache auch nicht, aber daran ließ sich nun einmal nichts mehr
ändern.

Nachdem ihr Mann sie an jenem Tag endlich dazu
gebracht hatte, sich zu erinnern, und danach auf sie losge-
gangen war, weil er dachte, sie hätte den Kindern etwas
angetan – als ob sie zu so etwas fähig wäre –, hatte sie sich
nicht anders zu helfen gewusst, als ihm den Kreuzschlüssel
aus Anitas Auto über den Schädel zu ziehen. Er war
daraufhin noch wütender geworden, beinahe in eine Art

Raserei verfallen – vielleicht war es aber auch nur Angst gewesen –, sodass er sie tatsächlich gewürgt und beinahe umgebracht hätte. Doch dann war dieser Polizist plötzlich aufgetaucht. Er musste ihre verzweifelten Schreie gehört, sich daraufhin Zutritt zum Haus verschafft haben und nachdem er ihren Mann sowieso schon für einen Mörder hielt und ihn nun in einer sehr eindeutigen Pose über ihr vorfand, fackelte er nicht lange. Das Ende vom Lied war, der Polizist namens Joe hatte alle Kraft aufwenden müssen, um Alex von ihr herunterzuzerren, wobei es zu einem Handgemenge gekommen war. Rückblickend betrachtet sicherlich großes Pech für ihren armen Mann, der dabei gestolpert und mit dem Kopf so hart auf die Fliesen geknallt war, dass er schließlich reglos liegen blieb.

Die Ärzte sagten, dass durch den Aufprall ein Gefäß in seinem Gehirn geplatzt sei. Zwar schafften sie es, sein Leben zu retten, doch Fenja war nicht ganz sicher, ob man das, was Alex fortan haben würde, überhaupt als Leben bezeichnen konnte.

Das war übrigens auch der Grund, weshalb sie beschlossen hatte, für sich zu behalten, wer wirklich hinter den Morden an Anke und Marie steckte.

Schließlich liebte sie ihre Kinder, genau wie ihren armen kranken Ehemann und irgendjemand musste sich nun um sie alle kümmern.

Dass Beas Tod mehr oder weniger tatsächlich auf Alex' Konto ging, spielte ihr da, bei aller Trauer um die geliebte Freundin, nur zusätzlich in die Karten.

Auch was Anita anging, hatte sie sich vollkommen grundlos Sorgen gemacht. Alessandro hatte ihr am Ende doch nicht alles erzählt. Sie wusste weder von Anke noch von Marie und auch nichts von Beate. Alles, was Alessandro seiner Mutter erzählt hatte, war, dass seine arme Ehefrau höchstwahrscheinlich unter derselben Krankheit wie ihre

Mutter litt und dass er deswegen nicht wollte, dass sie mit den Kindern alleine war.

Fenja empfand wirklich großes Mitleid für Anita. Ihre arme Schwiegermutter war immer gut zu ihr gewesen und hatte sich genau wie Alex selbst auch nur Sorgen um sie gemacht. Diese Frau war ein so großartiger Mensch und hatte es daher wirklich nicht verdient, irgendwann sterben zu müssen, ohne je die ganze Wahrheit zu erfahren. Zum Beispiel, dass ihr Sohn doch kein Mörder, sondern lediglich Opfer des Irrtums eines Polizisten geworden war.

Fenja atmete tief durch, legte den Kopf in den Nacken, seufzte tief. Ihr Hals verengte sich, als ihr bewusst wurde, dass das Leben ihres Mannes mit gerade Ende dreißig quasi schon vorbei war, doch dann zwang sie sich, an etwas anderes zu denken. An etwas Positives.

Sie wusste zwar noch nicht genau wie, doch es würde ihr schon noch gelingen, gutzumachen, dass Alex jetzt an ihrer Stelle der Angeschmierte war. Sie würde ihn besuchen und weiterhin lieben, ihn hegen und pflegen, sich vielleicht sogar tatsächlich ärztliche Hilfe suchen, damit sie für ihre gemeinsamen Kinder fortan die bestmögliche Mutter sein konnte.

Besser zumindest, als es ihre eigene jemals gewesen war. Sie hätte vor Glück schreien können, als ihr klar wurde, dass sie endlich einen Plan hatte, wie es weitergehen konnte. Einen wirklich guten Plan, wie sie fand.

Zufrieden sah sie sich noch einmal zu dem Gebäude hinter ihr um, dann straffte sie die Schultern und ging davon.

EPILOG TEIL 2

»Und jetzt schön den Mund aufmachen«, flötete Schwester Heidrun fröhlich und schob dem Mann im Rollstuhl einen Löffel Kartoffelpüree mit Fleischbrei in den Schlund.

Sie wartete, bis er geschluckt hatte, dann schob sie ihm die nächste Ladung zwischen die halb geöffneten Lippen. Ein bisschen was kleckerte ihm übers Kinn und von dort auf sein Lätzchen, doch das war sie mittlerweile gewöhnt.

Alessandro Marten war zwar erst neununddreißig Jahre alt und körperlich vollkommen gesund, doch seine schwere Kopfverletzung hatte ihn zum hilflosen Kleinkind mutieren lassen. Oder zum steinalten Mann – wie immer man das sehen mochte.

Heidrun musste zugeben, dass er ihr fast ein wenig leidtat, auch wenn sie natürlich wusste, dass er es verdient hatte, was ihm zugestoßen war. Marten hatte zwei Frauen und ein Kind getötet und wäre dafür auch zu einer lebenslangen Haftstrafe verurteilt worden, wenn sein Zustand dies zugelassen hätte. Aber da der Mann vor ihr nur mehr eine leblose Hülle war, hatte das Gericht beschlossen, dass er den Rest seines

Lebens eben in dieser Einrichtung fristen sollte, zumindest so lange, bis es ihm sichtlich besser ginge und er verlegt werden konnte – was wahrscheinlich niemals passieren würde.

Heidrun seufzte.

Wahrscheinlich war sie zu gut für diese Welt, wenn sie sogar für Mörder Mitleid empfand. Grinsend schob sie dem Mann einen weiteren Löffel des ekelerregenden Breis in den Mund, beobachtete, wie er die Masse hinunterwürgte.

Am Ende sind wir eben doch alle nur Tiere und mit simplen Überlebensreflexen ausgestattet, dachte sie.

Wenigstens hatte der Mann noch seine Mutter Anita, die ihn regelmäßig besuchte. Ihre Besuche schienen Alessandro wirklich gutzutun, denn in ihrer Gegenwart wirkte er meist deutlich entspannter, auch wenn das wahrscheinlich nichts damit zu tun hatte, dass er sie erkannte, sondern eher mit ihrer beruhigenden Stimme.

Die arme Frau tat Heidrun fast noch mehr leid als Alessandro selbst, denn sie hoffte bei jedem ihrer Besuche auf ein Zeichen, das ihr bewies, dass in diesem schlaffen Körper noch irgendetwas von ihrem Sohn … also von seinem Bewusstsein … vorhanden war.

Bislang hatte sie leider noch kein Glück gehabt und Heidrun bezweifelte ehrlich gesagt auch, dass es jemals dazu kommen würde, doch man wusste ja nie.

Sie waren gerade fertig mit dem Mittagessen, als Heidrun einen Windhauch hinter sich wahrnahm.

Sie drehte sich um, sah Fenja auf sich zugeeilt kommen, Martens Ehefrau.

»Wie geht es meinem Mann heute?«, wollte sie von ihr wissen und sah wie immer äußerst besorgt aus.

Heidrun schien ihr Verhalten fast schon gekünstelt.

Irgendwie kam es Heidrun im Allgemeinen komisch vor, dass neben Anita auch Fenja selbst nach wie vor zu Alessandro hielt, obwohl sie wusste, was er getan hatte. Bei seiner Mutter konnte Heidrun das noch verstehen, aber bei seiner Ehefrau …

Sie hob die Schultern, sah Fenja Marten an. »Wie immer, würde ich sagen. Sollen wir noch einen Versuch starten?«

Fenja nickte eifrig.

Heidrun trat um den Rollstuhl herum, sah Alessandro an. »Heute ist so ein schöner Herbsttag. Was halten Sie davon, wenn Ihre Frau Sie mit in den Garten hinaus nimmt?«

Doch wie üblich kam auch dieses Mal keinerlei Reaktion von dem Mann.

Sie nickte Fenja zu, nahm Alessandro schnell das Lätzchen ab und beobachtete, wie die Frau ihren Ehemann zügig in Richtung der Aufzüge schob, ihm währenddessen die Wange tätschelte.

Sie waren noch nicht einmal in der Mitte des Gangs angelangt, als der arme Kerl wie bereits unzählige Male zuvor anfing, zu zucken und zu krampfen, dabei wild um sich schlug. Heidrun seufzte leise. Sie vermutete, dass es an der hellen, beinahe schrillen Stimme seiner Frau lag, da diese warum auch immer, irgendwelche merkwürdigen Reflexe bei Alessandro auslöste.

Vielleicht war das der Grund, weshalb sie Fenja Marten so gar nicht ausstehen konnte. Weil sie jedes Mal, wenn die Frau ihren Mann besuchte, anschließend noch mehr Arbeit mit ihm an der Backe hatte als sonst.

Schnell rannte sie auf die beiden zu, schaffte es gerade noch rechtzeitig, den Mann davon abzuhalten, vor lauter Zucken und Krampfen unter seinem Gurt hindurch aus dem Rollstuhl zu Boden zu rutschen. Sie warf der sichtlich geknickten Fenja einen bedauernden Blick zu, kreuzte in Gedanken Mittel- und Zeigefinger, spulte ihren üblichen Spruch vor ihr ab. »Tut mir wirklich im Herzen leid, meine

Liebe, aber vielleicht haben Sie beim nächsten Mal mehr
Glück. Ich wünsche es Ihnen beiden so sehr!«

Ende

DANKSAGUNGEN

Liebe Leserin, lieber Leser,

Diesmal das Wichtigste zuerst :-) Es handelt sich bei *Dein Schweigen bringt den Tod* um meinen 28. Thriller. Deswegen möchte ich diesmal auch unter jenen meiner Leser, die nicht bei Facebook oder Instagram sind, ein Gewinnspiel veranstalten. Verlost werden drei Kindle-Reader und mehrere Taschenbücher unter all meinen Newsletter-Abonnenten.

Wer mitmachen möchte und bereits meinen Newsletter abonniert hat, muss nichts weiter tun, da er automatisch im Lostopf ist und dies auch bei künftigen Veröffentlichungen sein wird. Alle anderen schreiben mir bitte eine Mail an: autorin@daniela-arnold.com und landen somit in meinem Newsletter-Verteiler und im Lostopf.

Jetzt zu den üblichen Danksagungen: Ich danke meiner Coveragentur Zero, insbesondere Kristin Pang, für über 28 tolle Cover! Ich danke meiner Korrektorin Claudia Heinen für ihre tolle Arbeit und das offene Ohr, das sie stets für mich hat. Ich danke all jenen Lesern und Kollegen, die mich bei der Titel und Coverauswahl unterstützt haben. Ich danke euch

Bloggern da draußen, für all das, was ihr für uns Autoren macht. Eure Arbeit und Mühe ist so wertvoll – danke sehr!

Ich danke meinen Kollegen für das offene Ohr in Hinsicht auf Klappentext-Bastelarbeiten (das ist wirklich keine meiner Stärken). Besonders danke ich Susanne, Sylvia, Nicole und Emilia für eure Unterstützung rund ums neue Buch :-)

Ich danke meiner Familie, die immer für mich da ist. Meinem Schatz – auch wenn er sich bislang standhaft weigert, meine Bücher zu lesen! Meinem Sohn, der, obwohl er meine Bücher ebenfalls nicht liest, dennoch Verständnis hat, wenn ich mich tagelang im Büro verbarrikadiere. Meinen Freunden, die mich aufbauen, wenn ich am Boden bin.

Eventuelle Fehler bei der Ermittlung meiner Protagonisten gehen übrigens einzig und allein auf meine Kappe oder sind meiner Fantasie geschuldet. Im Übrigen habe ich mir auch in diesem Roman wieder einige künstlerische Freiheiten genommen – welche selbstverständlich nicht verraten werden.

Über Mails mit Anregungen und Kritik freue ich mich unter: autorin@daniela-arnold.com

LESEPROBE WEITERER WERKE

WAS DIE DUNKELHEIT VERBIRGT

THRILLER

von

Daniela Arnold

ÜBER DAS BUCH

Manchmal ist das abgrundtief Böse näher,
als du glaubst …

Vier Freunde verbringen ein Wochenende in einer Luxusvilla am Trondheimfjord. Am Morgen des zweiten Tages ist einer von ihnen tot. Das Opfer wurde regelrecht hingerichtet und die Tat selbst ist an Brutalität kaum zu überbieten.

Hauptkommissarin Hellin Toor von der Kripo Trondheim stößt bei dem Fall schnell an ihre Grenzen, denn es gibt keinerlei Hinweise auf einen Einbruch und außerdem wurde Beweismaterial manipuliert. Schon bald deutet alles darauf hin, dass einer der Freunde des Opfers die Tat begangen haben könnte.

Doch dann kommt es zu einem weiteren Mord und Hellin begreift, dass das wahre Böse im Verborgenen lauert und nur darauf wartet, erneut zuzuschlagen.

Parallel dazu gerät für Alfa Nielsen im beschaulichen Hammerfest die Welt aus den Fugen, als ihre beiden Kinder aus heiterem Himmel von einer Unbekannten bedroht und verfolgt werden.

Als ihr Mann sich trotz allem beharrlich weigert, die
Polizei einzuschalten, beginnt Alfa, Nachforschungen anzustellen, kommt so einem düsteren Geheimnis auf die Spur,
welches am Ende nicht nur ihr eigenes Leben gefährdet.

Für meinen Sohn Tim

PROLOG

Mittlerweile ist es dunkel geworden. Besser gesagt stockfinster, also noch viel dunkler, als es um diese Jahreszeit sowieso meistens ist. Das Herz schlägt mir bis zum Hals. Wenn alles nach Plan gelaufen ist, müsste es inzwischen vorbei sein. Vorbei … Allein die Vorstellung jagt mir einen wohligen Schauer über den Rücken. Ich starre durch die Seitenscheibe nach draußen, versuche, trotz der Dunkelheit zu erkennen, ob sich noch jemand außer mir an diesem Ort aufhält, doch wie es scheint, bin ich noch immer allein hier oben. Tagsüber ist dieses Fleckchen Erde ein Touristenmagnet, denn keine zweihundert Meter von diesem Parkplatz entfernt befindet sich ein Aussichtspunkt, von dem aus man ganz Trondheim von oben bewundern kann.

Abends jedoch oder besser gesagt mitten in der Nacht ist dieser Ort ein idealer Ruhepol. Vor allem jetzt, im Winter.

Wobei Ruhe in genau diesem Augenblick nicht das ist, wonach ich mich wirklich am dringendsten sehne. Stattdessen war Erlösung das Wort der Stunde. Ich ertappe mich dabei, zum gefühlt hundertsten Mal auf mein Wegwerf-

Handy zu starren, doch wie auch bereits die unzähligen Male zuvor bleibt es stumm.

Ich lehne meinen Kopf gegen das weiche Polster, schließe die Augen, versuche krampfhaft, nicht zu denken. Doch anstatt ein wenig im Nichts zu schwelgen, meine Gedanken einfach loszulassen, tauchen da wieder diese Bilder vor meinem inneren Auge auf. Und mit ihnen all das Chaos, von dem ich mir nichts sehnlicher wünsche, als mich endlich davon zu befreien.

Plötzlich kann ich alles ganz klar vor mir sehen, obwohl ich in Wahrheit meine Augen noch immer geschlossen halte. Ich versuche, mich auf meinen Atem zu konzentrieren.

Bleib ruhig, mahnt die Stimme in meinem Kopf. *Du stehst ganz kurz davor, endlich alles hinter dir zu lassen, sofern du jetzt nicht doch noch die Nerven verlierst!*

Ich reiße die Augen auf, doch es ist zu spät.

Der Film in meinem Kopf ist längst angelaufen und lässt sich nicht mehr stoppen.

Ich sehe fröhliche Menschen in Feierlaune, ein glückliches Paar mittleren Alters, das auf den Stühlen vor dem Standesbeamten sitzt, einander mit vor Ergriffenheit rauen Stimmen das Ja-Wort gibt.

Dann löst sich dieses Bild vor meinen Augen in Luft auf, wechselt zur nächsten Sequenz. Es ist derselbe Tag, die Menschen sitzen am Tisch, trinken und essen, als jemand, den ich noch nie zuvor gesehen habe, mit dem Löffel gegen sein Champagnerglas schlägt und um die Aufmerksamkeit der Gäste bittet. Ein Gast nach dem anderen erhebt sein Glas auf das strahlende Brautpaar und spricht ein paar nette Worte, bis irgendwann ich an der Reihe bin. Mir ist heute durchaus bewusst, wie sehr ich meinen Vater und seine neue Frau damals verletzt habe, als ich sagte, sie mögen beide zur Hölle fahren, und dennoch versetzt mich diese Erinnerung auch heute noch in eine Art ekstatischen Rausch. Ich sehe das erschrockene Gesicht meiner Stiefmutter vor mir, kann erkennen, wie sich ihre Augen mit Tränen füllen, spüre die entsetzten Blicke der anderen Gäste auf mir, doch es fühlt sich keineswegs unangenehm an. Ganz im Gegenteil entlockt mir die Szenerie, die sich vor meinem inneren Auge wieder und wieder abspielt, ein Schmunzeln, bis auch dieses Bild im Nichts verschwindet.

Plötzlich ist es noch dunkler um mich herum, zudem eisig kalt, und obwohl es hier im Wagen angenehm warm ist, kann ich nichts dagegen tun, dass sich die feinen, kleinen Härchen in meinem Nacken aufrichten und ich zu zittern beginne.

Ich sehe mich selbst, wie ich die Stufen zum Haus hinaufgehe, die Tür aufsperre, ins Innere trete.

»Bist du noch wach?«, höre ich mich mit meiner damals noch jugendlich-kindlichen Stimme selbst rufen. »Ich hab dem Arschloch die Hochzeit ruiniert.«

Doch genau wie damals bleibt es auch in diesem Film in meinem Kopf so unheimlich still, dass ich schließlich nervös werde.

Ich erinnere mich noch, dass ich in meiner kindlichen Naivität damals tatsächlich dachte, dass die Stille nichts zu bedeuten hätte, und einfach weiterging, in Richtung Wohnzimmer. Es war leer. Genau wie die Küche, das Badezimmer und das Schlafzimmer.

Plötzlich nehme ich die Panik von damals wieder wahr, spüre, wie heftig mein Herz gegen die Rippen hämmert, atme hektisch und viel zu schnell, während ich die Treppe zum Dachboden hinaufsteige. Und da sehe ich ihn. Den bleichen und ausgemergelten Körper, leblos und schlaff von einem der Deckenpfosten baumelnd.

Der leise Klingelton meines Handys reißt mich Gott sei Dank ins Hier und Jetzt zurück. Ich konzentriere mich darauf, die trüben Gedanken aus meinem Kopf zu vertreiben, zwinge mich dazu, an etwas anderes zu denken, dann nehme ich das

Gespräch an. »Ich hoffe, Sie haben gute Nachrichten für mich.«

»Selbstverständlich. Es ist alles erledigt! Und ich darf Ihnen versichern, dass auch Ihr Spezialwunsch erfüllt wurde – es sowohl sehr schmerzhaft gewesen ist als auch schnell ging.« Die dunkle Stimme in gebrochenem Norwegisch lacht scheppernd und augenblicklich überrollt mich eine Welle der Erleichterung.

Ich stoße dem Atem aus, beende das Gespräch und nehme die SIM-Karte aus dem aufklappbaren Gerät, breche beides in der Mitte entzwei. Dann nehme ich ein weiteres Wegwerf-Handy zur Hand, wähle die vertraute Nummer. »Alles gut bei dir?«, frage ich und halte misstrauisch den Atem an, denn als ich das letzte Mal diese Nummer gewählt habe, war überhaupt nichts gut.

Als Antwort bekomme ich ein leises Seufzen. »Ich weiß nicht so recht, ehrlich gesagt.«

»Wir haben lange darüber nachgedacht und gemeinsam entschieden, dass es so das Beste ist.«

»Ich weiß, es ist nur …«

»Hast du vergessen, wofür wir es getan haben?«

»Nein, habe ich nicht.«

»Du musst nur noch ein klein wenig Geduld haben, verstehst du?«

»Ich weiß nicht, wie lange ich das noch ertrage. Können wir nicht jetzt schon alles hinter uns lassen? Einfach abhauen?«

Ich schließe die Augen, spüre, wie sich mein Innerstes zusammenzieht.

Niemals Schwäche zeigen.

Kein Mitleid!

Du bist fast am Ziel!

Die Worte gehen mir wie ein Mantra im Kopf herum, dann hole ich tief Luft. »Du weißt, dass das nicht möglich ist.

Wir haben das alles doch wieder und wieder durchgekaut. Das Wichtigste ist, absolut vorsichtig zu sein. Wir dürfen kein Risiko eingehen. Nicht jetzt, so kurz vor dem Ziel. Aber hey, was hältst du davon, wenn wir uns in einer Stunde an unserem Treffpunkt von neulich kurz treffen? Pass aber auf, dass niemand dich sieht.«

Ein erleichterter Seufzer dringt aus dem Hörer, lässt mich erschaudern.

»Dann ist es wirklich … vorbei?«

»Hundertprozentig.«

»Ging es schnell?«

»Klar.«

»Und war es einigermaßen … menschlich?«

Ich kann nicht verhindern, dass mir ein Kichern entschlüpft, woraufhin ein leises Keuchen vom anderen Ende der Leitung ertönt.

»Ist das denn jetzt noch wichtig?«, will ich wissen.

»Na ja«, dringt ein Stammeln aus dem Hörer, »ich würde mich wahrscheinlich etwas besser fühlen, wenn ich wüsste, dass … nun ja … dass niemand leiden musste.«

Kurz bin ich versucht, zu lügen, zu behaupten, dass alles ganz friedlich vonstattenging, doch dann denke ich, was soll's, Teil zwei meines Plans war inzwischen ebenfalls in Arbeit … von daher war es völlig egal, ob ich log oder die Wahrheit sagte.

»Ich schätze, dass es nicht gerade angenehm war«, erkläre ich und höre, wie aus dem Keuchen ein Schluchzen wird. »Aber es musste absolut realistisch wirken, was also blieb mir übrig?«

»Okay«, kommt es abgehackt aus dem Hörer. »Du hast natürlich recht. Dann sehen wir uns gleich?«

»Ich werde da sein«, erkläre ich und bemerke, wie sich mein Mund zu einem Grinsen verzieht. »Wir gehen ein wenig im Schnee spazieren, quatschen über Gott und die Welt, dabei kommen wir beide mal wieder auf andere Gedanken. Kann zumindest nicht schaden.«

Nachdem ich auch dieses Gespräch beendet und das Gerät kaputt gemacht habe, drehe ich den Schlüssel im Schloss herum, starte den Wagen.

»Ja, ja«, murmele ich leise vor mich hin und zwinkere mir selbst durch den Rückspiegel zu. »Einem von uns beiden geht es mit hundertprozentiger Sicherheit schon sehr bald viel, viel besser.«

TRONDHEIM

»Kannst du dich kurz loseisen?«

Hellin riss den Blick von den vor ihr liegenden Papieren, sah ihren Kollegen Varg an. Er trug seine langen, blonden Haare heute zu einem Zopf gebunden und sah dadurch noch mehr als sonst wie ein Student aus und nicht wie ein Mitarbeiter der Kripo. »Klar, was ist los?«

»Da kam eben ein Anruf von den Kollegen in Orkanger rein. Klingt ziemlich übel, das alles.«

Hellin legte den Kopf schief, sah Varg ungeduldig an. »Ziemlich übel? Was soll ich mir darunter denn vorstellen?«

»Ein Mann wurde ermordet. Angeblich hat jemand über vierzig Mal auf ihn eingestochen.«

»Okay«, gab Hellin zurück, »das klingt wirklich nicht gerade gut. Und was haben wir damit zu tun, wenn der Mord doch in Orkanger geschehen ist?«

»Der Tote stammt, wie es aussieht, aus Trondheim. Jedenfalls fanden die Kollegen vor Ort, dass es nicht schaden könnte, wenn wir den Fall übernehmen. Ich hab das bereits mit dem Wolff abgeklärt, er ist einverstanden.«

Hellin stieß die Luft aus. »*Kurz* trifft es aber nicht ganz oder?«

Varg sah sie verwirrt an.

»Na ja, du sagtest, ob ich mich kurz loseisen kann. Aber wir brauchen allein für die Fahrt bis nach Orkanger schon knappe fünfundvierzig Minuten, dann noch die Untersuchungen vor Ort, da kommt ein ›Kurz‹ wohl nicht ganz hin.«

Varg grinste betreten. »Du hast mich ertappt. Ich dachte aber, nachdem wir seit Monaten nichts Spannendes mehr auf dem Tisch hatten, kommt diese Geschichte gerade richtig. Schließlich wollen wir nicht einrosten.«

Hellin schüttelte den Kopf. Sie wusste, dass ihr Kollege sich nichts mehr wünschte als etwas mehr Spannung im Polizeialltag und diese war in den letzten Monaten tatsächlich etwas zu kurz gekommen. Außer einigen Dämmerungseinbrüchen im Winter und einer Serie an Überfällen auf Rentner und anderem Kleinganovenkram war es in der letzten Zeit relativ ruhig gewesen. Hellin selbst schätzte Zeiten wie diese, doch für einen jungen Kollegen, der diesen Job noch nicht lange genug machte, um schon alles gesehen zu haben, mochte der momentane Polizeialltag in der Tat etwas zu wenig echte Herausforderung bieten.

Sie stand auf, riss ihr Jackett von der Lehne ihres Schreibtischstuhls, schlüpfte hinein. »Kannst du fahren?«, fragte sie und seufzte erleichtert, als sie das begeisterte Funkeln in den Augen des jungen Mannes sah. Sie würde die Zeit der Hinfahrt nutzen, um ein wenig zu schlafen, denn die momentane Vollmondphase ließ sie des Nachts kaum zur Ruhe kommen.

Auf dem Weg zum Aufzug zog sie ihr Handy hervor, wollte gerade die Nummer von Ova aus der Abteilung für Spurensicherheit wählen, als sie Vargs Blick auf sich spürte. »Wenn du Ovas Team abkommandieren willst, das hab ich schon gemacht.«

Hellin blieb stehen. »Seit wann, zum Teufel, weißt du das von dem Mord denn schon?«

Varg hob betreten die Schultern. »Knappe zwanzig Minuten. Ich bin anschließend zum Boss hoch, doch der Wolff wusste wie immer schon Bescheid. Ich hab ihn gefragt, wie er es sieht, dass wir den Fall übernehmen sollen, und er fand, dass das eine gute Idee ist. Irgendwie hatte ich den Eindruck, dass da noch was anderes dahintersteckt, aber ich kann mich auch täuschen. Jedenfalls hab ich auf dem Weg zu deinem Büro bei Ova angerufen und ihr gesagt, was los ist. Sie meinte, sie macht sich umgehend auf den Weg nach Orkanger.« Er brach ab, sah Hellin verlegen an. »Ich wollte dich nicht … na ja … ausschließen oder so, aber ich dachte, es könnte eine Erleichterung für dich sein, wenn ich schon gute Vorarbeit leiste.«

Hellin sah Varg durchdringend an, nickte dann. »Ehrlich gesagt finde ich es gut, dass du Eigeninitiative zeigst. Genau das ist es, was ich mir von meinem Partner wünschte. Also beruflich gesehen, meine ich …« Hellin spürte, dass ihr Gesicht zu brennen begann, und schluckte gegen den Drang an, irgendeine bissige Bemerkung hinterherzuschicken, um ihre eigene Verlegenheit zu überspielen.

Seit ihr früherer Partner, Hege Baardsson, während des Dienstes und mit gerade neunundvierzig Jahren an einem Herzinfarkt gestorben war, tat sie sich schwer, mit seinem Nachfolger klarzukommen. Hege und sie hatten insgesamt zwölf Jahre lang eng zusammengearbeitet, und um genau zu sein, war er es gewesen, dem sie den Großteil ihrer jetzigen Erfahrungen zu verdanken hatte. Von Anfang an hatte Hege zu ihr gesagt, dass es bei ihrer beider Job am wichtigsten sei, hin und wieder der eigenen Intuition zu vertrauen und nicht allein nur darauf, was klar auf der Hand lag.

Hege hatte sie damals unter seine Fittiche genommen, ihr gerade am Anfang keine ruhige Minute gelassen, so lange, bis er wusste, dass sie so weit war, eine Ermittlung allein zu bewerkstelligen. Rückblickend kam es ihr jetzt so vor, als habe er damals schon geahnt, dass er nicht alt würde und sie seinen Posten übernehmen musste. Niemals hätte Hellin auch nur geahnt, dass es bereits zwölf Jahre später so weit wäre und sie das alte Eisen sein müsse, das einen Nachkömmling ausbilden würde.

Sie seufzte leise, während sie in den Aufzug nach unten traten.

Wenn sie ehrlich war, musste sie zugeben, dass Varg gut war, er schon bald ein würdiger Nachfolger für Hege sein würde, doch das fühlte sich wiederum wie ein Verrat an ihrem verstorbenen Partner an.

Hege und sie hatten vor allem in den letzten Jahren ihrer Zusammenarbeit keine Worte gebraucht, um miteinander zu kommunizieren.

Da hatten Blicke gereicht, um zu wissen, was der andere dachte.

Es war Heges Gesichtsausdruck gewesen, aus dem Hellin hatte lesen können, genau wie seine Körpersprache ihr immer genau vermittelte, was er gerade dachte oder fühlte. Sie beide waren ein perfektes Team gewesen, bis der Infarkt diesen außergewöhnlichen Mann aus dem Leben gerissen hatte.

Der einzige Trost für Hellin war, dass Hege weder eine Frau noch ein Kind hinterließ, denn er war seit jeher überzeugter Junggeselle gewesen.

Um genau zu sein, war das einzige Lebewesen, mit dem Hege je bereit gewesen war, Tisch und Bett zu teilen, eine Mopsdame mittleren Alters mit dem etwas fragwürdigen Namen *Bitch*, die Hellin nach Heges Tod, ohne zu zögern, adoptiert hatte.

Glücklicherweise war es Bitch gewohnt, den ganzen Tag über alleine zu sein, sodass die neue Verantwortung Hellins Leben nahezu überhaupt nicht beeinträchtigte.

Ganz im Gegenteil genoss sie es sogar, dass jemand sie erwartete, wenn sie nach einem langen Arbeitstag nach Hause kam, ihr fiepend um die Beine strich, darauf drängte, egal bei welchem Wetter noch eine Runde an die frische Luft zu gehen.

Selbstverständlich wusste Hellin, dass es Bitch nicht reichte, nur einmal täglich rauszukommen, weshalb sie sich seit Kurzem am Morgen eine Stunde früher aus dem Bett quälte, um noch vor Dienstbeginn mit dem Hund rauszugehen.

Als Gegenleistung hatte Bitch relativ schnell kapiert, dass Hege nie wiederkommen würde und sie sich nun gezwungenermaßen mit ihr begnügen musste, und schien zufrieden damit zu sein. Mittlerweile ließ sie sich von Hellin sogar am Bauch kraulen, was noch vor ein paar Wochen nahezu unmöglich gewesen war.

Doch der wahre Grund, weshalb Hellin den Hund ihres Partners adoptiert hatte, war, dass sie jemanden an ihrer Seite hatte, mit dem sie ihren Schmerz und all die Erinnerungen an Hege teilen konnte. Es mochte sich blöd anhören und sie würde sich auch hüten, es laut auszusprechen, doch wenn sie allein mit Bitch war – und das war eigentlich die meiste Zeit über der Fall –, sprach sie mit dem Hund wie mit einem Menschen. Sie erzählte Bitch von ihrer Zeit an Heges Seite und manchmal hatte sie den Eindruck, dass der Hund sie ganz genau verstand, dass er wusste, was sie durchmachte und was sie fühlte.

Im Grunde war es so, dass Bitch einen Teil der Lücke füllte, die Heges Tod in ihr hinterlassen hatte.

»Erde an Hellin … Wo bist du gerade?«

Sie riss die Augen auf, starrte Varg an. »Hast du was gesagt?«

»Ich wollte wissen, ob du Lust hast, dass wir uns auf dem Weg noch einen Kaffee holen … Ich schätze, dass es in

Orkanger länger dauern wird, und ein Wachmacher schadet da ganz sicher nicht.«

»Klar«, sagte Hellin und schluckte ihren Ärger hinunter. Es gefiel ihr nicht, dass Varg quasi täglich mitbekam, dass ihr Hege noch immer fehlte, sie deswegen mit Samthandschuhen anfasste, sich sogar dann nichts anmerken ließ, wenn sie ihre miese Laune an ihm ausließ.

Sie schluckte gegen die Beklemmung in ihrem Innern an, strich sich nervös eine Strähne ihrer feuerroten Locken hinters Ohr, lief ihm hinterher in Richtung Parkplatz. »Was wissen wir eigentlich über das Opfer? Ich meine, außer, dass es aus Trondheim stammt?«

Varg warf ihr einen schnellen Schulterblick zu. »Um ehrlich zu sein, weiß ich nur, dass das Ferienhaus, in dem der Mord passiert ist, der Familie Ostberg gehört. Sagt dir der Name etwas?«

Hellin blieb stehen. »Du meinst DIE Ostbergs?«

Varg nickte.

»Dann ist jemand aus der Familie das Opfer?«

Varg schüttelte den Kopf. »Soweit ich weiß, nicht. Der Anruf bei den Kollegen in Orkanger kam von einer Frau mit Namen Ostberg-Landvik. Das muss die Tochter von Tommen Ostberg sein – mehr weiß ich bislang auch nicht.«

Hellin stieß die Luft aus. Jetzt wurde ihr auch klar, was Varg vorhin meinte, als er sagte, dass er den Eindruck hatte, es würde noch etwas anderes dahintersteckte, weswegen Wolff so schnell damit einverstanden war, dass sein Team die Ermittlungen in dem Fall übernahm.

»Wusstest du, dass Tommen Ostberg und unser Wolff früher mal ein ziemlich übles Problem miteinander hatten? Ich glaube, die waren ziemlich gute Freunde, bis ein Streit sie entzweite. Das Ganze endete in einer Anzeige wegen Körperverletzung, die später jedoch zurückgezogen wurde. Seither hasste Wolff diesen Mann, ließ kein gutes Haar an ihm.«

Dabei hatte Tommen Ostberg gerade unter seinen Angestellten als Held gegolten, denn er führte eines der arbeitnehmerfreundlichsten Unternehmen im ganzen Land. Die Firma Ostberg hatte sich darauf spezialisiert, Bio-Fleisch- und Bio-Fisch-Konserven für den weltweiten Einzelhandel herzustellen, und damit das Unternehmen innerhalb von kürzester Zeit ganz an die Spitze der europäischen Lebensmittelindustrie befördert.

Nach Tommen Ostbergs Tod war das Milliarden-Unternehmen in die Hände seiner Tochter übergegangen, die der Belegschaft während einer feierlichen Zeremonie – zumindest munkelte man das – geschworen hatte, die Firma im Sinne ihres Vaters weiterzuführen.

Varg grinste. »Das wusste ich nicht. Aber wenn Ostberg doch tot ist, wieso immer noch seine Besessenheit? Wieso setzt er uns auf den Fall an?«

»Keine Ahnung. Immerhin waren beide früher mal befreundet. Vielleicht denkt er, dass er es Tommen Ostberg irgendwie schuldig ist, nachdem er ihn ein Leben lang verbal in den Boden gestampft hat. Oder er hasst ihn immer noch, auch über seinen Tod hinaus. Ich halte beides für denkbar.«

»Stimmt es eigentlich, dass er in seiner Firma gestorben ist?«

»Direkt an seinem Schreibtisch. Ist einfach vornüber gesackt und das war es. Wie ich hörte, soll er eine Lungenentzündung gehabt haben, die er nicht auskurierte, sich trotzdem Tag für Tag in die Firma schleppte. Irgendwann hat schließlich sein Herz schlappgemacht.«

Varg senkte den Blick, als sei ihm eben gerade bewusst geworden, dass seine Fragerei über Ostberg Hellin wieder an Hege erinnert hatte. Vor allem ihre Antwort auf seine letzte Frage.

Sie stiegen ins Auto ein und während Varg den Wagen startete, schickte Hellin ein stummes Stoßgebet zum Himmel, dass er ihr wenigstens während der Fahrt etwas Ruhe gönnte. Und als ahne Varg ihren sehnlichsten Wunsch, schaffte er es tatsächlich, die gesamten fünfundvierzig Minuten der Fahrt nach Orkanger seine Klappe zu halten. An der ersten Tankstelle außerhalb von Trondheim hatte er kurz angehalten und Kaffee geholt, Hellin anschließend schweigend einen der beiden Becher in die Hand gedrückt und war, ohne einen Ton zu sagen, weitergefahren.

Fast wäre es Hellin sogar gelungen, ein paar Minuten Schlaf nachzuholen, doch irgendwie ging ihr der unbekannte Tote nicht mehr aus dem Kopf.

Allein die Vorstellung, dass jemand vierzig Mal auf ihn eingestochen, quasi ein wahrhaftes Massaker veranstaltet hatte, jagte ihr einen kalten Schauer über den Rücken.

———

Als sie bei der angegebenen Adresse ankamen – eine kleine Anliegerstraße etwas außerhalb von Orkanger und direkt am Wasser gelegen –, tummelten sich bereits die Kollegen der Spurensicherung vor dem Grundstück. Hellin rechnete es Ova hoch an, dass sie auf Varg und sie gewartet hatte. Sie stieg aus, lief schnurstracks auf ihre Kollegin zu. »Wisst ihr inzwischen ein wenig mehr darüber, was hier passiert ist?« Sie sah sich kurz um, stellte fest, dass der Bungalow, obwohl aufgrund der Lage eindeutig nur als Ferienhaus nutzbar, größer war als so manches Einfamilienhaus in der Stadt. Alles hier an diesem Ort strahlte puren Luxus aus. Allein der weiße Zaun, der das Grundstück umgab, sah sündhaft teuer und edel aus.

»Im Grunde nicht. Ich hab mit den Kollegen vor Ort gesprochen, doch die wollten die Arbeit lieber von Anfang an euch überlassen. Ist ja auch richtig so, zu viele Köche und so …«

Hellin nickte. »Ist der Arzt schon da?«

»Er stellt gerade im Moment den Totenschein aus. Wenn du willst, kannst du zuerst mit ihm sprechen.«

Hellin trat durch das Tor, sog die Atmosphäre auf. Eine riesige Veranda erstreckte sich über die komplette holzvertäfelte Vorderseite des riesigen Bungalows, bot einen spektakulären Blick über das Meer.

Und auch die Sitzmöbel, die überall verteilt unter dem Vordach aus Glas standen, zeugten davon, dass Geld beim Besitzer dieses Anwesens keine Rolle spielte. Als Hellin schließlich noch einen im Boden versenkten riesigen Whirlpool entdeckte, stieß sie die Luft aus. Das alles war dermaßen dekadent und stand in direktem Gegensatz zu dem, was die Leute – außer ihrem Boss natürlich – über Ostberg erzählten. Hier wohnte niemand, der bescheiden und bodenständig geblieben war, sondern jemand, der das Geld mit vollen Händen ausgab, sich seines Reichtums nur zu gut bewusst war.

Hellin streifte sich die Einmalfüßlinge über ihre Schuhe, schlüpfte in ihren mitgebrachten Plastikkittel und zog Handschuhe über. Dann trat sie ins Innere des Hauses, das seltsamerweise nicht überkandidelt, sondern tatsächlich liebevoll eingerichtet worden war und dadurch wohnlich, beinahe mädchenhaft verspielt wirkte.

Hellin begriff, dass das Äußere des Hauses, das Grundstück und alles drumherum wohl noch aus Zeiten des verstorbenen Tommen Ostberg stammte, während seine Tochter den Räumen im Innern neues Leben eingehaucht hatte.

Sie wandte sich zu Ova um. »Wohin müssen wir?«

»In die Küche. Von da aus geht es ins Esszimmer, wo die Leiche liegt. Den Gang ganz nach hinten und dann links.«

In der Küche angekommen, blieb Hellin auf der Schwelle stehen, ließ die Atmosphäre des hellen und sehr einladend wirkenden Raums auf sich wirken. In der Mitte der Küche stand eine große Kochinsel, um die herum mehrere Barhocker standen. Die Wände waren vom Boden bis zur Decke mit hübschen und strahlend weißen Holzschränken bestückt. Die Arbeitsfläche aus dunkelgrauem Schiefer verlieh der Küche einen modernen Touch. Doch das Zentrum des Raumes, der Blickfang quasi, war die riesige schwarze Kühl-Gefrier-Kombi mit angrenzendem Weinkühlschrank.

Hellin konnte sich lebhaft vorstellen, welche Freude das Kochen in einer solch tollen Küche machen würde.

Sie trat ein, ging zu dem kleinen Durchgang am anderen Ende des Raumes und wollte schon auf den Arzt zusteuern – einem untersetzten Mann mittleren Alters und offensichtlich südländischer Abstammung –, als ihr Blick an der Wand links neben ihr hängen blieb.

»Ist ja abartig«, kam es von Varg hinter ihr und Hellin kam nicht dagegen an, sich blitzschnell umzudrehen und ihm einen tadelnden Blick zuzuwerfen.

Er hob die Schultern, schien seine flapsige Ausdrucksweise aber keineswegs zu bedauern.

Sie drehte sich wieder nach vorn, sah sich die Sauerei genauer an. Überall an den Wänden, an der hübschen weißen Anrichte aus Holz und vor allem auf dem dunkelbraunen Parkett befanden sich Massen an getrocknetem Blut.

Sie sah den Arzt fragend an.

»Kommen Sie ruhig näher«, sagte dieser in einwandfreiem Norwegisch und lächelte ihr freundlich zu. »Mein Name ist übrigens Dr. Ahmed Saluman. Ich würde Ihnen gerne die Hand reichen, schätze aber …« Er brach ab, deutete mit dem Kopf auf seine behandschuhten Hände, die sich gerade am Hals des Opfers zu schaffen machten.

Als der Arzt bemerkte, dass Hellins Blick an einer klaffenden Wunde hängen blieb, etwa drei Zentimeter links neben der Kinnunterseite und in direkter Nähe zu seinen Fingern, räusperte er sich. »Hab ich was falsch gemacht?«

Sie winkte ab. »Schon okay. Ich bin Hellin Toor, von der Kripo Trondheim und meine Kollegen hier ...« Sie wandte sich zu Varg und Ova um. »Das sind Varg Rolffsson und Ova Frank.«

Nachdem sie einander begrüßt hatten, wandte Hellin sich wieder der Leiche des Mannes zu ihrer aller Füße zu. »Sind es wirklich vierzig Messerstiche?«

»Ich bin nicht sicher, dass die Verletzungen von einem Messer stammen ...«

»Was wollen Sie damit sagen?«

»Die Wunden sind zwar tief, aber nicht besonders breit, wenn Sie verstehen.«

Hellin runzelte die Stirn, nickte aber.

»Haben Sie eine Vermutung, von was genau die Wunden stammen könnten?«

Der Arzt hob die Schultern, hielt ihrem Blick dabei stand, verzog keine Miene. »Vielleicht von einem Werkzeug ... oder einem extrem scharfen Küchenmesser, aber das ist nur eine ganz vage Schätzung.«

Plötzlich war Hellin absolut sicher, dass der Arzt schon weit Schlimmeres als das hier gesehen hatte, genau wie sie selbst.

»Um auf Ihre Frage zurückzukommen«, erklärte er schließlich, »es sind genau dreiundvierzig Einstiche, um präzise zu sein. Doch meiner Meinung nach war bereits einer der ersten davon tödlich – nämlich der am Hals.« Vier Freunde verbringen ein Wochenende in einer Luxusvilla am Trondheimfjord.

Am Morgen des zweiten Tages ist einer von ihnen tot. Das Opfer wurde regelrecht hingerichtet und die Tat selbst ist an Brutalität kaum zu überbieten. Hauptkommissarin Hellin Toor von der Kripo Trondheim stößt bei dem Fall schnell an ihre Grenzen, denn es gibt keinerlei Hinweise auf einen Einbruch und außerdem wurde Beweismaterial manipuliert.

Schon bald deutet alles darauf hin, dass einer der Freunde des Opfers die Tat begangen haben könnte.

Doch dann kommt es zu einem weiteren Mord und Hellin begreift, dass das wahre Böse im Verborgenen lauert und nur darauf wartet, erneut zuzuschlagen.

Parallel dazu gerät für Alfa Nielsen im beschaulichen Hammerfest die Welt aus den Fugen, als ihre beiden Kinder aus heiterem Himmel von einer Unbekannten bedroht und verfolgt werden.

Als ihr Mann sich trotz allem beharrlich weigert, die Polizei einzuschalten, beginnt Alfa, Nachforschungen anzustellen, kommt so einem düsteren Geheimnis auf die Spur, welches am Ende nicht nur ihr eigenes Leben gefährdet.

ÜBER DIE AUTORIN

Die Thriller-Autorin Daniela Arnold wurde 1974 geboren und lebt mit ihrer Familie im schönen Bayern.

Daniela Arnold hat Journalismus studiert und viele Jahre als freie Autorin für zahlreiche und namhafte Zeitschriften gearbeitet.

Sie schrieb mit *Lügenkind* und *Scherbenbrut* zwei Kindle Top 1-Bestseller und Bild-Bestseller.

Mit ihrem Thriller *Die Nacht gehört den Schatten* schaffte es die Autorin unter die Finalisten des Kindle Story-teller Award 2020.

 facebook.com/daniela.arnold.56

 twitter.com/damati3

 instagram.com/autorin.daniela.arnold